Bridget Asher

DOE MAAR ALSOF

the house of books

Oorspronkelijke titel
The Pretend Wife
Uitgave
BANTAM BOOKS, New York
This translation is published by arrangement with Bantam Books, an imprint of
The Random House Publishing Group, a division of Random House, Inc.
Copyright © 2008 by Bridget Asher
Copyright voor het Nederlandse taalgebied © 2010 by The House of Books,
Vianen/Antwerpen

Vertaling
Karin Pijl
Omslagontwerp
marliesvisser.nl
Omslagbeelden
Getty Images/Corbis
Foto auteur
David G.W. Scott
Opmaak binnenwerk
ZetSpiegel, Best

ISBN 978 90 443 2579 9
D/2010/8899/33
NUR 302

www.thehouseofbooks.com

Voor Dave,
in alle oprechtheid

DEEL EEN

EEN

*D*ie zomer, toen ik de zogenaamde vrouw van Alex Hull werd, begreep ik slechts vaag dat gecompliceerde zaken zich in eerste instantie graag voordoen als eenvoudige. Daarom zijn ze ook zo lastig te vermijden; je kunt je er niet op voorbereiden. Ik had het kunnen weten, het was inherent aan mijn jeugd. Maar misschien zag ik de complicaties met Alex Hull ook niet aankomen omdat ik het niet wilde. Dus vermeed ik ze niet en verzette me er ook niet tegen. Het gevolg was dat ik in de winter door een gebarsten voorruit naar twee volwassen mannen keek – mijn zogenaamde man en mijn echte man – die in een voortuin in de sneeuw liggen te worstelen, omringd door golfclubs. Het was zo'n wazig beeld in het flauwe licht van de veranda dat ik de ene man niet van de andere kon onderscheiden. Dit zou een van de vermakelijkste en aangrijpendste momenten van mijn leven worden. Het moment waarop dingen de scherpste bocht namen in een lange, kronkelige lijn van kleine, ogenschijnlijk eenvoudige bochten.

Het was allemaal als volgt begonnen. Ik stond in de rij in een drukbezochte ijssalon – gezoem van een blender, een beslagen glazen toonbank, vochtige lucht die via de deur met zijn rinkelende belletje naar binnen kwam. Het was aan het einde van de zomer, een van de laatste warme dagen van het seizoen. Er hing een ventilator aan het plafond en ik was even onder een van de koele luchtstromen blijven staan, waardoor ik een gat in de rij veroorzaakte. Peter stond aan de zijkant met iemand van het werk te praten, Gary, een collega-anesthesist, een man in een rozegestreept poloshirt. Hij was omringd door zijn kinderen, die ieder gehurkt een hoorntje met ijs vasthielden dat op de intussen vochtig geworden servetten drupte. De kinderen waren nog zo klein dat het hun niet uitmaakte dat ze stukjes servet meeaten. En Gary was te zeer afgeleid om het op te merken. Hij sloeg Peter op de rug en lachte hard; dat doen mensen altijd bij Peter. Ik heb nooit precies begrepen waarom, maar ik wist wel dat mensen hem oprecht graag mochten. Peter is ontwapenend, innemend. Hij heeft gewoon iets, zo'n air van iemand die bij de club hoort – welke club weet ik niet, maar hij leek de relaxte voorzitter van deze club te zijn, en als je met hem praatte, hoorde jij er ook bij. Maar mijn gedachten waren op dat moment bij de kinderen. Ik had medelijden met hen, en besloot ter plekke dat als ik ooit moeder zou worden, ik mijn kroost geen stukjes nat servet liet eten. (Ik kan me niet meer voor de geest halen wat mijn eigen moeder voor moeder was geweest, afwezig of juist nadrukkelijk aanwezig, of – het waarschijnlijkst – allebei.) Ze stierf toen ik vijf jaar was. Op sommige foto's lijkt ze echt verzot op me. Ze snijdt buiten een verjaardagstaart aan terwijl een licht briesje haar haren omhoog doet waaien. Maar op groepsfoto's is zij altijd degene die opzij, naar beneden of naar een punt ver voorbij de fotograaf kijkt, als een enthousiaste vogelspotter. En mijn vader was geen betrouwbare informatiebron. Hij vond het pijnlijk om over haar te praten, dus deed hij dat zelden.

Ik bekeek het tafereel aandachtig, in het bijzonder Peter,

want na drie jaar begon ik me steeds meer te verwonderen over het feit dat ik een echtgenoot had, in plaats van dat ik er inmiddels aan gewend was. Misschien verwonderde ik me er nog wel het meest over dat ik zijn vrouw was, dat ik überhaupt iemands vrouw was. Het woord 'vrouw' klonk zo suf dat ik er misselijk van werd, ik associeerde het met keukenschorten, gehaktballen en schoonmaakmiddelen. Je zou denken dat de betekenis ervan zich intussen wel zou hebben uitgebreid, of misschien had het zich bij de meeste mensen wel uitgebreid tot mobiele telefoons, nazorg en therapie, maar ik was degene die vastzat, als een vis op het droge.

Hoewel Peter en ik al vijf jaar samen waren, voelde het soms alsof ik hem totaal niet kende. Zoals daarnet, toen hij op de rug werd geslagen en onder de voet gelopen door de man in het rozegestreepte poloshirt. Ik had het gevoel dat ik naar een of andere vreemde soort in zijn natuurlijke habitat stond te kijken, een soort die 'echtgenoot' werd genoemd. Ik vroeg me af wat zijn kenmerken en gewoonten waren – eten, tjilpen, spanwijdte, paren, levensduur. Het is moeilijk om uit te leggen, maar steeds vaker deed ik zoals nu een stapje achteruit en aanschouwde mijn leven als een verslaggever bij *National Geographic*, iemand met een Brits accent die mijn leven niet zozeer opwindend als wel fascinerend vond.

Het was overvol in de ijssalon, en de twee meisjes achter de toonbank waren duidelijk gestrest, hun gezicht klam en ingevallen, hun pony aan hun voorhoofd geplakt, hun oogpotlood uitgelopen. Ik was eindelijk aan de beurt en deed mijn bestelling. Even later hield ik een hoorntje met pistache-ijs voor Peter vast en wachtte op een bakje vanilla frozen yoghurt voor mezelf.

Dat was het moment waarop de meest op de proef gestelde van de twee ijsschepsters iemands bestelling afrondde en naar een klant achter me schreeuwde: 'Wat mag het zijn?'

Een man antwoordde. 'Twee bolletjes Gwen Merchant, alstublieft.'

Met een ruk draaide ik me om, ervan overtuigd dat ik het verkeerd had verstaan, want Gwen Merchant, dat ben ík – of dat was ik voordat ik trouwde. Maar daar in de rij achter me stond een geest uit mijn verleden: Alex Hull. Ik was onmiddellijk overweldigd door zijn aanblik. Alex Hull, met zijn dikke donkere haar en zijn mooie wenkbrauwen, daar stond hij – handen in zijn broekzakken, kwetsbaar, jongensachtig. Ineens kreeg ik het gevoel dat ik onbewust altijd op hem had gewacht. En ik was niet zozeer blij maar vooral opgelucht dat hij eindelijk weer was opgedoken. Een vreemd maar significant deel van me wilde mijn armen om hem heen slaan, alsof hij was gekomen om me te redden, en zeggen: 'Godzijdank, daar ben je eindelijk! Waar bleef je nou? Kom, wegwezen hier.'

Maar dit kon ik niet echt hebben gedacht. Niet toen. Ik ben vast aan het projecteren – achterwaarts – en er zal allicht een term voor zijn, maar ik ken hem niet. Ik kan niet echt gedacht hebben dat Alex Hull was gekomen om me te redden want ik wist toen niet eens dat ik gered moest worden. (En natuurlijk zou ik uiteindelijk mezelf moeten redden.) De enige verklaring die ik heb, is dat hij misschien een verloren deel van mezelf vertegenwoordigde. En ik zal op enig niveau beseft hebben dat ik niet alleen Alex Hull had gemist. Ik heb vast de persoon gemist die ik was in de tijd dat ik hem kende, *die* Gwen Merchant, dat ietwat sullige, oneerbiedige, erg onvrouwelijke deel – twee bolletjes van háár.

Bovendien, hoe goed had ik Alex nu eigenlijk echt gekend? We hadden elkaar ontmoet tijdens een introductieavond voor eerstejaars – eigenlijk een sombere gebeurtenis – van het Loyola College, dat in Baltimore. En toen, in de lente van ons laatste jaar, hadden we een heftige, chaotische, kortstondige relatie gehad. Drie weken van onafscheidelijk samenzijn die waren geëindigd op het moment dat ik hem in een kroeg een klap verkocht. Ik had Alex niet meer gezien sinds die receptie na de beursuitreiking op de Engelse faculteit tien jaar geleden.

Hoe dan ook, ik merkte dat ik werd overmand door emoties, voelde een brok in mijn keel en tranen prikken achter mijn ogen. De airco drukte mijn haren plat. Ik stapte uit de luchtstroom en veinsde niet helemaal zeker te weten of hij het was. 'Alex Hull?' Ik denk dat ik het deed uit angst voor de enorme blijdschap die ik voelde opkomen. Bovendien wist ik nog genoeg van onze relatie om het hem niet te gunnen dat ik hem meteen herkende. Hij was het type dat zoiets zou opmerken en er dan heel zelfvoldaan over zou doen.

Hij zag er ouder uit, maar niet veel. Hij had het slanke lichaam van iemand die gracieus oud zou worden – iemand op wie op zeventigjarige leeftijd de omschrijving 'kras' van toepassing zou zijn. Zijn kaaklijn was scherper geworden. Hij was niet fris geschoren. Hij droeg een vaal lichtblauw T-shirt dat rond de hals rafelde, een petje van de Red Sox en een veel te wijde korte broek. 'Gwen,' zei hij. Er klonk droefheid door in zijn stem. 'Dat is lang geleden.'

'Wat doe jij hier?' vroeg ik. Het is Alex Hull maar, probeerde ik mezelf in herinnering te brengen. Ik wist niet meer waarom ik hem had geslagen, maar wel dat hij het had verdiend. Dat was in een kroeg geweest, op slechts enkele kilometers van deze ijssalon.

'Dat klinkt als een verwijt,' zei hij. 'Ik ben een onschuldige man, ik bestel alleen maar een ijsje.'

'Eh... meneer,' begon het meisje achter de toonbank, 'die smaak hebben we niet. Wilt u misschien een van de bestaande smaken kiezen?' Kinderen zijn tegenwoordig zo rechtdoorzee.

'Twee bolletjes chocolade-ijs met marshmallows en pinda's, warme toffee en een beetje karamel.' Hij leunde naar voren in de richting van het krijtbord aan de muur en kneep zijn ogen samen. 'En slagroom en drie kersen.'

'Drie?' vroeg het meisje, dat zich duidelijk ergerde aan de nodeloze behoeften van de mensheid; een beroepsrisico, lijkt mij.

'Drie.' Hij draaide zich weer naar me om.

'Echt?' vroeg ik. 'Drie kersen?'

'Ik ben dol op kersen,' zei hij.

'Ben je tegenwoordig soms rapper?' Ik wees naar zijn wijde kuitbroek. Een onhebbelijke vraag, maar ineens voelde ik me onhebbelijk. Ooit was ik een onhebbelijke mannenversierster geweest die was veranderd in een subtielere mannenversier-ster, maar Alex zorgde ervoor dat ik degradeerde – of terug-keerde naar een wezenlijker deel van mezelf.

'Ik kan wel iets opdreunen,' zei hij. 'Wil je dat?'

'Nee, nee,' antwoordde ik snel. Hij zou het zo doen, wist ik. 'Alsjeblieft niet.'

Er viel een stilte, die ik rustig liet voortduren. Waarom zou ik nog langer met Alex Hull in gesprek blijven? Ik was ge-trouwd. Zou ik vrienden met hem willen worden? Getrouw-de vrouwen raken niet zomaar bevriend met mannen met wie ze eens een relatie hadden die was geëindigd met een pets in een kroeg. Maar hij zette het gesprek voort. 'Ik ben filosoof,' zei hij. 'Ik filosofeer. En ik ben docent, dus soms doceer ik.'

'Ah, nou, dat past wel bij je,' zei ik. 'Jij bent de piekeraar. Zo noemden mijn vriendinnen van de middelbare school je. Dus nu pieker je beroepsmatig? Filosofen piekeren toch?' Mijn vader was ook docent – oceanologie – dus ik wist dat docenten piekerende types konden zijn. Als kind had ik vaak mee gemoeten naar allerlei faculteitsdiners – gelegenheden waarbij volop werd gepiekerd en gedoceerd.

'Ik was geen piekeraar. Was ik een piekeraar?'

'Aan het einde van onze middelbareschooltijd had je het echt tot kunst verheven.'

'Piekeren heeft niet zo'n vliegende start gemaakt als ik had gehoopt, het is niet uitgegroeid tot nationale trend.'

'Ik denk dat tevredenheid nu in de mode is,' zei ik. 'Blinde tevredenheid.'

'Nou, binnenkort is het jaarlijkse Piekeraarscongres waarop ik een lezing ga geven, dus... Wat doe jij tegenwoordig?'

'Ik? Nou, ik ben net met iets nieuws begonnen. Verkoop. Binnenhuisarchitectuur, zeg maar. Het is een samenraapsel,' zei ik. Ik stond erom bekend dat ik de ene baan voor de andere verruilde, iets waar ik niet trots op was. Mijn curriculum vitae was één grote gatenkaas. Ik had net een baan bij het toelatingsbureau van een internaat opgegeven. Mijn motivatie was dat ik het elitaire karakter spuugzat was, maar vervolgens had ik een nogal duffe parttimefunctie aangenomen waarbij ik voor nog meer rijke mensen werkte. Ik werd assistent van een binnenhuisarchitect die vooral dure huizen onder handen nam om ze beter te verkopen. Het was mijn taak om toekomstige klanten te vertellen over de mogelijke voordelen van het pimpen van een huis voor de verkoop, met gebruik van schema's. Intussen liep mijn bazin – een zweverige, spichtige vrouw in zwierige kleding – door het huis en deed alsof ze artistieke inspiratie had. Haar naam was Eila, maar toen ik er een paar dagen werkte, vertelde ze me dat ze vroeger Sheila heette, voordat ze besloot de 'Sh' achterwege te laten. 'Wie stelt nou vertrouwen in een *artiste* die Sheila heet?' Vervolgens rook ze even aan haar sjaaltje. 'Vond je ook niet dat het in dat vorige huis naar dobermann stonk?'

'Binnenhuisarchitectuur?' vroeg Alex geïntrigeerd. 'Ik kan me niet heugen dat je kamer in het studentenhuis heel feng shui was. Had jij niet een hangmat bevestigd tussen de muren van de kitchenette?'

'Wat zal ik zeggen? Ik had altijd al oog voor detail.'

In de verte hoorde ik een van de ijsverkoopsters zeggen: 'Mevrouw, mevrouw?' Natuurlijk drong het niet echt tot me door, want ik ben niet oud genoeg om 'mevrouw' genoemd te worden. Maar toen zei Alex: 'Eh... mevrouw,' terwijl hij naar de ijsverkoopster wees. 'Uw ijsje.'

'Alstublieft,' zei het meisje, en ze overhandigde me het bakje vanilla frozen yoghurt.

'Dank je wel,' zei ik. 'Bedankt.' Ik schuifelde naar de kassa met de bedoeling me stilletjes uit de voeten te maken. 'Nou, het was leuk om je weer eens te zien, Alex,' zei ik op mijn gespreksafrondende toon.

'Wacht,' zei hij. 'Laten we iets afspreken. Ik ben hier pas komen wonen. Je zou me wegwijs kunnen maken.'

'Jij vindt de weg wel,' zei ik, terwijl ik afrekende bij de caissière. 'Je bent een intelligente jongen.'

Toen glimlachte hij naar me, zijn intelligente glimlach. Die had altijd zo bij hem gehoord dat ik er simpelweg van uitging dat hij ermee was geboren. 'Wat dacht je van vanavond?' vroeg hij terwijl hij zich langs de mensen wurmde zodat we ineens naast elkaar stonden. 'Dan neem ik je mee uit eten en mag jij me daarna de stad laten zien.'

'Ik heb al plannen voor vanavond,' zei ik. 'Sorry.'

'Wat voor plannen?'

Ik aarzelde. 'Een feest.'

'Neem me dan mee. Stel me aan mensen voor. Zadel ze met mij op nadat je je goede daad hebt verricht. Je was altijd al een goededadentypje. Had je niet een keer een koekjesactie georganiseerd? Ik herinner me nog dat ik koekjes bij je had gekocht en dat je een of ander aanplakbord had gemaakt.'

Hij keek zo hoopvol dat ik ineens bang was dat hij me mee

uit zou vragen. 'Luister, ik ben getrouwd,' zei ik uiteindelijk tegen hem.

Hij lachte. 'Grappig.'

'Wat is daar grappig aan?'

'Niets... Alleen...'

'Alleen wat? Dacht je soms dat er niemand met mij wilde trouwen of zo?'

'Je bent gewoon niet getrouwd.'

'Welles.'

'Nietes.'

'Ik heet nu Gwen Stevens.' Ik tilde mijn hand op en liet als bewijs mijn ring zien.

Hij was verbijsterd. 'Ben je... echt getrouwd?'

'Dat klinkt als een verwijt,' zei ik. 'Ik ben een onschuldige vrouw. Een onschuldige echtgenote.'

'Ik dacht alleen dat mensen tegenwoordig niet meer trouwden. Trouwen is zo barbaars, het is net een slachtpartij.'

'Kijk, dat zijn nu van die beledigende opmerkingen waardoor mensen je gaan slaan,' zei ik tegen hem.

Hij trok zijn wenkbrauwen op en hield zijn hoofd een beetje naar achteren. 'Je hebt me niet echt geslagen,' zei hij. 'Je hebt alleen mijn hoofd vastgegrepen. Heel hard. Niet dat je er iets mee hebt bereikt.' Hij stak zijn armen uit om mijn mislukte actie na te doen.

'Was jij niet verloofd met dat meisje, Ellen nog wat?' vroeg ik. Ellen Maddox heette ze. Ik zag haar gezicht nog zo voor me. 'Ik dacht dat jullie weer bij elkaar waren gekomen...'

'Ze heeft me vlak na de middelbare school verlaten voor een stewardess, een mannelijke stewardess.' Hij sprak 'mannelijke stewardess' uit alsof het nog erger was dan een vrouwelijke stewardess. 'Afijn, ik sta nog steeds achter de woorden die ik zei en die jou ertoe brachten mijn hoofd vast te grijpen. Ik blijf erbij omdat het de waarheid was.'

Ik moet hem vragend hebben aangekeken. Ik kon me niet herinneren wat hij precies had gezegd, maar ik had geen tijd om het te vragen. Een van de ijsverkoopsters overhandigde hem zijn reusachtige hoorn, en terwijl hij in zijn portefeuille greep, kwam Peter aangelopen. 'Hallo!' zei hij, en hij keek daarbij op een zeer welgemanierde manier naar Alex. Peter kan ineens onberispelijke manieren tonen – als een jongetje dat in de jaren vijftig op een kostschool heeft gezeten en nu een gebrek aan ouderliefde probeert te compenseren door met een blij gemoed door het leven te gaan. Deze nederigheid was gespeeld. Peter was in alles vol zelfvertrouwen – misschien nog wel het meest in de liefde.

Ik gaf hem zijn hoorn. 'Dit is Alex Hull. Hij heeft op de middelbare school eens een koekje van me gekocht om geld in te zamelen voor zeeotters.'

'Ah, arme zeeotters!' zei Peter terwijl hij zijn hand uitstak. 'Peter.'

Alex schudde hem de hand en wierp me een blik toe waarmee hij leek te zeggen: 'Moet je die vent zien!' 'Je bent getrouwd! 'En hij is lang!' En toen zei hij: 'Gwen heeft me zojuist uitgenodigd voor een feest vanavond. Ik ben nieuw in de stad.'

'Geweldig idee!' zei Peter, en voor ik de kans kreeg om de boel op te helderen, gaf hij Alex een routebeschrijving. Ik was nog steeds in shock omdat Alex terug was in mijn leven en hoe snel het allemaal was gegaan. Het was zo makkelijk. Dat bedoel ik nou: ik had niets gedaan om er een begin mee te maken. Het ene moment stond ik nog nietsvermoedend in de rij in een ijssalon, en het volgende keek ik naar Peter die met veel gebaren uitlegde waar Alex een rotonde moest verlaten. Daarna wees hij naar links, zijn arm recht opzij, en weer kwam het woord 'spanwijdte' in me op. Peter is lang. Hij heeft een uitstekende spanwijdte.

Maar naast hem stond Alex Hull, die niet lang was, absoluut geen manieren had en amper zat op te letten. Hij was gewoon Alex Hull, die ongetwijfeld zijn piekerende gedachten dacht. Hadden we tien jaar geleden alleen maar gedacht dat we verliefd op elkaar waren?

Toen Peter klaar was met zijn routebeschrijving, zei hij: 'Begrepen?'

'Helemaal,' zei Alex en daarna keek hij naar mij. Ik stond op het punt om met een nietszeggende zwaai afscheid te nemen, maar toen zei hij: 'Gwen Merchant, goh, na al die jaren.' En ineens leek het alsof ík de vreemde snuiter was. Ik voelde me lichtelijk ongemakkelijk. Misschien heb ik zelfs gebloosd, terwijl ik me niet meer kon herinneren wanneer ik dat voor het laatst had gedaan. 'Tot vanavond!' zei hij, waarna hij een hap van zijn reusachtige ijshoorn nam en de salon uit liep, met een hand in zijn wijde kuitbroek.

Twee

*E*r is een theorie ontwikkeld over de vraag waarom mensen zich hun baby- en peutertijd niet kunnen herinneren. Het geheugen kan niet bestaan zonder iets om aan te refereren. Je herinnert je iets omdat het aanhaakt bij een eerdere ervaring. Herinneringen ontstaan niet omdat het bewuste kwadrant van het brein zich eindelijk heeft ontwikkeld, maar omdat ons leven uit lagen bestaat. In deze zin is het geheugen geen laag die zich boven op de ervaring vormt – als een ijskap – maar eentje die eronder ontstaat – zoals rivieren onder de grond kunnen stromen.

Mijn relatie met Alex Hull is net zo. Om echt te begrijpen waarom ik zo'n blijdschap ervoer toen ik hem in die ijssalon zag en hoe alles wat er nog meer gebeurde daarop volgde, heb ik Peter nodig. Alex bestaat eigenlijk niet zonder Peter, althans niet helemaal. En Peter zou niet in mijn leven zijn geweest zonder mijn vader, een man die was getekend en gekenschetst door verlies. En dat verlies kon natuurlijk niet bestaan zonder de vroegtijdige dood van mijn moeder.

Laat ik laag voor laag afpellen.

Ik ontmoette Peter in de wachtruimte van een dierenartsenpraktijk. Hij was er met de oude hond van zijn moeder, een kruising tussen een cockerspaniël en een poedel die kampte met incontinentie. En ik zat onder het bloed en was verdiept in een boek over het menselijke brein. Die ochtend was er een boerderijhond voor me de weg op gerend. Ik was onderweg naar een psychologiecollege, ook al stond ik niet als student ingeschreven. Ik was vijfentwintig en had net mijn baan in de marketing opgezegd waarin ik me compleet over de kop had gewerkt. Ik was weer gaan werken als serveerster – met veel plezier – en dacht erover om psychologie te gaan studeren.

In die tijd was ik helemaal vol van gesprekstherapie – vooral omdat ik me pas bij een therapeut had aangemeld, een heel lieve oudere vrouw met een bril met dikke glazen, die haar ogen zodanig vergrootten dat het leek alsof ze me aandachtig opnam. Ik was niet gewend aan zoveel aandacht en hoewel het me een ongemakkelijk gevoel gaf, had ik haar nodig. Ze liet me wekelijks een uur lang praten over mijn jeugd. Ze liet me dagdromen over mijn moeder – echt – en over hoe mijn jeugd geweest had kunnen zijn als ze nog had geleefd. We gingen met deze fantasieën aan de slag in de hoop... een of andere elementaire waarheid te ontdekken? En wat was die waarheid? Op een herfstdag, ik was nog maar vijf jaar oud, overleed mijn moeder. Een auto-ongeluk waarbij een brug en een waterpartij betrokken waren, een simpel ongeluk dat mijn leven op de gecompliceerdste manieren zou bepalen. Het veranderde mijn vader in heel iemand anders, een behoedzame weduwnaar die bootschoenen en gebreide kabeltruien droeg en die zijn leven wijdde aan het geborrel van bepaalde vissoorten. Een man die het grootste deel van de tijd onder water leefde. Het was alsof ik bij twee verdronken ouders opgroeide – een letterlijk en een figuurlijk.

Wat ik de therapeut niet vertelde, was dat ik bij mijn moeder in de auto had gezeten – dat dit een goed bewaard familiegeheim was dat door mij was opgerakeld. Een oudere tante, die we een bezoekje brachten onderweg naar Cape Cod, had zich per ongeluk versproken terwijl ze mijn haar aan het borstelen was. Toen we na afloop van het bezoek weer in de auto zaten, vertelde mijn vader me dat tante Irene hard achteruit was gegaan. 'Ze heeft ze niet meer allemaal op een rijtje.' Ik denk dat de therapeut had kunnen weten dat ik bij mijn moeder in de auto had gezeten als ze goed had opgelet. Maar al zou ik jaren bij haar in therapie zijn, dan nog zou ik het haar niet vertellen. Het kon me gewoon niet schelen. Ze liet me praten over alles waar ik het maar over wilde hebben. Ze luisterde. Wat wilde ik nog meer? Kon ik andere mensen niet op dezelfde manier helpen?

Die ochtend op de weg gleed ik in en uit een dikke mist. Ik had net mijn vaders Volvo geërfd en luisterde naar cassettebandjes die ik sinds de middelbare school nauwelijks meer had gedraaid – op deze specifieke ochtend The Smiths. De Volvo had een uitlaatprobleem waardoor de auto sterk naar rook stonk. Door de mist, The Smiths en de rook was de ochtend gehuld in een surrealistisch waas.

Het was een blonde labrador, zo een die je doet denken aan een oude gymleraar – iets dikkig maar nog altijd gespierd. Hij dook op uit het niets. Ik remde hard, maar raakte zijn achterpoot. Zijn lijf knalde tegen de grille en draaide, waarna het via een schuin aflopende berm naar beneden rolde.

Ik liet de auto op de verlaten weg staan en klauterde naar beneden. Er was niemand in de buurt. De ogen van de hond stonden glazig, zijn borst schokte. Hij droeg een gerafelde rode halsband met zilverkleurige identificatieplaatjes. Ik had nooit iets met honden gehad. Ik was er niet mee opgegroeid – hoewel het misschien best prettig was geweest, aangezien ik me behoorlijk eenzaam voelde. Het had kunnen helpen.

Maar ik had het altijd een vreemd idee gevonden om er een in huis te hebben – het idee dat er elk moment een beest je woonkamer binnen kon komen sjokken.

Ik was bang dat hij me zou bijten, dus stelde ik me netjes voor en aaide hem over zijn nek. Daarna schoof ik mijn arm onder zijn lijf en tilde hem op. Hij was zwaarder dan ik had verwacht. Maar ik tilde hem op, waarbij zijn identificatieplaatjes klingelden als belletjes, en klauterde de helling op, balancerend onder zijn gewicht. Ik legde hem op de achterbank, legde mijn jas over hem heen en keerde de auto in de richting waar ik vandaan kwam.

Volgens mij heb ik stiekem altijd te hulp willen schieten in een noodsituatie – al had ik deze zelf veroorzaakt – en een getuige willen zijn die een slachtoffer hielp overleven. Ik had me altijd afgevraagd of iemand mijn moeders auto de weg af had zien schuiven, tegen de palen van de brug het meer in – misschien iemand die een etentje had gehad en op weg naar huis was? Iemand die een late dienst had gedraaid? En natuurlijk: waarom was mijn moeder nog zo laat met mij op pad?

De receptioniste van de dierenarts had het telefoonnummer van de eigenaar van de hond overgenomen van een van zijn identificatieplaatjes en een boodschap ingesproken. De hond heette Ripken, waarschijnlijk naar de sterspeler van de Orioles. Ik stelde me Ripkens baasjes voor – twee oude honkbalfans die op een gegeven moment binnen zouden wandelen met dezelfde honkbalpetjes. Omdat ik mijn college toch al had gemist, besloot ik bij de hond te blijven om te kijken of hij de operatie zou overleven. Volgens mij hield ik toen al van hem. Hij had naar me opgekeken toen ik hem op de achterbank legde, alsof hij begreep dat ik hem aan het redden was.

De operatie duurde lang en ik probeerde mezelf af te leiden

met wat leeswerk voor mijn studie. Verzonken in beschrijvingen van de synaptische signaaltjes in het menselijk brein hoorde of zag ik Peter niet binnenlopen, dus was het alsof hij vanuit het niets was verschenen – een lange man in een fris overhemd en een bandplooibroek met op zijn schoot een kruising tussen een cockerspaniël en een poedel.

Ik betrapte hem erop dat hij me opnam, waarop hij snel wegkeek. Op een aquarium en een grote kooi met vier jonge katjes na waren wij de enige twee in de wachtkamer. Ik keek omhoog naar de balie van de receptioniste om te zien of ik haar blik kon vangen, een update kon krijgen, maar ze zat aan de telefoon.

Toen vroeg Peter: 'Kan ik je ergens mee helpen? Gaat het wel?'

'Hoezo?' vroeg ik.

'Ik wil me nergens mee bemoeien, maar je ziet eruit alsof je een zware dag hebt gehad.'

Ik probeerde voor het eerst te bedenken hoe ik eruit moest zien: verwaaid, onverzorgd, onder het bloed. 'O, ja, het is een vreemde dag geweest.'

'Wordt je huisdier geopereerd?'

'Ja, de hond wordt geopereerd, maar het is niet míjn hond,' zei ik.

'O.'

'Ik heb de hond aangereden. Ik wacht nu op de eigenaren. Eigenlijk ben ik dus de slechterik.'

'Maar je hebt de hond wel hiernaartoe gebracht... Dat is nobel, en je bent gebleven.' Dit vond ik op mijn beurt nobel van hem om te zeggen. Hij glimlachte, een prachtige glimlach waarbij er een kuiltje vlak onder zijn mond verscheen.

'In elk geval heb ik weer iets nieuws om tijdens therapie over te praten,' flapte ik eruit. Ik zat nog voor een deel in de mist, denk ik. Ik wist al dat de hond op een of andere manier voor mijn dode moeder stond en dat dit tot veel discussie zou leiden.

'Ben je altijd op zoek naar nieuwe gespreksonderwerpen voor je therapeut?' vroeg hij.

'Ik probeer boeiend te zijn. Dat is het minste wat ik kan doen.'

'Ik begraaf mijn problemen liever,' grapte hij. 'Om een maagzweer te kweken.'

'Dat is heel Hemingway van je,' zei ik.

'Heel groteprooi-jager,' zei hij.

'Heel rennen met stieren in Pamplona.'

Ineens klonk de stem van de vrouw achter de balie: 'Lillipoo Stevens?'

Hij keek naar de receptioniste. 'Yep!' zei hij. Toen draaide hij zich met een verontschuldigende blik om naar mij: 'Het is de hond van mijn moeder.'

'Natuurlijk,' zei ik.

En daarna nodigde hij me uit voor een drankje.

'Ah, om een maagzweer te kweken?' vroeg ik. 'Zou je een vrouw die onder het bloed zit wel mee uit vragen? Voor hetzelfde geld ben ik een moordenaar...'

'Nou, ik heb nog nooit een afspraakje gehad met een moordenaar, dus wat dat betreft...'

En dit was ouderwets. Een afspraakje dat een afspraakje werd genoemd. 'Oké dan, maar alleen als je Lillipoo meeneemt,' zei ik.

Ik gaf hem mijn telefoonnummer, waarvoor ik in mijn tas moest rommelen op zoek naar een pen en een kassabonnetje dat niet voor tampons was – een vernederend ritueeltje. Ineens zei hij, serieus: 'Ik hoop dat alles goed gaat daarbinnen.'

'Bedankt,' zei ik.

Toen liep hij weg met Lillipoo onder zijn arm, haar dikke staart heen en weer zwaaiend.

Peter en ik hadden een jaar gelat voordat we gingen samenwonen – en Ripken voegde zich bij ons. De operatie was duur geweest. De eigenaren – die ik nooit heb ontmoet maar die nog altijd in mijn gedachten bestaan met hun glimmende fluitjes – hadden de hond geërfd van een oude tante. Zij was naar een verzorgingstehuis gegaan, en de nieuwe baasjes lieten hem rondzwerven omdat hij winderig was. Ze weigerden voor de operatie te betalen en wilden de hond eigenlijk ook niet terug. Dus erfde ik Ripken – mijn eigen oude winderige gymleraar, mijn eerste hond – minus een poot.

Een jaar later verloofden Peter en ik ons en daarna zijn we getrouwd. Alles was perfect in balans. Er hing een lome tevredenheid over ons – iets wat we ons konden veroorloven vanwege Peters doorslaggevende zelfvertrouwen. Hij was grootgebracht door twee uitzonderlijk zelfverzekerde mensen, van die mensen die er als gevolg van statistische waarschijnlijkheid meestal toe worden gedwongen een toontje lager te zingen. Iedereen wordt op een gegeven moment in zijn leven geconfronteerd met een tragedie. En toch wisten zijn ouders aan tragedies te ontkomen – Gail en Hal Stevens waren hiervan vrijgesteld. Ze hadden op een of andere manier een achterdeurtje gevonden. Hun eigen ouders waren vrij plotseling gestorven. Er was nog tijd geweest om afscheid te nemen, maar niet om te lijden. Bomen vielen bij wijze van spreken altijd op de daken van hun buren. Het waren kerkgangers – maar niet streng religieus – en ze hadden zichzelf wijsgemaakt dat God hen had uitverkoren. Hij toonde hun dat ze bevoorrecht waren door hen te behoeden voor geheugenverlies, auto-ongelukken, kanker, zelfmoord, drugsverslaving... Ze vonden niet dat ze mazzel hadden, maar er recht op hadden, en dit stellige geloof gaven ze door aan Peter. En ik was dol op dat achterdeurtje, dat via mijn huwelijk aan mij werd doorgegeven en beloofde ons ons hele leven te beschermen. Het leven met Peter was zo veilig als een gloednieuwe Volvo.

Onze verkeringstijd en het eerste jaar als getrouwd stel waren goed. We aten bagels en dronken kwaliteitskoffie die vanuit Seattle werd verscheept. Ik ging weer werken in de marketing omdat het tijd werd voor mij om volwassen te worden. Waarom zou ik een graad in de psychologie halen? Al dat gepraat had uiteindelijk niets opgelost, toch? Nee, dat had Peter gedaan – Peter en het achterdeurtje. Mijn oudere therapeut met de uitvergrote ogen ging met pensioen, en ik verving haar niet. Ik was opgelucht dat ik van haar starende blik was verlost. Mensen met een achterdeurtje hebben geen therapeut nodig. Bovendien was Peter anesthesist. Dus nam ik voortaan een klein gelukspilletje in – de rest van mijn rusteloze droefheid werd verzacht door koopdrang. We gingen voor mooie tegels – travertijn- en marmeraccenten – en banken en bijzettafeltjes en dressoirs en espressomachines. We waren langdurig verslaafd aan glasservies. Ik leerde chique gerechten maken en wanneer we mensen te eten hadden, stak ik het dessert aan – een prachtige blauwe vlam.

Heb ik in al die tijd ook maar één keer aan Alex Hull gedacht? Aan hoe hij naar me keek, in het tl-licht van de bibliotheek, liggend op het gazon van de campus, leunend op één elleboog, zelfs in de sfeerverlichting van die bedompte bar? Jazeker. Ik gaf toe aan die herinneringen wanneer ik een bepaald liedje op de radio hoorde, wanneer mijn gedachten afdwaalden naar mijn chaotische verleden. Hij was geen vluchtige herinnering, niet een of ander vaag gezicht. Hij was een stabiele factor – een gestalte om je hoed aan op te hangen. Hoe hij altijd naar me had gekeken... Dat was heel anders dan Peter deed. Alex bekeek me met zijn hele lichaam. Hij keek niet naar me, hij keek rechtstreeks ín me. Hij was te gedreven, op het onbeleefde af. Hij zou nooit hebben begrepen

hoe hij zijn liefde moest verdelen en doseren. Hij zou me eronder bedolven hebben als ik hem er de kans toe had gegeven – te veel, te veel, te veel.

DRIE

Op de avond van het feest stond ik in de badkamer mascara op te doen, slechts gekleed in een lavendelblauwe beha en slip, waardoor mijn huid er nog bleker uitzag. Ik kan het beste uit de zon blijven. Na een dagje strand zie ik eruit als een kreeft en vervolgens verschijnen er over mijn hele lijf sproeten. Dan maar liever bleek. De felle badkamerverlichting maakte het er niet veel beter op. Peter en ik woonden in Canton, een yuppiebuurt in het zuidoosten van Baltimore, in een oud appartementencomplex dat gerenoveerd was en verdeeld in dure koopflats. Hoewel het niet de bedoeling was dat de vernieuwingen afbreuk zouden doen aan de ouderwetse charme – houten vloeren, zware deuren – gebeurde dat wel. De verlichting was daar een voorbeeld van. Die was te fel. Ik miste de matte gloed van weinig wattage. Ripken lag op de badkamermat. Hij voelde het aan als ik gespannen was en bleef dan dicht bij me in de buurt. Ik keek op hem neer en hij keek naar me op. Daarna hield hij zijn kop schuin en zwaaide met zijn stompje in een fantoomachtige poging achter zijn oor te krabben. Ik hurkte bij hem neer en krabbelde even aan zijn oor voor hem. Ik was zenuwachtig om Alex weer te zien. Zou ik ongegeneerd voor Peters ogen flirten? Zou ik mijn oude zelf weer worden, waarbij mijn huidige zelf zou ontrafelen als mummietape, totdat ik in een hoopje op de grond lag? Ik wilde niet Alex Hulls persoonlijke begeleider zijn of een eindeloos onhebbelijk gesprek moeten voeren. Zou Peter me komen redden? 'We moeten een of andere code afspreken,' riep ik naar Peter.

'Waarvoor?' Hij was zich in de slaapkamer aan het omkleden. Ik hoorde het gerinkel van zijn riem.

'Een code voor iets als: "Laten we deze vreemde géén routebeschrijving naar het feest geven."'

'Hij is geen vreemde. Jullie waren vroeger toch vrienden?'

'Niet echt.' En ik bedoelde dat we minder dan vrienden en ook meer dan vrienden waren geweest, en dat daar een naam voor zou moeten zijn.

'Nou, het is niet mijn schuld, Gwen,' zei hij met een diepe zucht.

Ik stak mijn hoofd om de deur. 'Dank u wel, Sint-Peter van de Martelende Zuchten.' Peter, met zijn onberispelijke manieren, wist van iedereen die ik ken het best hoe hij teleurgesteld moest zuchten. Zijn zuchten waren tot in detail geperfectioneerd, zelfs extravagant. Hij wist hele paragrafen te zuchten over hoe vermoeiend ik kon zijn. Hij wist hoe hij het verhaal van onze hele relatie moest zuchten en hoe we het tot aan dit moment van mijn oneindig ergerlijke gedrag hadden gered. Hij kon een driestemmige harmonie of een complete Italiaanse opera zuchten. Na zo'n indrukwekkende zucht noemde ik hem zelfs wel eens de Grote Zuchtende Tenor, of gewoon: Pavarotti.

'Prima. Maar feit blijft dat jíj hem hebt uitgenodigd.'

Mijn gezicht leek uitgewist in de spiegel. Ik had te veel foundation opgedaan. Dat doe ik soms. Onderdeel van het verdwijninstinct dat razendsnel in werking treedt wanneer ik nerveus ben. Ik ben sowieso een nerveus persoon, dus ik zie er vaak uitgewist uit. 'Ik heb hem nadrukkelijk níét uitgenodigd. Hij heeft gelogen.'

'Waarom heb je niet gewoon gezegd dat je niet wilt dat hij mee gaat naar het feest?'

Dat had ik niet gedaan omdat ik behalve niet ook wél wilde dat Alex naar het feest zou komen. Ik was bang dat ik me net zo overweldigd zou voelen als in de ijssalon. In gedachten zag ik hem weer voor me, in zijn wijde kuitbroek en met zijn honkbalpetje op, met die aanhoudende intelligente glimlach op zijn gezicht. Ik zag hem zo voor me in de collegezaal van een onderwijsinstelling terwijl hij een belachelijk grote ijshoorn at en iets mompelde over Heidegger met een hand in zijn broekzak. 'Het is vast een prima gozer. Hij is filosoof. Ik bedoel, gaan slechte mensen filosofie studeren?'

'Ik denk dat slechte mensen van alles kunnen studeren,' zei Peter. Dit was een deel van Peter dat maar weinig mensen kenden. Hij geloofde dat mensen diep vanbinnen slecht waren en dat ze ernaar moesten streven om dat te overwinnen. Deze geblaseerdheid hield hij voor het gros van de mensen verborgen, dus deze terloopse opmerking was een intieme. Hij gaf iets toe over zichzelf.

'Dat zal ook wel,' zei ik.

'Ontloop hem gewoon,' zei Peter.

Ripken liet een scheet, draaide zich toen om en hapte ernaar. Ik had er hard aan gewerkt om zijn winderigheid met een specifiek dieet te verbeteren, maar eens in de zoveel tijd rommelde hij in het vuilnis of stal hij een chocoladereep uit mijn tas en dan begon het weer.

Ik wierp hem een afkeurende blik toe en liep de badkamer uit. Peter droeg een overhemd met korte mouwen, een ouderwets exemplaar – blauwwit geblokt met een borstzakje. 'Dat overhemd doet me aan dr. Fogelman denken,' zei ik.

'Benny Fogelman van de familie Fogelman die naast je vader woont?'

'Ja.' Mijn vader woont al ruim dertig jaar naast de familie Fogelman. Fogelman is tandarts. Maar geen goede. Mijn vader moet altijd ondeugdelijke vullingen laten vervangen en tweede wortelkanaalbehandelingen ondergaan omdat de eerste pogingen niet helemaal succesvol waren. Hij heeft tientallen jaren pijn geleden omdat hij Benny Fogelman niet wil kwetsen. Dr. Fogelman had zijn hele kelder volgestouwd met blikvoer en bronwater en medicamenten ter voorbereiding op de millenniumbug. Vervolgens aten hij en zijn vrouw een heel jaar lang niets anders dan blikvoer toen alles goed bleek te zijn gegaan. 'Soms moet je je uit een slechte investering eten,' zei hij eens tegen me. Meneer Fogelman is een pessimist met een lelijke overbeet, en mevrouw Fogelman is zijn trouwe metgezel, degene die het hem allemaal mogelijk maakt, en die hem achter zijn rug om 'de ouwe sul' noemt.

'Trek die Fogelman alsjeblieft weer uit,' zei ik tegen Peter. 'Ik word er depressief van.' Ik ging op de rand van het bed zitten, nog steeds niet aangekleed. 'Het voelt alsof we een oud getrouwd stel zijn...'

'Zoals dr. en mevrouw Fogelman?'

Ik knikte en plukte aan de bedsprei. Was dit de sprei van een oud getrouwd stel?

'Ik vind het een mooi overhemd. Het is retro.'

Het was niet retro, het was saai. Een subtiel verschil dat hem zou ontgaan. 'Misschien mag Helen Alex wel. Helen ziet er goed uit.'

'Alleen op foto's.'

'Dat kan niet. Als je er goed uitziet, zie je er goed uit.'

'Ik heb haar op foto's gezien, weet je nog, toen jij en ik al met elkaar gingen, maar vervolgens zag ik haar in het echt en begon ze te lopen en veel te hard te lachen, waarbij ze wiebelt zoals dat speelgoed – je weet wel, zo'n Goofy die je aan de onderkant indrukt en die dan omvalt.'

'O.' Ik vroeg me af hoelang hij al zo over Helen dacht en waarom hij me dat nooit had verteld, en hoeveel andere vreemde observaties hij had opgeslagen – over mij misschien wel. Ik wist dat Peter mijn vriendinnen niet mocht; ik wist niet eens zeker of ik ze zélf wel mocht. Ik heb het altijd moeilijk gevonden om vriendschappen met vrouwen te onderhouden. Ik ben nooit een heldin geweest in het tot een goed einde brengen van de plotselinge onderstroom in gesprekken. Een gesprek tussen vrouwen kan zo onbehouwen worden. Zelfs al wordt er op rustige toon gesproken, er wordt altijd zo'n enorme vracht heen en weer geslingerd. Vrouwen hebben bovennatuurlijke krachten als het gaat om verfijnde dialoog en ik was standaard slachtoffer van onverwachtse uitvallen. Soms had ik pas een uur of zo later in de gaten dat ik was geraakt – Hé, wacht eens even... Maar tegen die tijd was het altijd al te laat. Vooral Helen vormde een zere plek. Ze was nog altijd single en sinds kort vatte ze dat persoonlijk op. Nog maar een paar jaar geleden had ze ons, haar getrouwde vriendinnen, haar sympathie betuigd door het ene vriendje na het andere mee te nemen naar onze bruiloften en wild tekeer te gaan op de dansvloer. Maar daarna was ze gaan twijfelen aan haar smaak wat mannen betreft. Nu begon ze te twijfelen aan hun smaak wat haar betrof. Ze beschouwde onze huwelijken stuk voor stuk als een belediging, en als ze weer een aanval had bespeurd, kon ze gewoonweg kwaadaardig worden. Ik was een gemakkelijk doelwit. Ze wist me altijd te overrompelen.

'Misschien houdt Alex wel van dat wiebelende speelgoed,' zei ik. Daar had Peter geen antwoord op. 'Hé, als we nu eens aan onze neus wrijven?'

'Tegen elkaar? Zoals Eskimo's? Waarom zouden we dat doen?'

'Nee, jij wrijft aan de jouwe, ik aan de mijne. Zo.' Ik wreef langs mijn neus. 'Onze code! Zo weet je dat je me moet komen redden als ik op het feest door Alex Hull in het nauw gedreven word.'

'Maar wat als je langs je neus wrijft omdat je jeuk hebt? Met jouw allergieën...' Peter was altijd praktisch.

'Dan wrijven we over onze kin,' bood ik aan. 'Hoe vaak heb ik nu kriebel aan mijn kin?'

'Waarom gedragen we ons niet gewoon als volwassenen in plaats van als kleine kinderen die een codetaal verzinnen? Ik loop op feestjes liever niet rond alsof ik doofstom ben.' Terwijl ik dit opschrijf, hoop ik niet dat Peter als goed of slecht uit de bus komt. Getrouwde stellen hebben soms beladen gesprekken die op schrift pietluttig en akelig overkomen. En we waren van tijd tot tijd allebei pietluttig en akelig. Hield ik van Peter? Ja. Hij had een paar fantastische eigenschappen om van te houden – en hij zou bewijzen over eigenschappen te beschikken die ronduit verwerpelijk waren.

Maar hield hij op dit moment van me? Ik denk van wel, veel. Ik denk zelfs dat zijn liefde voor mij hem soms verbaasde, en dat was een van de redenen waarom hij vond dat hij het onder controle moest houden. En daarin hield ik hem niet tegen. Misschien moedigde ik het zelfs wel aan. Peters ouders waren dan misschien de Achterdeur Stevens geweest, ondanks al hun geluk en voorspoed geloof ik niet dat veel mensen met hen hadden willen ruilen. Ze hebben iets liefdeloos over zich. Peter was een betere persoon – liever, vriendelijker, genereuzer – maar toch was hij een van hen, hun product. Is dat zijn schuld?

Hij liep naar me toe, zoals ik daar op het bed zat, boog zich voorover en klopte drie keer op mijn blote knie. Dat deed hij de laatste tijd wel vaker, dat kniekloppen. Iemand als Benny Fogelman zou dat bij Ginny Fogelman doen als ze helemaal

opging in een onderwerp – het homohuwelijk bijvoorbeeld –
en een beetje in toom moest worden gehouden. Ik vond het
vreselijk. Voor een buitenstaander had het voor een teder gebaar door kunnen gaan, maar was het eigenlijk niet heel aan-
matigend? Of was het iets wat ik een aantal jaren geleden
nog grappig zou hebben gevonden – charmant retro, maar
niet echt vervelend, een grapje dat ik flauw was gaan vinden
en dat nu, gevaarlijk snel, een gewoonte werd?

Peter liep de kamer uit en ik riep hem achterna. 'Ben jij tegenwoordig een knieënklopper? Zonder enig gevoel van ironie? Een niet-ironische knieënklopper?'

Vanuit de woonkamer riep hij: 'Het enige wat ik heb opgevangen is "nieuwe koppen" en iets met "ironie"!' En toen
hoorde ik hem de televisie aanzetten en weerklonk het geluid
van een voetbalwedstrijd – publiek met te veel toeters en
Spaanssprekende commentatoren. 'Schiet nou op, anders komen we te laat!'

'Het enige wat ik heb opgevangen is "nop en taart"!' brulde ik terug. Ripken sjokte de badkamer uit en ging aan mijn
voeten liggen.

'Wat?' riep hij.

'Wat, wat?' zei ik.

De discussie was officieel overgegaan in een stompzinnig
gesprek. We lieten het erbij en ik stond op om me verder aan
te kleden.

VIER

*A*lex Hull, de piekeraar. Zoals ik al zei leerden we elkaar kennen tijdens een introductie-avond voor eerstejaars. Het was verplicht, en dat was maar goed ook, want anders zouden alleen de echt extraverte mensen zijn gegaan.

Er waren ongeveer honderd mensen in de gymzaal, verder opgedeeld in groepjes van vier. Alex en ik zaten in hetzelfde groepje. De twee anderen – een jongen en een meisje – kan ik me alleen nog vaag voor de geest halen. Waren ze aardig, verlegen, stijf, somber? Ik zou het niet kunnen zeggen. Misschien waren ze toen al vaag. Sommige mensen zijn dat.

Ik herinner me nog maar één van de opdrachten. De instructie was dat iemand van het groepje iemand anders in de groep moest vertellen wat hij tegen iemand buiten de groep moest zeggen. Het was bedoeld als kennismaking. Het voorbeeld was: loop naar een persoon toe, schud hem de hand en zeg dat je zijn schoenen mooi vindt. Ik moet er nog even bij zeggen, mocht dat nog niet duidelijk zijn, dat ik naar een behoorlijk duffe universiteit ging, een die sinds 1954, à la Pompeii, perfect geconserveerd was geweest onder een laag lava en vulkanische as. (Zullen al mijn metaforen met betrekking tot de universiteit te maken hebben met ergens in gehuld of geconserveerd zijn – in ijs of lava – of anderszins versmoord? Misschien wel. Ik was van plan geweest om mijn vaders huis te verlaten en de wijde wereld in te trekken, maar dat had ik niet gedaan. Ik was nog steeds doodsbang. Waarvoor? De wijde wereld? Ik weet het niet. In elk geval zocht ik nog steeds bescherming voor mezelf; ik heb zelfs mijn hele studietijd en de tijd erna gespendeerd aan het perfectioneren van mijn zelfbescherming.)

Hoe zag Alex er in die tijd uit? Zoals wij allemaal. Een ietwat zachtere, rozere, stralender, slankere, frissere versie van onszelf nu. Het eerste wat hij ooit tegen me zei, was: 'Dit slaat helemaal nergens op.'

'Wat je zegt,' zei ik.

'Laat me alsjeblieft niets stoms doen,' zei hij.

Ik keek hem aan. 'Dat laat ik aan jou over.'

'Je bent dus grappig,' zei hij.

'Nee, ik ben niet grappig,' zei ik, en dat was ik ook niet, tenminste, zo had ik nooit over mezelf gedacht omdat mensen nooit lachten om de dingen die ik zei.

'Wat ben je dan?' vroeg hij. 'Ben je een boekenwurm?'

'Boekenwurm?'

'Je lijkt me wel een boekenwurm.'

Ik was beledigd, ook al was ik inderdaad een boekenwurm. Ik had de laatste vier jaar op de middelbare school nog gedaan alsof ik geen boekenwurm was terwijl ik me erop verheugde om uit de boekenkast te komen op de universiteit. 'Ik lees boeken, als je dat soms bedoelt.'

'Ik ben soms ook een boekenwurm,' zei Alex. 'Als ik ervoor in de stemming ben.' Toen dacht hij even na, maar al snel keek hij me weer aan. 'Waar zijn die andere twee?' vroeg hij. 'Net waren ze nog hier.'

'Ze zijn vreemden de hand aan het schudden en complimenteren hen met hun schoenen.'

'Nu je het zegt,' zei hij. 'De jouwe zijn leuk. Niets mis mee. Ik bedoel, ze zijn niet spectaculair of supermodern, maar ze zijn degelijk zonder saai te zijn. Ik vind ze leuk.'

'Volgens mij was het niet de bedoeling dat je de schoenen zou bekritiseren. Je moest er alleen een compliment over geven,' zei ik.

'O,' zei hij. 'Nou, ik wilde eerlijk zijn.'

Er viel een ongemakkelijke stilte en toen zei ik: 'Ik vind jouw schoenen ook leuk.'

'Ah, dus dat is de bedoeling.'

'Inderdaad.'

Ik mocht Alex Hull meteen – met schoenen en al. Uiteindelijk zou ik hem nog steeds mogen, al zou ik hem tegelijkertijd haten – zelfs toen ik hem die klap verkocht in de kroeg. Ik mocht hem niet omdat hij zo sympathiek was. Hij was niet sympathiek in termen die in de maatschappij zijn afgesproken. Maar zo nu en dan kom je mensen tegen bij wie je je meteen op je gemak voelt. Vaak is dat iemand van wie je weet dat je hem nooit weer zult zien – iemand die net als jij in de rij staat voor de douane, in de wachtkamer van een verzekeringsmaatschappij zit, een serveerster – en in een onbewaakt moment verzucht een van jullie dat de wereld één hoop ellende is en de ander is het daarmee eens. Een kortstondige kameraadschap in de wereld die één hoop ellende is, waarna je diep zucht en jullie weer in verschillende richtingen verdwijnen – behalve als je niet in verschillende richtingen hoeft te gaan. Alex was voor mij van begin af aan zo. Hij was irritant, dat wel, maar hij was oprecht irritant, oprecht in alles, en dat vond ik prettig.

'Ik weet al wat ik je wil laten doen,' zei ik.

'Oké, wat dan?'

'Ik wil dat je dat meisje daar optilt. Ik wil dat je haar optilt en in de rondte draait.' Ik wees naar een meisje – een slank
exemplaar, zodat hij zich niet zwaar hoefde in te spannen. Ze
had lichtbruin haar en donkere ogen. Ik weet niet waarom ik
voor die opdracht koos. Misschien was ik wel in een romantische bui. Ik had te vaak naar *An Officer and a Gentleman*
gekeken.

Hij pakte mijn hand vast. 'Wat dacht je van dát meisje?' zei
hij, terwijl hij met mijn vinger in de richting van een meisje
in een korte broek wees.

'Nee, dat meisje,' zei ik terwijl ik weer naar het eerste meisje wees.

Hij duwde mijn vinger in een andere richting. 'En dát meisje dan?' vroeg hij terwijl hij naar een langer meisje wees.

'Nee, dát meisje,' zei ik. Ik hield koppig vast aan mijn eerste keuze. 'Til haar op en draai haar rond, je weet wel, alsof
de oorlog is afgelopen of zo.'

'Welke oorlog?' vroeg hij.

'Dat maakt niet uit. Welke oorlog dan ook.'

'Het maakt wel degelijk uit,' zei hij. 'Ik bedoel, een Tweede
Wereldoorlog-optil-en-ronddraai-actie is iets heel anders dan
een Vietnam-optil-en-ronddraai-actie. Volgens mij deden ze
na Vietnam niet aan meisjes optillen en ronddraaien.'

'Prima, de Tweede Wereldoorlog dan maar.'

'Prima,' zei hij, en hij liep naar het meisje toe. Ze zag hem
aankomen. Zijn gezicht kon ik niet zien, maar het hare wel.
Ze glimlachte angstig en hij versnelde zijn pas. Tegen de tijd
dat hij bij haar was, was het alsof ze wist wat er komen ging.
Hij tilde haar op bij haar slanke middel, hoog in de lucht, en
toen draaide hij in de rondte – alsof hij echt een soldaat was
die uit de Tweede Wereldoorlog was teruggekomen en de afgelopen weken had doorgebracht met niets anders dan meisjes optillen en in de rondte draaien.

Dat meisje was Ellen Maddox. Ze kregen verkering en bleven verkering houden. Drieënhalf jaar lang waren ze een stel. Af en toe zag ik Alex nog. We hadden een of twee colleges samen. Altijd begon hij weer over die introductieavond en dan bedankte hij me dat ik het juiste meisje had gekozen of hij maakte een complimentje over mijn schoenen, een grapje tussen ons. En daar bleef het bij.

Tot een lentedag in ons laatste semester, toen Alex me op een kleed midden op het grasveld van de campus zag liggen waar ik mijn tentamen aan het voorbereiden was. Ik was alleen. De tentamens van het tweede trimester stonden voor de deur. Ik was tegen die tijd een uitgesproken, openlijke boekenwurm; ik had een bril, droeg mijn haar in een paardenstaart – en misschien had ik zelfs wel een pen achter mijn oor geschoven. Hij kwam naar me toe lopen en ging op de rand van het kleed liggen. Hij leunde op een elleboog en staarde me aan, peinzend, waarna hij uiteindelijk zei: 'Je zat ernaast.'

'Waarnaast?' vroeg ik.

'Je hebt het verkeerde meisje uitgekozen.'

'Wat?'

'Tijdens die introductieavond,' zei hij. 'Je koos het verkeerde meisje uit.'

'O, echt waar?'

'Mmhm.'

'En wie had ik dan moeten uitkiezen?'

'Dat is het bizarre,' zei hij. 'Jíj bent het juiste meisje. Je had jezelf moeten kiezen.'

Vijf

*H*elen gaf geweldige feesten. Er was altijd wel een of andere vreemde mix te drinken, exotische hapjes, muziek die scherp was maar nooit somber (iemand van wie je nog nooit had gehoord, maar van wie je eigenlijk wel gehoord zou moeten hebben – muziek die je berispte voor je provincialisme). Ze had een gave voor het uitnodigen van een bizarre mix van mensen, en omdat de meeste gasten single waren, ademden haar feesten een openlijke seksualiteit uit. Ze had een vriendin die meesteres was, Vivica – een professional die in de stad werkte. Vivica had Peter en mij in haar adresboekje staan, dus vonden we af en toe van die kaarten bij de post met afbeeldingen van mensen met zwepen. Het waren aankondigingen van haar shows met een handgeschreven notitie erbij: *Kom alsjeblieft! xxx Vivica*. In gedachten zag ik Richard, onze postbode, de kaarten in zijn jeep bestuderen en allerlei vreemde dingen over ons denken. Richard was jager en dol op Ripken. 'Jammer van die poot,' zei hij altijd. 'Die jongen had een heel goede jachthond kunnen zijn.' Wat dacht Richard wel niet van ons? Vertelde hij zijn vrouw over die mensen met die driepotige hond en de pornokaarten? Waren wij die viespeuken? Ergens hoopte ik dat ik iemands viespeuk was.

Op Helens feest was ik duidelijk niemands viespeuk. Ik was bijvoorbeeld nooit gepast gekleed. Toen ik een aantal feesten terug een ironische jarenvijftigjurk probeerde te dragen – van het type dat Helen met zoveel flair droeg: kaarsrechte pony, rode lippenstift en decolleté – zag ik eruit als een huisvrouw uit die periode. De parelketting om mijn nek, die bij Helen van zoveel bedekte toespelingen getuigde, stond bij mij saai; het was gewoon een ordinaire parelketting.

Die feesten brachten Peter ook in een andere stemming. Ze zwakten zijn goede manieren af. Hij dronk te veel. Af en toe probeerde hij me hapjes te voeren, wat hij om een of andere reden sexy vond, maar wat mij een ongemakkelijk gevoel gaf. We kwamen los van elkaar. We sloten een soort van pact om ons op te splitsen en de gasten voor ons in te nemen. Eenmaal op het feest begaven we ons in tegenovergestelde richtingen en probeerden zoveel mogelijk extravagantie te verzamelen. Zo nu en dan informeerden we even bij de ander hoe het ging, en later, onderweg naar huis en in bed, deelden we al onze informatie. Op die manier, hadden we besloten, beleefden we het feest twee keer – een keer via onze eigen ervaring en nog een keer via die van de ander. Achteraf gezien zie ik in dat dit in theorie een goed plan was, vooral als je als stel echt elkaars vertrouweling bent, je elkaar op elk gebied heel goed kent. Maar dat ging voor ons niet op. Liefdevolle blikken stonden slechts een beperkte intimiteit toe. Misschien waren Peter en ik op zoek naar mogelijkheden om van elkaar los te komen omdat we allebei naar iets méér zochten.

Kortom, ik was al uit mijn element, al nerveus over sociaal falen. Deze keer stond er zelfs nog meer op het spel. Ik herinnerde me die Britse historische romans waarin één gemiste aanwijzing rond de etiquette je status kon ruïneren en kon betekenen dat je naar het klooster werd gestuurd. In dit geval had ik vaag het vermoeden dat Alex Hull mijn leven overhoop zou halen. En wel op een manier die een bedreiging vormde voor mijn huidige consumptiementaliteit, mijn tevredenheid over ontbijten met bagels – en dat joeg me angst aan. Maar wat ik nog beangstigender vond, was dat ik me erop verheugde om hem te zien, veel meer dan ik wilde toegeven, zelfs tegenover mezelf.

Toen we bij het feest aankwamen, keek ik snel rond of ik Alex zag. Hij was nergens te bekennen.

'Zie je wel,' zei Peter, die intussen ook om zich heen had gekeken. 'Hij is er niet. Waarschijnlijk komt hij niet opdagen. Het is vervelender dan je denkt om alleen naar een feest te gaan. Gelukkig kunnen wij ons bijna niet meer herinneren hoe het was om single te zijn.' Dit was een van die gekscherende opmerkingen die we zo graag maakten – dat we zo'n medelijden hadden met mensen die single waren. Er ging een zekere troost van uit.

'Wat een opluchting,' zei ik. Maar zo voelde ik het niet. Ik was ongerust, teleurgesteld en toch nog steeds gespannen.

Een jonge vrouw duwde ons een biertje in handen. Kennelijk was dat haar taak. Peter liep naar het balkon dat volgepakt was met niksende rokers en brandende kaarsen en ik stortte me op de hapjes.

Daar liep ik Jason tegen het lijf. Hij was anderhalf jaar geleden getrouwd met een vriendin van mij, Faith. Ik was al sinds mijn studietijd met haar bevriend. Zij was een van die vriendinnen die Alex Hull vroeger 'de piekeraar' hadden genoemd. Direct na hun huwelijk was ze, zoals de bedoeling was geweest, zwanger geraakt, en nu had ze een negen maanden oude baby. Het was altijd een beetje gênant om op Helens feestjes onze getrouwde vrienden tegen te komen. De etentjes bij onze getrouwde vrienden – inclusief die van mij met mijn vermaarde Bananas Foster, een chic dessert van banaan en vanille-ijs – stonden in groot contrast met de feestjes van Helen. Het was dan ook vreemd dat we ons, in seksueel opzicht, zo gemakkelijk aan een andere omgeving konden aanpassen. Tijdens onze etentjes flirtten we met elkaar – hoe kon je het anders noemen? We probeerden grappig, charmant en gevat te zijn tegenover de andere stellen. We probeerden hen te verlokken met onze goede smaak in geïmporteerde vloerkleden. Maar dit gebeurde allemaal in het geniep. Er was niets wat echt flirten genoemd kon worden, dus alle getrouwde-vrienden-feestjes hadden een soort van beperkende verstikking, alsof we werden gedempt door dure sierkussentjes waarvan we er allemaal te veel hadden.

'Hoi,' zei ik. 'Hoe gaat het?'

Hij had zijn mond vol en stak een duim op. Jason was een stevige vent met vaak een verbijsterde uitdrukking op zijn gezicht. Ik keek weer naar de voordeur om te zien of Alex al was binnengewandeld. Dat was niet zo. Maar ik ontdekte een nieuwe sierspiegel, een afzichtelijk exemplaar, aan de andere kant van de kamer. Ik nam aan dat hij eigenlijk verticaal had moeten hangen, maar Helen had hem horizontaal boven haar strakke witte bank gemonteerd. Peter en ik hadden kortgeleden een slaapbank met donkere strepen gekocht. Ik vond hem eigenlijk iets te robuust, maar Peter had erop gewezen dat hij zo praktisch was voor logés, en omdat hij donker en gestreept was, was hij ook nog eens vlekkenproof. We zouden hem op een dag in de speelkamer van de kinderen kunnen zetten. De kinderen. We hadden het vaak over ze – ons toekomstige kroost. 'Dat zou leuk zijn voor de kinderen.' 'Hier moeten we een keer met de kinderen naartoe.' 'Ik zou niet willen dat de kinderen dit te zien kregen.' Ze waren steeds vaker aanwezig, de kinderen, vooral voor mensen die nog niet bestonden.

'Hoi,' zei Jason uiteindelijk. Hij slikte het laatste restje hors-d'oeuvre door en voegde er toen gehaast aan toe: 'Niet tegen Faith zeggen dat je me hier gezien hebt, hoor.'

'Hoe bedoel je? Waar is Faith dan?' vroeg ik terwijl ik om me heen keek.

'Ze wilde niet dat ik hiernaartoe zou gaan. Ze zei dat ze mijn gedrag tijdens dit soort feesten niet kon waarderen. Ze wilde dat ik thuisbleef bij Edward.' Ze hadden hun baby Edward genoemd. Dit was een tijdlang een twistpunt achter hun rug om geweest, maar langzaam waren we eraan gewend geraakt en nu leek het kind op een Edward, of anders had Edward, in onze collectieve gedachten, een andere gedaante aangenomen. Hij was schattig, dus dat hielp. 'En zij zou hiernaartoe gaan.'

'Maar dat heeft ze niet gedaan.'

'Nee, ik ben hier, maar dat weet ze niet.'

Ik was in de war. 'Maar waarom namen jullie Edward dan niet gewoon mee, zoals de vorige keer?'

'Je bedoelt dat feest dat Helen voor dat hoerige tijdschrift gaf? Dat was bizar. Ik bedoel, al die sm-meisjes en die twee travestieten die zich op de baby stortten en kirden als gekken. En Faith had geen plek kunnen vinden om de baby te voeden. Ze had het ook te verwarrend gevonden, al die tieten en achterwerken over de koffietafel, alsof borstvoeding geven een of andere perversiteit was.'

'Heeft ze dat zo gezegd?'

'Ja. Een perversiteit.'

Jason hield van Faith – was trots op hoe ze dingen kon zeggen, haar heldere verwoordingen. Zij was degene met de witteboordenbaan, bankmanagement op hoog niveau, zij bracht het grote geld binnen. Hij had een lacrossebeurs verloren en zijn studie opgegeven. Hij en ik hadden een zekere band omdat wij in onze relaties degenen waren die het minst verdienden, die het minst hadden bereikt. Ik kwam voor hem op als Faith in de buurt was, maar elke keer dat ik dat deed, wist ik dat ik eigenlijk voor mezelf opkwam. 'Hij is er gewoon nog niet achter wat zijn passie is, zijn roeping', 'iedereen heeft zijn eigen tempo' en 'hij heeft een andere kijk op de wereld, moet je hem daarom zo scherp veroordelen?' En Faith wist wat dit allemaal betekende. Ze wist over wie we het eigenlijk hadden en altijd wist ze gracieus een manier te vinden terug naar het specifieke probleem dat speelde, weg van de landmijnen van mijn onontdekte passie in het leven, mijn langzame tempo en andere kijk op de wereld.

'Waarom ben je hier?' vroeg ik.

'We hadden ruzie. Ik was zo slim om de benen te nemen.' Hij glimlachte, een beetje trots op zichzelf. 'Als je kinderen hebt, snap je dat. Bij ruzie moet je ervoor zorgen dat jij de eerste bent die naar de sleutels grijpt, anders zit je de hele avond met de baby opgescheept.' In gedachten hoorde ik Peter ons ouderschap verdedigen. *Hé, laat de kinderen erbuiten. Je hebt geen idee hoe geweldig Gwen en ik het als ouders zullen doen als de kinderen er eenmaal zijn.* Het was het soort opmerking waarop Peter op de weg naar huis zou teruggrijpen en die hij zou aanvechten. Ik was niet overtuigd van onze superieure ouderschapsvaardigheden. Wat wist ik nou van het ouderschap? Een dode moeder, een door verdriet overmande vader. Ik was er niet van overtuigd dat het achterdeurtje van de Stevens voor meerdere generaties toegankelijk was.

'Moet jij je niet ergens in een kroeg bezatten?' Toen dacht ik dat ik Alex zag, alleen de achterkant van zijn hoofd, buiten op het balkon. Mijn maag keerde zich zenuwachtig om. De man draaide zich om. Het was hem niet.

'Ik had honger. Helen heeft altijd van die heerlijke hapjes.' Dat was niet de reden, dat wisten we allebei. Jason was tijdens het gekir op het laatste feest steeds degene geweest die de baby had vastgehouden. Ik herinnerde me een opmerking die Faith over Jason had gemaakt, dat hij de baby als steunpilaar gebruikte. Nu ik naar Jason keek, zag ik dat hij niet voor een feest gekleed was. Hij droeg zijn zaterdagse kleren voor het werken in de tuin en had duidelijk niet gedoucht. De haren op zijn voorhoofd stonden rechtovereind alsof hij met het hoofd uit het raam had gereden.

'Faith komt er toch wel achter. Dat weet je,' zei ik tegen hem.

'Ik denk dat ik tussen nu en dan nog wel wat bedenktijd kan kopen.' Hij nam een grote slok van het exotische drankje van de avond en trok een verwrongen gezicht. Er stond een reusachtige schaal met punch en een opscheplepel van kristal. Het brouwsel was op melkbasis, zag er romig uit en rook naar kokos. Jason zou waarschijnlijk dronken worden en helemaal geen bedenktijd kopen, en Faith zou morgen terecht laaiend zijn. Ze zou het toeschrijven aan Jasons kinderlijkheid, zoals ze het noemde. Zijn overactieve id. Hij had een lange geschiedenis van het verspillen van bedenktijd. Hij bezat een Mexicaans afhaalrestaurant. 'Dit drankje moet je echt proberen,' zei hij. 'Het smaakt naar eetbaar ondergoed met een tropisch aroma.'

Ik sloeg hem op de schouder. 'Veel succes,' zei ik. 'Maar ik moet je eerlijk zeggen, het ziet er niet goed voor je uit.'

Hij had zijn mond weer vol, glimlachte bedroefd en haalde licht zijn schouders op alsof hij wilde zeggen: het is nu toch al te laat. En dat was ook zo.

Er stonden vazen met grote paarse seringen op de tafel. Ze hingen wellustig over de borden met voedsel. Ik manoeuvreerde eromheen, pakte een bord en vulde het met al die hapjes, geïnspireerd op het Midden-Oosten; kebab, iets met feta, iets met tahin, pannenkoekachtige dingen gevuld met kaas. Even vroeg ik me af of Helen iemand uit het Midden-Oosten aan de haak had geslagen. Zou ze op Alex kunnen vallen, vroeg ik me af.

Ik schepte een lepel van de kokosmix in mijn glas, nam een slokje en dacht kort aan eetbaar ondergoed. Smaakte het naar de repen van gepureerd fruit bij de kassa van de biologische winkel waar ik altijd heen ging als ik een artikel in een vrouwenblad had gelezen over een gezondere leefstijl? Zou dit een gevat gespreksonderwerp kunnen zijn? Kon ik hier iets grappigs van maken?

En toen zag ik Alex. Het verraste me om hem te zien, ook al was ik naar hem op zoek geweest. Hij was zo helemaal zichzelf – had ik slechts een fractie verwacht? – en ik hield van zijn details. Hij droeg een kakikleurige broek, een mooie riem met een zilverkleurige gesp die naar voren viel, een zwart T-shirt van een of ander concert en om de boel nog verder te verwarren: een colbertje. Zijn haar was nog nat van het douchen. Hij stond te praten met een artistiek ogende blondine met veel te grote oorbellen. Ze maakte drukke gebaren en haar oorhangers zwaaiden heen en weer. Ondanks haar hysterische gedrag bleef Alex kalm. Hij knikte vriendelijk. Hij hield zijn hoofd omlaag, sloot zijn ogen en knikte nog meer. Kennelijk had ze ineens iets grappigs gezegd, want hij glimlachte. Hij had een zwart doosje in zijn handen dat me deed denken aan het doosje waarin ik eens een hamster had begraven. Er zat een smal paars lint omheen. Had hij een cadeautje meegenomen? Op een kleine tafel naast hem stond eenzelfde doosje als dat in zijn handen, maar dat doosje was geopend en het lavendelblauwe vloeipapier was duidelijk opengevouwen. Het cadeautje, wat het ook geweest was, lag er niet meer in.

Ik wist niet goed wat ik moest doen. Hoelang was hij hier al? Had hij Peter en mij gezocht? Alleen naar een feestje gaan was dus toch niet zo vervelend als wij hadden gedacht. Ik wenste dat Peter nu bij me was, dat we geanimeerd stonden te praten over ondergoed met een tropisch aroma en lachten. Ik keek of ik hem op het balkon zag, maar de figuren die zich daar hadden verzameld, waren in het donker niet van elkaar te onderscheiden. Ik besloot mezelf bezig te houden met het zoeken naar Helen, maar Alex ving mijn blik en zwaaide naar me. Ik wuifde nonchalant terug en keek toen snel weg. Maar nog geen seconde later stond hij voor me.

'Dank je wel,' zei hij. 'Je hebt me gered. Die vrouw ratelde aan een stuk door. Heel aardig hoor, maar er was geen speld tussen te krijgen.' Voordat ik de kans kreeg om iets te zeggen, gaf hij me het doosje. Ik herinnerde me ineens dat hij me ooit een boterham in een plastic doos cadeau had gedaan, gekocht met zijn dining card. Maar ik wilde die herinnering niet toelaten. 'Alsjeblieft, voor jou.'

'Zit er een dood beest in?'

'Eh, nee,' zei hij. 'Had je dat graag gehad? Ik kan er wel eentje voor je halen.'

'Nee, maar het ziet eruit als...'

'O, als een doodskistje. Juist. Nu zie ik het. Nee, maar het is wel iets wat dood is. Maar leuk dood. Maak open!' Hij rook naar aftershave en shampoo, en ineens dacht ik terug aan een van onze vrijpartijen. Ik herinnerde me vaag dat ik onder een laken lag en dat hij zijn spijkerbroek uitdeed, het gewicht en de warmte van zijn borst op de mijne. Terwijl ik daar in het appartement van Helen stond, deed de herinnering me blozen.

Ik tilde het deksel op, een beetje aarzelend, legde het onder het doosje, rommelde met het lavendelblauwe vloeipapier en onthulde een rozencorsage met takjes wit gipskruid. 'Je hebt een corsage voor me gekocht,' zei ik.

49

'Een voor jou en een voor de gastvrouw,' zei hij.

'Betekent dat dat je twee afspraakjes voor het universiteits-gala hebt?'

'Heb je daar iets op tegen?' vroeg hij.

'Je hebt Helen dus ontmoet,' zei ik.

'Ja.'

'Vond ze haar corsage mooi?'

'Ze moest er heel hard om lachen.'

'Dat doet ze soms. Maar ze is knap, hè?'

'Ze is niet mijn type.' Hij pakte de corsage op aan zijn kleine speld met nepparel. 'Mag ik?'

Ik haalde mijn schouders op. 'Ga je gang. Waarom is ze niet je type? Is dat omdat ze te hard lacht en zich dan beweegt als zo'n stuk wiebelend speelgoed?'

Ik droeg een zwart hemdje met spaghettibandjes dat hem weinig opties gaf om de corsage aan te prikken. 'Nee, gewoon niet mijn type.'

'Dus jij koopt tegenwoordig corsages voor mensen? Is dat nu je ding?'

'Ik zag ze in de etalage van een bloemist omgeven door het vloeipapier in hun kleine kistjes en, ik weet het niet, ik had nog nooit een corsage voor iemand gekocht. Het leek me ouderwets, galant maar niet bedreigend.' Hij pakte de boven-rand van mijn hemdje vast en trok het een klein stukje naar voren zodat hij de corsage kon vastmaken zonder me te prik-ken. 'Misschien is dit de reden waarom mannen corsages voor vrouwen zijn gaan kopen. Een kans om hun bovenkle-ding aan te raken.'

'Misschien wel.'

'Dit zou wel eens mijn ding kunnen worden. Ik dacht dat ik corsages van een, je weet wel, langzame dood in de etala-ge van een bloemist kon redden, een goede daad verrichten zoals jij met je zeeotters. Hoeveel heb je er gered?'

'Ik denk dat ik er uiteindelijk eentje heb kunnen redden, hooguit twee.'

Eenmaal vastgepind bleek de corsage nogal zwaar. Hij viel naar voren, alsof hij boog, of nog erger, alsof hij probeerde bij me weg te komen. We keken er beiden naar. 'Het is een nederige corsage,' zei hij.

'Hij moet naar zelfhulpboeken op cassettebandjes luisteren,' zei ik.

'Maar ik voorspel een grote opwelling van zelfvertrouwen van nu af aan.'

'Op mijn borst?'

'Waar anders?'

En toen stond ineens Helen voor onze neus. Ze zag er fantastisch uit – perfecte neus, grote ogen, goedgevormde lippen, volmaakte tanden, betoverende kaaklijn. Haar strakke jurk had gaasachtige mouwen en haar corsage zat in het midden van een diep uitgesneden hals, alsof de jurk eromheen ontworpen was. Ze zei: 'Gwen! Wat een schat van een jongen! Waar heb je die gevonden?' Ze pakte Alex' arm vast – een mooi, zongebruind exemplaar – en legde haar hoofd op zijn schouder. 'Hij is charmant, lief en knap! Hij heeft dezelfde rozen voor ons gekocht. Wie doet zoiets nog?'

'Ik weet het niet,' zei ik. 'Hij kennelijk.'

'Rozen zijn eetbaar,' zei Alex en hij wees naar de vazen met bloemen op tafel. 'Seringen kun je ook eten.'

'En hij is zo wetenschappelijk onderlegd,' zei Helen. 'Wat doe je voor werk?' vroeg ze.

'Ik ben docent.'

'Hij is hoogleraar.'

'O, waar?' vroeg Helen.

'Aan Johns Hopkins University,' antwoordde hij, en ik was meer dan een beetje verbijsterd. Ik was ervan uitgegaan dat hij lesgaf aan een lokale universiteit – of eigenlijk een slechte lokale universiteit.

'Moet je als docent aan het Hopkins een stropdas dragen?' vroeg Helen. 'Ik ben verzot op mooie stropdassen.'

'Nee,' zei Alex. 'Stropdassen zijn niet verplicht. Lapjes op de ellebogen van onze jasjes en tweed wel. Maar stropdassen niet.'

'Jammer,' zei ze met een sexy pruilmondje. In één klap wist ik weer dat Helens relaties dan wel nooit tot een huwelijk hadden geleid, maar dat de mannen met wie ze uitging wel allemaal gek op haar leken te zijn – overweldigend, pijnlijk. Ze trok aan Alex' heel mooie arm. 'Kom, ik zal je aan iedereen voorstellen. Waar is je drankje gebleven? We gaan lekker aan de borrel. Je hebt wat in te halen.'

Alex wierp me een hulpeloze blik over zijn schouder toe. Had ik al iets gezegd over zijn wimpers? Donker en krullend, de soort waarop je als vrouw jaloers bent. Ik draaide me half om in de ene richting en daarna in de andere en besloot uiteindelijk naar het toilet te gaan om mijn lippenstift bij te werken, de tijd te doden. Er stond een korte rij. Toen de deur openging, liep Peter naar buiten. 'Ik ben stoned,' fluisterde hij me in het oor. 'Die blondine bood me een jointje aan, maar ik heb het afgeslagen.' Hij wees in de richting van Helens studeerkamer, waar Jason zat te praten met de blonde ratelkous, maar hij leek er best gelukkig onder.

'Jason mocht hier helemaal niet zijn.'

'O, ik weet het. Hij is verdoemd. Hij is hartstikke verdoemd. Kijk hem nou.' En dat deden we beiden. Hij was uitgelaten vrolijk. Hij wees naar de blondine en zei: 'Zie je nou, jij snapt me! Alsof je mijn gedachten kunt lezen!' Peter schudde zijn hoofd. 'Hij is gek. En ook nog eens stoned. Hij is er geweest. Het is net alsof je naar een dode kijkt. Een dode die stoned is. Maar ik gedraag me uitstekend. Op dat stoned zijn na dan. Maar stoned worden is niet zo slecht. Het vormt alleen, je weet wel, geen onderdeel van ons leven. Nu we kinderen hebben en zo. We moeten een goed voorbeeld geven.'

'Zo is het maar net,' zei ik.

'Zo is het maar net,' herhaalde hij snel, en toen rechtte hij zijn rug. 'Oké, verdeel en heers!' zei hij, en weg was hij.

Ik raakte in gesprek met een man over zijn thuisbrouwerij – een minivat in de koelkast, iets over hop en wat al niet meer. Ik sprak kort met een drummer, totdat zijn vriendin een gesprek op haar mobiel kreeg en begon te huilen. Ik praatte met een miniaturist – een vrouw die op bestelling poppenhuizen maakte voor rijke en beroemde mensen. Ze was heel klein. Ik luisterde naar een vreselijke komiek, die klaagde over benzineprijzen en dunne mensen en over zijn ex-vrouw die een mietje van hem had gemaakt door hem onder een dekbedhoes met bloemmotief te laten slapen. Ik had niemand eigenlijk veel te zeggen. Ik vroeg me af waar Alex was gebleven, of hij het middelpunt van dit soort feestjes zou worden, of ik Helen met hem had opgezadeld om hem vervolgens nooit meer te zien. Vivica in haar leren kleding met sierknopen kwam niet opdagen en ik miste haar.

Uiteindelijk werd het rustiger op het feest en was ik weer herenigd met Peter, Helen, Alex, Jason en de blondine – haar naam ben ik nooit te weten gekomen –, die op de witte bank hingen. Ik hing niet. Ik was gespannen, onzeker. Ik had een bord met kebab op mijn knieën. Ik had besloten dat ik helemaal geen zin had in het feest en dat ik me er maar beter gewoon doorheen kon eten.

Iedereen was ondertussen een beetje dronken, ik ook. Helen vertelde over een recente relatiebreuk. 'Hij klapte dicht toen ik hem een ultimatum gaf. Hij zei dat het te veel druk op hem legde. Maar wat weet hij nu van echte druk! Hij heeft geen biologische klok die tikt. Dat is pas druk.' In tegenstelling tot Peter sprak Helen helemaal niet over kinderen – alleen over de klok, alsof het krijgen van kinderen een soort van tijdrit was.

'Ik was nog maar twee jaar geleden verloofd met Claire,' zei Alex. Hij zat relaxed achterover, hield een biertje in de ene hand en wreef met de andere over zijn knie, alsof die hem pijn deed.

'Maar ik dacht dat Ellen er na haar studie vandoor was gegaan met een steward,' zei ik.

'Ik was verloofd met iemand anders.'

'Maar je vond het huwelijk toch barbaars?' Tenslotte had hij me enigszins belachelijk gemaakt omdat ik getrouwd was. 'Een slachtpartij?'

'Vind ik ook, maar helaas ben ik een barbaar.'

Peter keek hem aan met een verwaande blik. 'Een barbaar,' zei hij. 'Jij? Dat is grappig.'

Alex zei niets. Hij boog zich over de seringen in de vaas op de koffietafel en at er een op.

'Dat was nog eens barbaars,' zei Helen.

'Heel citroenachtig,' zei Alex terwijl hij kauwde.

Misschien had Peter het gevoel dat hij uitgedaagd werd. Maar ineens gromde hij, liet zich in Helens schoot vallen en beet in haar rozencorsage. Ze gilde en sloeg hem op het hoofd. Hij deinsde achteruit, bedekte zijn hoofd met zijn armen en kauwde op de roos.

'Zagen jullie dat?' schreeuwde ze. 'Heeft iemand dat gezien?'

We hadden het allemaal gezien.

Ik stelde me voor dat ik Faith hierover zou vertellen als ze morgen belde om zich te beklagen over Jasons domme gedrag. Dit was het soort 'gedrag op gala's' waar ze het over had gehad. Van Helens roos was niet veel meer over dan een halve roos op een steeltje. Het gipskruid was verschrompeld.

Ik voelde een steek van jaloezie opkomen. Niemand zou ooit mijn corsage in tweeën hebben gebeten. Ik had een aura dat tot dat soort dingen niet uitnodigde – of zo maakte ik mezelf wijs –, zelfs niet van mijn echtgenoot. 'Zijn rozen giftig?' vroeg ik weifelend.

'Nooit gedacht dat Peter barbaars was,' zei Alex tegen mij.

'Hij is anesthesist,' zei ik terwijl ik aan mijn kebab knabbelde. 'Wat is het verschil?' Ik keek Alex indringend aan. Ik weet niet of andere mensen hem ook mooi zouden vinden, misschien een beetje. Maar ik vond hem prachtig. Ik hield van zijn rimpeltjes, die zo gelijkmatig waren – ze vormden plooitjes omhoog alsof ze allemaal door lachen waren ontstaan. Ik zei: 'Je oren liggen heel plat tegen je hoofd.' Dit was in zekere zin een test. Het was iets wat ik lang geleden tegen Peter gezegd kon hebben, maar hij zou me dan alleen maar aankijken en zeggen dat ik grappig was, waarmee hij bedoelde: vreemd grappig. Ik had geleerd niet meer zulke dingen te zeggen.

Alex reikte omhoog en raakte een van zijn oren aan. 'Ik ben op snelheid gebouwd,' zei hij.

Toen legde Helen haar vingertoppen tegen elkaar en werd heel serieus. 'Wat is er gebeurd?' vroeg ze aan Alex. 'Wat ging er fout tussen jou en je verloofde?'

'Na ongeveer twee jaar besefte ik dat ik midden in een gesprek zat dat niet zou voortduren,' zei Alex.

'Wat betekent dat?' vroeg de blondine.

'Een huwelijk is een gesprek dat een leven lang hoort te duren. We hadden elkaar niet genoeg te vertellen,' legde hij uit.

'Dat is een prachtige definitie van een huwelijk,' zei Helen. 'Schrijf op,' zei ze tegen me, alsof ik haar secretaresse was. Ik negeerde haar.

'Een leven aan gespreksstof is veel gespreksstof,' zei ik.

'Wat is er mis met gewoon samen stil zijn?' voegde Peter eraan toe. Het gaf me een prettig gevoel om over te komen als een verenigd front zoals nu. 'Veel stellen voelen zich zo bij elkaar op hun gemak dat ze niet de hele tijd hoeven te praten.'

Jason zei: 'Ik vind het heerlijk om niet te hoeven praten.' Van zijn eerdere uitgelaten stemming was niets meer te bespeuren. Hij had nu zelfs een bepaalde achterdocht over zich. Hij wist dat er in zijn heel nabije toekomst veel gepraat moest worden en dat zou bepaald onaangenaam worden. De interesse van de blondine was ook afgenomen. Ze hield een tissue bij haar neus en las zijn gedachten niet meer.

'Mijn moeder wilde dat ik het toch doorzette, denk ik. Ze wil me getrouwd zien,' zei Alex.

'Ik veracht mijn moeder,' zei Helen, en daar had ze alle reden toe. Haar moeder was een alcoholiste, en een aantal keren getrouwd geweest met onsympathieke mannen. Ik had me altijd afgevraagd of Helens afkeer van het huwelijk en kinderen krijgen misschien voortkwam uit de angst om zoals haar eigen moeder te worden, en dat ze daarom altijd haar relaties zelf saboteerde. Het zijn van die dingen die mijn therapeut gezegd had kunnen hebben. Ze had het met mij vaak over zelfsabotage.

'Nou,' zei Alex, 'ik ben stapel op de mijne.' Ik kon merken dat hij heel dronken was omdat hij ten overstaan van iedereen zo liefdevol over zijn moeder sprak. 'Mijn vader en moeder hadden een gesprek dat maar bleef voortduren. Het is de moeite waard om daar zelf ook voor te gaan.'

Waarom dit zo hard bij mij aankwam, weet ik niet. Het leek alsof hij zei dat de perfecte relatie ergens lag te wachten en dat hij die, in zijn verwaandheid, zou gaan vinden. Hoewel het waarschijnlijk niet zo was bedoeld, kwam het naïef en pocherig over. Ik wilde iets antwoorden. Ik weet niet meer precies wat, maar het zou iets fels geweest zijn. Iets over het aantal mensen dat gaat scheiden, over relaties en hoe belangrijk het is dat je als huwelijkspartner vasthoudt aan... wat eigenlijk? Enige privacy? Enig zelfbewustzijn? Enige conversatie die alleen van jou is? (Waarmee ik bedoelde, enige eenzaamheid?) Ik weet het niet. Maar in plaats van iets antwoorden, gebeurde er dit. Ik ademde diep in, waardoor het stukje vlees in mijn mond – lamsvlees? – in mijn keelgat schoot en daar bleef vastzitten. In eerste instantie liet ik niets merken. Het gesprek ging verder.

Helen begon wat vragen te stellen. 'Hoe was je verloofde? Mis je haar?'

'Ik ben twee keer verloofd geweest,' zei de blondine.

Maar toen hoorde ik Alex zeggen: 'Gaat het? Gwen?'

Ik stond op en mijn bord viel op de grond. Ik draaide me om en zag mezelf in de lange spiegel die achter de bank hing, mijn ogen vulden zich met tranen en mijn hand lag op mijn keel – precies zoals iedereen geleerd wordt. Ik dacht: zo voelt het dus als je niet kunt ademhalen. Zo voelt het dus als je longen dienst weigeren. Zo voelt het dus om te verdrinken, zoals mijn moeder, toen ze een jonge vrouw was, een jonge moeder, jonger dan ik nu ben. Zo moet het geweest zijn voordat iemand me uit de auto trok. Ik had het altijd willen weten, het me willen herinneren, maar dat was nooit gelukt – maar zo was het dus.

En toen voelde ik armen om me heen, een vuist die in mijn maag drukte, vervolgens de ruk van die armen – te voorzichtig. Het vlees bleef zitten. Maar de volgende ruk was een krachtige. Het vlees kwam los en schoot in mijn mond, waarna ik het op de grond spuugde. Zomaar. Ik begon naar lucht te happen en te hoesten. Ik reikte omhoog en hield me vast aan wat ik aannam dat Peters mouw was. Ik greep hem stevig vast. Alle anderen deinsden achteruit – de blondine op haar plateauhakken, Jason… Helen fladderde met de gaas-achtige mouwen van haar jurk. 'Haal wat water voor haar of zo. Jezus!'

Ik draaide me om en daar was Alex. 'Gaat het weer?' zei hij.

Ineens stond Peter aan de andere kant van me, zijn arm om mijn middel. 'Je hebt haar leven gered,' zei hij tegen Alex. Peter Stevens van de Achterdeur Stevens – de man die, on-danks de statistische kans, alle tragedie uit de weg was ge-gaan – was verrukt over deze bijna-tragedie. Hij sloeg Alex zo hard op de rug dat die bijna zijn evenwicht verloor. 'Dat was ongelooflijk. Ik sta bij je in het krijt,' zei Peter. 'Ik sta bij je in het krijt!'

Dit kwam me voor als een vreemd iets om te zeggen. Alex had mijn leven gered. Hoezo stond Peter dan bij hem in het krijt? Was Alex niet allang blij dat hij me had gered? Zou niet iedereen in de kamer dat hebben gedaan als hij kon?

Op dat moment vloog de deur open, en daar stond Faith. Ze had haar haren in een slordige paardenstaart vastgezet en droeg een joggingbroek en een oversized t-shirt. Ze hield Edward vast, die klaarwakker was en rode wangen had alsof hij zojuist een flinke huilbui had gehad. Ze was zo schok-kend echt dat iedereen verstijfde.

Jason was de eerste die in beweging kwam. Hij keek alsof hij ging proberen haar af te leiden. Hij opende zijn mond en wees ineens naar mij, terwijl ik nog steeds voorovergebogen stond en probeerde op adem te komen. Maar hij moet gewe-ten hebben dat dit de boel alleen nog maar zou verergeren. Hij stond op, maakte een lichte buiging, zoals mijn corsage, en liep in de richting van de deur. Faith keek ons allemaal woedend aan – met goede reden. Geen van ons had haar ge-beld. Geen van ons had hem naar huis gestuurd. Ook wij waren schuldig.

Ze zei geen woord terwijl ze Jason hun kind in de armen drukte. Hij liep naar buiten en Faith wierp nog een laatste beschuldigende blik de kamer in. Toen sloeg ze de deur hard achter zich dicht.

ZES

*W*at ik nog weet van wat er volgde?

Het begon met slechts ons drieën – Alex, Peter en ik – op Helens balkon te midden van de kaarsen die tot wasachtige poelen waren gesmolten en waren uitgedoofd. Ik zie ons nu alsof we in de rokerige lucht zweefden, het balkon zelf een kleine kooi waarin wij drieën gevangen zaten. Hier sloten we een fragiel pact – voornamelijk vanwege Helen, die op het balkon zou verschijnen en alles zou doen ontbranden. Maar de vreemde reeks van gebeurtenissen die zou volgen, had ons allemaal nodig, de complexe mechanismen van conversatie, dus als groep begonnen we bij punt x en reisden al slingerend naar punt y. We hadden niet kunnen voorspellen hoe het dingen zou veranderen, maar ieder van ons, zelfs al waren we dronken en beneveld, moet meer dan een vaag vermoeden hebben gehad dat we in iets onbekends terecht waren gekomen.

Omdat ik bijna overleden was, besloot ik nog meer te drinken. Alex en Peter werden samen met mij dronken. Ze zaten op gietijzeren stoelen en ik stond bij de reling. Het uitzicht bood een stukje van de haven, een klein stukje maar, en alleen als ik voorover leunde, wat me het gevoel gaf alsof ik op de boeg van een schip stond. Ik was aangeschoten, duizelig, moest me enigszins schrap zetten tegen het briesje, wat op een bepaalde manier kalmerend was. Er waren een paar verre lichtjes die op het wateroppervlak reflecteerden. Ik sloot een oog, toen het andere en keek naar de lichtjes die op en neer dansten.

Helen stoof door het appartement en ruimde op. Er waren nog drie andere mannen. Gevangen in een impasse probeerden ze stuk voor stuk haar voor zich te winnen door gewoonweg te weigeren naar huis te gaan. Een klassieke zet. Volhardendheid wint het vaak van charme. Peter had hen ook opgemerkt. 'Het zijn gewoon krakers. Kijk ze nou. Waarom pakken ze hun biezen niet? Waarom geven ze het niet op en gaan naar huis?'

'Hoe komen wij eigenlijk thuis?' vroeg ik.

'Ik kan nog best rijden,' zei Peter terwijl hij in zijn neus kneep, rechtop ging staan en zijn buik introk alsof hij zijn nuchtere toestand wilde bewijzen. 'Niets aan de hand.' Heel even moest ik toen denken aan dr. Fogelman, die vast ook zoiets zou zeggen na afloop van een lang feest, en dat Ginny Fogelman dan zou opmerken: 'Alsjeblieft, zeg, wil je soms iemand doodrijden en de rest van je leven doorbrengen achter de tralies?' alvorens te mompelen: 'Ouwe sul.' Ineens voelde het balkon als een saaie kooi.

'Ik ga een taxi bellen,' zei Alex, maar hij maakte geen aanstalten om op te staan.

'Wacht,' zei Peter. 'We moeten dit nog regelen.'

'Wat regelen?' vroeg Alex.

'Ik sta bij je in het krijt,' zei Peter. 'Je hebt Gwens leven gered.' Ik verwenste Peter omdat hij daar weer op terugkwam. Soms beet hij zich in iets vast en weigerde dan los te laten. Zijn ouders hadden hem er als kind vast om geprezen – ze deden niet anders – en het volhardendheid genoemd, maar soms kwam het eerder dwangmatig op me over. En dit voelde als een gooi doen naar een groots gebaar.

'Ik heb me alleen maar in een stuk kebab verslikt,' zei ik, mijn blik nog steeds op de haven gericht. 'We hoeven er niet zo dramatisch over te doen.'

Alex zei: 'Iemand terugbetalen voor het redden van je leven geldt misschien in India of zo… maar niet hier.'

'Ik wil weten wat Alex wil,' zei Peter. 'Dat levert in elk geval een conversatie op. Wat is er mis met converseren?' Zijn toon was een beetje uitdagend en hij was nog niet zo dronken dat hij het niet doorhad, dus lachte hij om het spel uit te spelen. Hij lachte te hard.

'Prima,' zei ik. Ik draaide me snel om. Alex' lichaam vervaagde en sprong toen weer in focus. Het drong ineens tot me door dat ik later misschien wel misselijk zou worden. Ik zweette. 'Wat wil je, Hull? Wat wil je echt?'

Alex keek naar mij en vervolgens naar de torenflats en ertussendoor, naar de smalle strook die uitzicht bood op de haven. 'Ik wil niets,' zei hij schouderophalend.

'Serieus,' zei Peter. 'Je moet toch iets willen?' Was Peter Alex aan het ophitsen? 'Iedereen wil íéts. Het is een filosofische vraag – past precies in jouw straatje.'

'Wat is jouw straatje ook alweer?' vroeg Alex. 'Wat deed je ook alweer?'

'Anesthesie,' zei Peter. 'Ik bedwelm mensen. Ik ben dr. Feelgood.' Zo beantwoordde hij de vraag altijd – zelfs als de vraag van een oud dametje kwam.

'Ah,' zei Alex. 'Gevoelloosheid.'

'Je ontloopt de vraag. Wat wil je?' vroeg Peter weer.

Het werd allemaal een beetje te venijnig. Ik zei: 'Het is geen filosofische vraag, maar een persoonlijke. Wat we willen, waar we bang voor zijn. Persoonlijker, intiemer kun je niet worden. Alex hoeft niet te antwoorden. Persoonlijk is persoonlijk.'

'Zou jij de vraag beantwoorden als je in mijn schoenen stond?' vroeg Alex mij.

'Dat weet ik niet. Wat wil ik? Op dit moment?' Ik dacht erover na. 'Ik wil wat iedereen wil.'

'En dat is?' vroeg Peter.

'Me heel voelen,' zei ik.

Alex keek naar me, een beetje geschrokken. Ik had hem verrast, maar ik wist niet precies hoe. Hij bleef me aankijken, zelfs toen Peter begon te praten over wat iedereen wil – een salarisverhoging van twintig procent, rijk en slank zijn, beroemd worden.

Toen Peter klaar was met het opsommen van een litanie van gemiddelde Amerikaanse verlangens, zei Alex: 'Oké. Je wilt een intiem antwoord. De waarheid. Wat wil ik?' Hij nam de opdracht nu serieus. Hij tikte met zijn vingers tegen zijn dijbenen. 'Willen jullie het echt weten?'

Ik knikte.

'Ja,' zei Peter. 'Ik wil het echt weten.'

'Mijn moeder is ziek,' zei Alex. 'Ze moet van tijd tot tijd morfine spuiten in een ziekenhuisbed in haar woonkamer in haar huis bij het meer, en daar is niets aan te doen, dus…'

'Morfine?' zei Peter, terwijl hij naar mij keek, in verwarring nu het gesprek een serieuze wending had genomen. 'Wacht. Wie neemt er morfine?'

'Mijn moeder ligt op sterven,' deelde Alex, nu nuchterder, mee, en daarna wreef hij weer over zijn knie. Had hij een oude blessure? Ik keek hem indringend aan. Ik wilde zien hoe dit soort verdriet er vanbuiten uitzag. Ik wist maar al te goed hoe het er vanbinnen uitzag. 'Daar is niets aan te doen,' zei hij terwijl hij zich tot mij wendde. 'Tenzij je kanker onderzoekt en op het punt staat om een remedie te vinden.'

'Ik werk in de verkoop,' zei ik nutteloos.

'Ik dacht dat je Engels had gestudeerd.'

'Volgens mij eindigen alle mensen die Engels hebben gestudeerd in de verkoop,' zei ik.

'Ik dacht dat je binnenhuisarchitect was,' zei hij.

'Ik wérk voor een binnenhuisarchitect. Bijna goed,' zei ik.

'Wat erg van je moeder.' Zoveel had ik wel uit mijn kindertijd geleerd. Wat je wilt is dat iemand een verlies erkent – gewoon zegt dat het hem spijt. Meer niet. Gewoon dat hij zegt
dat het hem spijt, dat hij een oprecht knikje geeft. De ene persoon die de andere zijn menselijkheid toont.

Helen liep toen het balkon op en raapte wat verdwaalde
punchglazen en bierflesjes op.

'Helen,' zei Peter. 'Alex' moeder ligt op sterven.' Hij klonk
vol ongeloof. Hij was zo beschermd opgevoed dat dit soort
dingen hem compleet overrompelde. Hij wist dat mijn moeder dood was, maar had zich nooit gerealiseerd dat ze ooit
echt had geleefd – en dus was hij ongeduldig met het verdriet
van mijn vader en het mijne. Hij liet het ons verbergen en
daar waren we goed in. Hij wist niet eens dat ik tijdens het
ongeluk ook in de auto had gezeten en dat ik op een of andere manier was gered. 'Is dat niet verschrikkelijk?' zei hij.
Het klonk als een echte vraag, alsof hij het niet zeker wist.
Was het niet verschrikkelijk? Ja, toch?

Helen bleef staan. 'Het spijt me dat te horen,' zei ze, en ze
legde even haar hand op zijn hoofd, alsof ze hem zegende.

Alex knikte en keek toen weer naar zijn handpalmen. De
drie krakers zaten binnen te niksen en praatten nu met elkaar,
als vreemden bij een bushalte, en een minuut lang waren hun
stemmen de enige die te horen waren.

In gedachten ben ik vaak naar dit moment teruggekeerd –
de manier waarop Alex achteroverleunde in zijn stoel en
naar de hemel staarde; de manier waarop hij met beide handen over zijn hoofd wreef, alsof hij ongerust of vol afkeer
was. Wist hij waar hij hiermee naartoe wilde? Twijfelde hij

even? Wist hij op dit moment waar hij echt om zou vragen, wat hij hoopte dat eruit zou komen? Of deed hij gewoon dronken een bekentenis op een balkon terwijl een feest om hem heen ten einde liep? Ik denk niet dat het uitmaakte. Tenslotte zouden we allemaal een rol in de conversatie moeten spelen om van x naar y te komen. Hij zei: 'Tijdens mijn laatste bezoekje aan mijn moeder heb ik haar verteld dat ik, nou ja, dat ik getrouwd was.'

'Getrouwd?' zei Helen vol afgrijzen.

'Heb je je moeder een leugen verteld terwijl ze op haar sterfbed ligt?' zei Peter. Ineens moest ik aan mijn eigen moeder denken. Wat een geluk, dacht ik, om een moeder op een sterfbed te hebben gehad, om de kans te hebben gehad om tegen haar te liegen.

'Ze was helemaal van de wereld en zat onder de morfine,' zei Alex, eerder verhelderend dan verdedigend. 'Ze was compleet van de kaart en soms als dat gebeurt praat ze met haar dode zus. In zo'n situatie bevond ze zich.'

'Maar waarom zou je je moeder vertellen dat je getrouwd bent?' vroeg ik. 'Ik bedoel, zou ze niet overstuur raken omdat ze niet voor de bruiloft was uitgenodigd en dat je met iemand was getrouwd die ze nog nooit had ontmoet?'

'Getrouwd!' zei Helen. 'Ik bedoel, waarom vertel je niet meteen dat je koudvuur hebt en dat er een been moet worden geamputeerd!' En toen fluisterde ze: 'Het huwelijk kan je ledemaat voor ledemaat kosten. Wist je dat niet?' Helen genoot ervan om in bijzijn van getrouwde mensen minachtend te doen over het huwelijk. Het was een kleingeestige, bijna charmante vorm van wraakzucht.

'Nou, ze was helemaal van de kaart en was zo geobsedeerd door het feit dat ik niet getrouwd was en dat ik door het leven zou gaan zonder iemand die voor me zou zorgen en zonder iemand voor wie ik kon zorgen. Ze maakte zich er steeds drukker over. Dus toen heb ik tegen haar gelogen. Ik vertelde haar dat ik iemand had ontmoet en dat het een snelle beslissing was geweest – zoals vroeger.'

'Vroeger deden mensen zulke dingen,' zei Peter. 'Dan ontmoetten ze elkaar en waren binnen twee weken getrouwd.'

'Omdat ze geen seks mochten hebben,' zei Helen. 'Als jij in die situatie had gezeten, zou je hetzelfde hebben gedaan, maar hoeveel jaar hebben jullie erover gedaan?' Helen wees naar ons tweeën.

'Drie jaar,' zei Peter. 'Een stukje hemel!' Dat was een oud grapje tussen ons. We waren naar het huwelijksjubileum van een stel geweest dat twintig jaar getrouwd was en dit was hoe de echtgenoot steeds weer aan hun huwelijk refereerde – toost na toost, gesprek na gesprek. Een stukje hemel. Aan het eind van de avond klonk het als een doodsklok. Peter en ik gingen het gebruiken voor alles: vergaderingen op het werk, fitness op de sportschool, tripjes naar de supermarkt – alles om het afschrikwekkende op afstand te houden. Maar we hadden er nooit een onderdeel van onze relatie mee getypeerd, en het voelde als een schending van de regels.

'Mijn moeder en vader zijn op die manier getrouwd,' zei Alex, 'een paar weken nadat ze elkaar voor het eerst hadden ontmoet. Ze heeft respect voor dergelijke beslissingen, ook al zijn ze intussen gescheiden.' Iedereen keek nu naar hem en ineens was hij zich ervan bewust dat alle ogen op hem gericht waren. 'Ik weet niet waarom ik het zei. Het ging op een vreemde manier vanzelf.' Hij haalde zijn schouders op. 'Ik dacht dat ze het niet meer zou weten als ze eenmaal weer was gekalmeerd, maar helaas.'

'En nu?' vroeg Helen.

'En nu wil ze mijn vrouw natuurlijk graag ontmoeten voordat ze doodgaat,' zei Alex, alsof hij verbijsterd was door zijn eigen dilemma.

'Tjonge, wat een ingewikkelde toestand,' zei Helen.

'Als je haar kende, zou je het begrijpen,' zei Alex. 'Ze is een dwingeland. Ze is ongeremd. Ze is een ongeremde dwingeland.'

'Ik begrijp zulke moeders wel,' zei Helen terwijl ze geïrriteerd aan haar pols krabde.

'Ongeremd als golven,' zei ik.

'Als tsunamigolven,' zei Alex.

Helen draaide zich naar Alex om. Ze keek hem recht aan en nam de houding van een advocaat aan. 'Je hebt dus een vrouw nodig,' zei ze, het punt volkomen duidelijk makend.

'Mijn zus belde vandaag en zei dat ik maar beter snel met een vrouw op de proppen kon komen, want anders...'

'Anders wat?'

'Ik wil mijn moeder geen pijn doen op haar sterfbed,' zei Alex. 'Ze zou de rest van mijn leven bij me gaan spoken.' Het was bedoeld als grapje, maar in zijn stem klonk overduidelijk somberheid door.

'Dus je wilt wel iets,' zei Peter. 'Een vrouw. In elk geval tijdelijk.'

'Nee, nee,' zei Alex terwijl hij zijn hoofd schudde en het weglachte. 'Ik weet eigenlijk nog niet wat ik ga doen. Maar ik heb geen vrouw nodig.'

'Maar,' zei Peter, 'we vroegen je wat je wilde en toen kwam je hiermee.'

'Zo is het niet gegaan,' zei Alex. Hij richtte zich tot mij. 'Toch?' En toen beantwoordde hij de vraag zelf. 'Nee, zo is het niet gegaan.'

'Ga je een aanzoek doen?' vroeg Peter, en vervolgens pakte hij Helen bij de schouders vast. 'Helen, hij gaat je een aanzoek doen!'

'Nee, nee,' zei Alex. Hij bloosde.

'Altijd het bruidsmeisje, maar dit is je kans,' zei Peter.

'O, steek het in je reet,' zei Helen terwijl ze hem afschudde. 'Toe nou!' zei Peter, die niet los wilde laten. 'Jullie twee zouden een prachtig paar zijn! Meneer en mevrouw Hull!'

Ik wilde tegen Peter zeggen dat hij Alex met rust moest laten, erover op moest houden, maar ik hield me stil. Ik vond het wel leuk om Alex een beetje te zien zweten; van mij mocht Peter nog even zijn gang gaan. Hij mocht graag mensen ophitsen als hij dronken was, kon dan echt een pestkop zijn.

'Geen extreme maatregelen noodzakelijk,' zei Alex.

Maar toen sprak Helen op een beetje sluwe toon. 'Je hebt een zogenaamde vrouw nodig,' zei ze, 'omwille van je moeder. Het zou heel galant zijn.' Ze wendde zich tot mij. 'Gwen, jij moet Alex' zogenaamde vrouw worden.'

En dat was het keerpunt. Alex keek naar mij. Zijn gezicht stond bedroefd. Ik stel me nu zo voor, als ik terugkijk, dat hij doodsbang was. Ik in elk geval. Ik voelde me ontmaskerd, ook al kon niemand hebben geweten dat een deel van me wilde weten hoe mijn leven er met Alex uit had gezien; en niemand had me daarvan kunnen beschuldigen omdat ik actief probeerde dingen te bezweren. En misschien was hij ook zo bang omdat dit ook was wat hij wilde, waarop hij had gehoopt dat het gesprek uiteindelijk zou uitdraaien.

'Waarom ik?' vroeg ik.

'Omdat ik het spuugzat ben om te doen alsof met mannen,' zei Helen, en dat was waar. Het was niet de eerste keer dat ze het gezegd had. Doen alsof was een term die ze gebruikte in plaats van 'daten'. 'Bovendien heeft hij jóúw leven gered, niet het mijne. Ja toch, Peter?'

'Dat klopt!' zei Peter, die het hele idee nog niet wilde opgeven. Hij leek zelfs te stralen. 'Het is niet meer dan logisch. Het is zo... ik weet het niet, Europees.' Hij had het er vaak over dat Europeanen zo vooruitstrevend waren in hun opvattingen over het huwelijk – vooral de Fransen. Ik keek hem meestal kwaad aan als hij hier in het openbaar over begon – vaak na een paar cocktails – maar hij verwarde mijn fonkelende ogen altijd met iets anders – een sexy blik?

'We kunnen ook gewoon een mooie fles Crystal voor hem kopen en zeggen dat we quitte staan,' zei ik.

'Wat?' zei Helen, die zich tot mij wendde met een benepen hoge stem waarin duidelijk woede doorklonk. 'Heb je geen vertrouwen in je huwelijk? Ik bedoel, als Peter er nu op tegen was, dan was dat nog iets. Maar jij? Denk je nu echt dat Alex hier een bedreiging vormt van het instituut huwelijk?'

'Hé,' zei Alex. 'Wees eens aardig.' Hij draaide zich om naar mij. 'Ik dacht dat ze me aardig vond.'

Ik hield mijn blik bedachtzaam op Peter gericht. 'Ik heb vertrouwen in ons huwelijk,' zei ik.

'Nou dan,' zei Peter. 'Laten we er dan niet zo *bourgeois* over doen.' Dat was een term die Helen graag bezigde, 'bourgeois'. Ik vond het niet klinken uit zijn mond – de manier waarop hij er een Frans accent aan probeerde te geven. 'Wat zeg je ervan, Gwen?'

Iedereen keek naar mij.

'Ik ben geen huurauto,' zei ik.

'Ze is geen huurauto,' herhaalde Alex snel, alsof dat de doorslag gaf. Hij probeerde me te redden, maar ik wist niet zeker of ik wel snel door hem gered wilde worden.

Helen zuchtte diep.

'Het geeft niet,' zei Peter. 'Gwen is niet het type om zoiets te doen. En dat is een compliment. Ze is te…' Hij stopte toen, overwoog de mogelijkheden, misschien.

'Ik ben te wat?' vroeg ik. Ik was er helemaal niet zo zeker van dat het überhaupt complimenteus zou zijn. Kon je te iets zijn en dat toch opvatten als een compliment?

'Ja,' zei Helen. 'Te wat?'

Maar Peter hoefde niet te antwoorden.

Alex zei: 'Luister, ik heb geen vrouw nodig. Ik moet gewoon een vent zijn en niet tegen mijn moeder liegen. Dat is alles.' Maar was dit echt wat hij wilde? Waarom had hij het hele onderwerp dan ter sprake gebracht?

'Gwen is een geweldige echtgenote,' zei Helen. 'Ze is de beste die er bestaat. Ze zou een T-shirt moeten hebben waarop dat staat. Heb je zo'n shirt, Gwen?'

'Nee,' zei ik, beledigd door haar overdreven reactie.

'Ze zou de perfecte zogenaamde vrouw voor Alex zijn,' zei Helen. 'Het zou waarschijnlijk maar voor een weekend zijn. Toch? Je zou het moeten doen, Gwen. Je zou Alex' zogenaamde vrouw moeten worden.'

En ook dit heb ik uitvoerig geanalyseerd. Waarom wilde Helen dit zo graag? Kende ze zichzelf goed genoeg om haar motivaties te begrijpen? Was ze berekenend bezig of alleen maar aan het provoceren? 'Het is maar alsof. Doe er toch niet zo moeilijk over.'

'Precies!' zei Peter. Ik keek naar hem en hij leek ver weg. Dat hij eerder schreeuwde dan praatte, alsof hij op het strand stond, hielp ook al niet. 'Luister, ik vind het prima,' brulde Peter nu bijna. 'Ik doe niet moeilijk. Gwen mag alles doen wat ze wil. Ik vind alles goed.' Dit was de enige aanwijzing dat Peter misschien een klein beetje twijfels had. Hij was altijd doodsbang dat mensen hem 'moeilijk' vonden, omdat hij dat ook was – op een wanhopige manier. En hij was per slot van rekening volledig overtuigd van ons, of misschien van het instituut huwelijk zelf, en misschien vooral van zijn families nalatenschap van niet-ontvankelijkheid. Hij prikkelde en treiterde zichzelf ook als hij dronken was.

Alex schudde zijn hoofd en wuifde Peter weg. 'Nee, nee, nee.'

Ik keek over de reling van het balkon en zag een stelletje

dat hand in hand de straat over rende, hoewel er geen auto's reden. 'Volgens mij heb ik je moeder een keer ontmoet,' zei ik tegen Alex. 'Ze kwam naar de beursuitreiking op de Engelse faculteit. Na afloop was er een receptie.'

'Was zij daar ook?'

'We hebben elkaar kort gesproken,' zei ik. Ik herinnerde me haar als een vrouw die eruitzag alsof ze tenniste. Ze had een gebogen neus en Alex' wenkbrauwen. Alex' ouders waren gescheiden toen hij tien was. Zijn vader had daarna in een nieuw gezin geïnvesteerd en Alex en zijn zusje, Jennifer, vrijwel genegeerd. Als eenentwintigjarige kon ik niet begrijpen waarom iemand van Alex' moeder zou scheiden – ze was zo fantastisch. Toen ik me aan haar voorstelde, zei ze: 'O, dus jíj bent Gwen Merchant,' alsof ze van Alex veel over me had gehoord. Ik weet nog dat ik het als een compliment beschouwde, hoewel ik niet zeker wist of het wel als compliment bedoeld was. Op dat moment waren Alex en ik al uit elkaar en ging hij weer met Ellen Maddox. 'Ze zag eruit als een Kennedy,' zei ik. 'Eleganter dan de andere moeders.' Ik lette altijd erg op moeders.

'Gwen, je moet het doen,' fluisterde Helen dringend.

Ik wilde het ook doen, en het verbaasde me hoe graag ik het wilde. Ik wilde alleen zijn met Alex Hull. Ik wilde luisteren naar wat er met hem gebeurd was sinds ik hem voor het laatst had gezien. Ik wilde zijn intieme verhaal horen, en misschien zou ik hem dan ook het mijne vertellen. Ik fantaseerde erover dat hij smoorverliefd op me zou worden, al wilde ik zijn liefde niet beantwoorden. Ik wilde weer het meisje op de introductieavond zijn, weer opnieuw beginnen met handen schudden en elkaar complimentjes geven over onze schoenen, zoals ons was verteld. Ik wilde dat zijn moeder zou zeggen: 'O, daar heb je de beroemde Gwen Merchant weer! Terug van weggeweest!' Ik wilde haar weer tot leven wekken.

'Het komt niet elke dag voor dat iemand je leven redt,' zei Peter. Hij klonk nu opvallend vrolijker. 'En hij zei dat ze aan een meer woonde. Wat is er mis mee om een tijdje door te brengen in een huis aan een meer?'

'Is het een huis aan het meer?' vroeg Helen.

'Ja. Maar dit is waanzin. Ik had niet moeten liegen. Ik zal het gewoon moeten opbiechten. Meer niet.'

'Het is een huis aan het meer,' zei Helen tegen mij. 'Hangt er ook een hertenkop aan de muur en is er een bar? Is er ook een boothuis?' Ze wachtte niet op het antwoord. 'Je moet het doen, Gwen.'

'Je wilt er al een hele tijd een poosje tussenuit,' voegde Peter eraan toe.

'Ik wilde er met jóú een poosje tussenuit,' zei ik, en dat was waar. Ik had hem de hele tijd gevraagd om een weekendje weg te gaan, maar Peter wist me er altijd van te overtuigen dat we het geld beter konden besteden aan het opknappen van ons huis.

'Ga nu maar en geniet ervan. Praat wat met Alex' moeder. Geniet van de zon. Ga lekker roeien,' zei Helen, waarna ze zich tot Alex wendde. 'Zijn er roeiboten?'

'Een hele verzameling,' zei Alex nuchter.

'Kun je er hoefijzer gooien?' vroeg ze.

'Yep.'

'Zijn er schildpadden?' vroeg ik.

'Ze komen in kuddes, zoals bizons,' antwoordde hij.

'Ik bén een geweldige echtgenote,' zei ik. 'Of ik nu doe alsof of niet.'

'Je bént een geweldige vrouw,' zei Peter.

'Het zou wel een... Hoe noemen ze dat ook alweer?' vroeg ik. 'Dat zeggen mensen als ze...'

'Wat bedoel je?' vroeg Helen.

'Je weet wel, als mensen iets voor de gein doen...'

'Een giller?' zei Alex.

'Precies,' zei ik. 'Het zou wel een giller zijn.' Ik keek naar Peter en Alex – ze keken me allebei verwachtingsvol aan.

Helen klapte in haar handen, als een dame bij een opera. 'Dus je zegt definitief ja?' vroeg ze.

Ik draaide me om en staarde naar de oevers met torenflats, de havenlichtjes in de verte, die zacht en vaag waren. Ik wist dat ik wilde dat het meer was dan een lolletje, maar ik probeerde te doen alsof. Er stak weer een briesje op. Mijn zwarte shirt stond bol. De corsage bewoog. 'Oké, dan,' zei ik vlug. 'Oké, ik doe het.'

ZEVEN

*B*ij de *National Geographic* van januari 1979 zat een dunne grammofoonplaat met een opname van zingende bedreigde bultruggen, waaraan zo'n tien jaar was gewerkt. Mijn vader had in de beginfase deelgenomen aan het project. Hij was assistent-professor aan het Instituut voor Biotechnologie van de Universiteit van Maryland, waar hij nog steeds professor is, en hij werkte samen met wetenschappers van de Zoological Society in New York. Maar zes maanden voor het overlijden van mijn moeder nam hij ontslag.

Ik had al snel in de gaten dat ik geen vragen over mijn moeder hoefde te stellen. Mijn vader wilde maar een paar dingen over haar kwijt: ze was een goede moeder, ze hield van fruit en groenten, haar hele middelbareschoolperiode had ze op dansles gezeten. En ze breide al voordat ik was geboren. Als ze niet kon slapen – en dat was vaak het geval – ging ze breien. Dat waren de feiten. Meer niet.

Maar ik mocht wel naar zijn werk vragen, en naarmate ik ouder werd, besefte ik hoe begaan mijn vader was geweest met het bultrugproject, maar dat ontslag nemen voor hem noodzakelijk was. Hij had me verteld dat het te veel tijd op boten vereiste. Hij miste zijn familie. Een keer zei hij: 'Ik was thuis nodig.'

Mevrouw Fogelman, die mijn moeder maar oppervlakkig had gekend – ik heb de indruk dat mijn moeder moeilijk te doorgronden was – heeft me door de jaren heen wat informatie gegeven. Ze wist eigenlijk niets over het ongeluk zelf, of weigerde het toe te geven. Ze vertelde me dat toen mijn moeder stierf, mijn vader zich heel sterk hield. Hij had niet gehuild. Hij had er niet breekbaar uitgezien. Tijdens de begrafenis had hij zich als een onzinkbare tanker staande gehouden.

Maar het verdriet overviel hem later.

In 1979, toen de *National Geographic*-grammofoonplaat uitkwam, was ik zes jaar oud, een jaar na het overlijden van mijn moeder. Mijn vader draaide de plaat voortdurend – het huis was gevuld met de akoestische kreunen en zuchten van bultruggen. Maandenlang was het alsof we in de oceaan leefden. En ik herinner me dat mijn vader in die tijd in slow motion door het huis liep, alsof hij door zijn leven zwom. Hij was eindelijk aan het rouwen om de dood van mijn moeder.

Mevrouw Fogelman legde uit: 'Toen jij eenmaal naar school ging, had hij tijd voor zichzelf. Hij had zijn dekking laten zakken, en kreeg een enorme klap te verduren. Maar je vader is een taaie. Hij bleef er niet lang in hangen.'

Daar was ik het niet mee eens. Hij leerde er op een discretere manier in te hangen en is erin blíjven hangen.

Mijn kinderjaren waren eenzaam: eenzame kant-en-klaarlunches in bruine zakken, eenzame dagboeken, eenzame insecten in eenzame potjes, eenzame barbies. Er waren eenzame kuilen in eenzame stranden, een eenzame beugel, een eenzaam gipsverband. Er waren eenzame klarinetlessen, eenzame fietsen, eenzame cornflakes in eenzame kommen. Zo herinner ik me het. Eenzaam, eenzaam, eenzaam.

Die eenzaamheid werd alleen doorbroken door vrouwen

uit de buurt – docentes, overblijfmoeders die met me te doen hadden. Ik liet hen, maar het was geen liefde, het leek er alleen op. Het was medelijden. Andere kinderen behandelden me alsof ik een verminkte heilige was, of nog erger, een beeld van een verminkte heilige. En ook hen liet ik hun gang gaan, volgens mij omdat ik niet echt wist hoe ik als kind met mensen moest omgaan. Mijn vader vermeed mensen, en ik deed hetzelfde. Het voelde als een pact, alsof we ons verlies beschermden, anderen geen toegang verschaften, zodat we het allemaal voor onszelf konden houden. Mijn vader wilde beslist geen afstand doen van zijn verdriet.

Je zou denken dat mijn vader en ik ons verdriet thuis deelden. Maar in werkelijkheid durfde hij me nauwelijks aan te kijken. Hij hield van me, en dat doet hij nog steeds, dat weet ik zeker. Maar ik leek op mijn moeder – mijn kleine gezicht, mijn groene ogen, mijn donkere haar dat rond mijn gezicht viel. Ook al zette ik het naar achteren vast, het viel altijd weer naar voren zoals dat van haar. Altijd.

En dus raakte ik gewend aan liefdevolle blikken, liefde met een beetje liefde die in reserve gehouden werd, liefde met het achtergrondlawaai dat de angst voor liefde is.

En hoe paste Alex Hull in deze definitie van liefde?

Slecht.

Vanaf de dag dat hij bij me op het kleed in het gras was gaan liggen, brachten we al onze tijd samen door. Hij vertelde me toen dat ik tijdens de introductieavond het verkeerde meisje had uitgezocht, dat ik in plaats van Ellen Maddox mezelf voor hem had moeten kiezen. We huurden rackets en speelden squash op de squashbanen met hun inklapbare metalen handgrepen en glazen achterwanden. We liepen met elkaar naar college. We ontmoetten elkaar in een van de vergaderzalen in de kelder van de bibliotheek. Op de deuren van de vergaderzalen hingen altijd briefjes waarmee de ruimten gereserveerd werden voor verschillende door de universiteit gesponsorde clubbijeenkomsten. We hingen er zelf een keer een briefje op: *Gereserveerd voor de Albanese Studentenvereniging voor Perverse Seksualiteit*, zetten er onze tijden bij en hadden seks tegen het schoolbord. We brachten de nacht afwisselend door in een van onze kamers op de campus en hoopten maar dat we onze kamergenoten niet al te veel stoorden. Ik maakte al mijn vaders recepten en een die ik zelf had bedacht: gebakken kip, gepaneerd in geplette Cheerios. We gingen niet veel uit. 's Avonds laat studeerden we naast elkaar op stapelbedden; een keer gingen we samen in bad en lieten het overlopen, waardoor er een lekkage ontstond in het appartement eronder.

Het was te veel. Het voelde soms alsof ik nauwelijks kon ademhalen, zijn onderzoekende blik, altijd gericht op mij, de manier waarop hij naar me keek wanneer ik me aankleedde, de liedjes die hij over me schreef. Een van zijn favoriete nummers ging over zijn liefde voor mij, die als een oceaan zou zijn. Ik vond het mooi, maar kon het niet aanhoren. Telkens als hij het begon te zingen, bedekte ik mijn oren. Maar ik absorbeerde alles ook. Ik zoog het op.

We zwommen die lente in het universiteitszwembad zodra het openging, ook al was het ijskoud. Onze lippen kleurden paars. Ik was een heel slechte zwemmer – nog steeds. Ik herinner me dat hij me probeerde te laten drijven en dat hij het opgaf. 'Je bent een te geagiteerd mens om te blijven drijven,' zei hij. Dus hield ik het bij mijn spastische gespartel, zwaaide met mijn armen, trapte krampachtig en haalde af en toe adem. 'Je doet te hard je best,' zei hij. 'Jezus, ontspan je eens. Waarom ben je zo bang?'

En ik vertelde hem dat mijn moeder was verdronken, terwijl ik in een meter water stond naast de metalen ladder, niemand anders in de buurt dan een paar fanatieke baantjes-trekkers met hun badmutsen. 'Of misschien was ze op slag dood voordat ze verdronk,' zei ik. 'Ik weet het niet precies.' Ik had dit verhaal grotendeels thuisgelaten. In mijn geboorte-stad wist iedereen ervan, dus hoefde ik het nooit uit te leg-gen. Als er een nieuwkomer was, zou iemand het tegen hem fluisteren. En toen ik naar de universiteit ging, was ik zo blij dat ik er niet door gedefinieerd werd, dat ik had besloten het helemaal niet te vertellen. De weinige keren dat het ter sprake was gekomen, had ik gewoon gezegd dat mijn moeder was gestorven toen ik jong was. Dan voegde ik eraan toe: 'Ik kan me haar niet eens meer herinneren!' In elk geval was ik niet gewend om het verhaal te vertellen, dus besefte ik niet hoe weinig ik er eigenlijk over wist.

Alex begon me vragen te stellen.

'Was er een dronken bestuurder bij betrokken?'

'Volgens mij niet.'

'Was het een brug dicht bij je huis?'

'Ten noorden van ons. Op een uurtje rijden of zo. Ik heb hem nooit gezien.'

'Je weet niet welke brug het was?'

'Nee, wat maakt dat uit?'

'Gewoon, ik weet het niet, ik zou er nieuwsgierig naar zijn. Ik zou hem willen zien.'

Misschien was ik één keer nieuwsgierig geweest. Maar hoe had ik mijn vader kunnen vragen me naar de brug te brengen? Ik kon het niemand vragen, niet echt, en er was geen geschikt moment voor zo'n vraag, dus had ik het erbij laten zitten.

'Zat ze alleen in de auto?' vroeg hij.

'Ik wil er niet over praten,' zei ik tegen hem.

'Maar dat zou je wel moeten doen,' zei hij.

Ik herinner me dat ik probeerde naar de ladder te graaien, maar hij pakte me vast en trok me naar zich toe.

'Je hoeft mij niet te vertellen wat ik moet doen.' Ik begon te huilen.

'Oké,' zei hij. 'Dan mág je erover praten. Dat is alles wat ik ermee wilde zeggen. Het mag, als jij het wilt, wanneer je maar wilt.'

Daardoor moest ik nog harder huilen, en ik weet niet hoelang we daar zo stonden, maar het leek een heel lange tijd. Uiteindelijk begon ik te rillen omdat het water zo koud was. We gingen eruit. Hij wikkelde me in een handdoek. We hadden er maar een bij ons.

Onze relatie duurde maar drie weken. Er kwam een abrupt einde aan in die kroeg. Ik herinner me alleen nog dat we ruzie hadden voordat we uitgingen en dat we in de kroeg allebei aan de drank gingen. We waren dronken, maar dat accepteerde ik niet als een excuus. We hadden ruzie over iets onbelangrijks, en toen zei hij iets in die kroeg, onder een streng kerstlampjes die er het hele jaar hing. Hij zei iets wat me deed denken aan mijn vader en moeder, iets provocerends, iets wat ik opvatte als gevaarlijk. En ik had hem kunnen vergeven. Ik had het hem gemakkelijk kunnen vergeven, maar ik durfde niet. Hij belde me de dag erna. Hij belde en liet boodschappen achter – lange, onsamenhangende boodschappen, daarna korte kwade, vervolgens weer lange onsamenhangende. Ik wenste dat hij ermee zou stoppen.

En op een gegeven moment deed hij dat. In zekere zin was het een opluchting. Ik hield mezelf voor dat het beter was zo. Alex Hull was te veel.

De beursuitreiking diende zich aan. Ik had gehoord dat hij weer met Ellen ging, dat hij haar een huwelijksaanzoek had gedaan en dat ze ja had gezegd.

Na afloop ontmoette ik zijn moeder op de receptie. 'Dus jíj bent Gwen Merchant,' had ze gezegd.

En toen kwam Alex aanlopen en hij gaf zijn moeder een bekertje met een of ander roze sap. Maar tegen die tijd gingen we hartelijk met elkaar om.

We wensten elkaar succes.

Dat is de reden waarom Peter zo'n aantrekkingskracht op me had. Dat is de reden waarom ik verliefd op hem werd. Hij overlaadde me niet met liefde. Hij overstelpte me er niet mee. Hij liep niet over van liefde. Hij deelde het in porties uit. Liefde was geen oceaan – het kwam in delen.

En neem ik hem dit kwalijk?

Nee.

Neem ik hem andere dingen kwalijk?

Ja. Hij zorgde voor allerlei complicaties – vervelende.

Maar tegen zijn porties liefde heb ik geen wrok. Het was perfect voor me toen we elkaar voor het eerst ontmoetten. In feite had ik meer ook niet aangekund.

En later, toen ik erachter kwam dat het niet genoeg was, wist ik dat ik te veel van hem vroeg. Ik had getekend voor zijn liefde in porties. En de waarheid was dat we voor elke huwelijkstest geslaagd zouden zijn – van een psychologische test tot een quiz in de *Cosmo*. We maakten elkaar aan het lachen. We hadden genoeg goede seks en dat ook nog eens regelmatig. We hielden van hetzelfde eten, gaven elkaar complimentjes over ons kapsel en flirtten genoeg om onze relatie goed te houden. We kleineerden elkaar nooit moedwillig – niet met echt kwade opzet. Ook op papier pasten we goed bij elkaar. We hadden allebei een universitaire graad en hoewel ik vaak van de ene baan naar de andere was gehopt, steunde hij me altijd. We maakten soms elkaars zinnen af, maar dat deden we om beurten, dus het was eerlijk. We kibbelden nooit in het openbaar, we kibbelen überhaupt vrijwel nooit. En we hadden nooit écht ruzie, we zijn geen schreeuwers. We hielden allebei van een opgeruimd huis. Geen van beiden waren we goede dansers. We mochten elkaars vrienden, min of meer. We konden samen prima shoppen. Hij was nog altijd zo'n vier centimeter langer wanneer ik hoge hakken droeg. Oude stellen glimlachten naar ons in restaurants omdat we hen deden denken aan de gelukkige jongere versies van zichzelf. We waren, naar ieders mening, leuk om mee om te gaan, een mooi paar dat prima bij elkaar leek te passen.

Ik wist dat er veel vrouwen waren die gezegd zouden hebben: 'Je hebt het fantastisch voor elkaar. Wees blij met wat je hebt.' Ze hadden gelijk – en ongelijk.

Acht

De dag na het feest stond Peter vroeg op om te gaan golfen. Er hing een briefje op de koelkast waarop stond:

G,
Ben aan het golfen met drie mannen van het werk. Ik moest op het laatste moment invallen voor iemand die geblesseerd is. Zal op tijd – in golfjaren – terug zijn voor je vijfendertigste verjaardag.

XP

PS Doen alsof je de vrouw van iemand anders bent? Zijn we helemaal gek geworden?

Golfjaren is een oud grapje. Golfjaren zijn langer dan hondenjaren en maandagavond-americanfootball-jaren bij elkaar. Ik speel zelf niet, dus heb ik nooit begrepen waarom golf zo langzaam gaat en zo lang duurt en dan toch nog een sport genoemd wordt. Peter schijnt er heel goed in te zijn, en dan zou je toch denken dat hij het sneller dan andere golfers

kan. Maar zo werkt het niet. Als ik Peter een beetje kende
– en in zekere zin deed ik dat – wist ik dat hij me met het
golfgrapje twee dingen duidelijk probeerde te maken: 1) dat
hij het grootste gedeelte van de dag weg zou zijn, en 2) dat
hij onder de afspraak uit wilde die we op het balkon hadden
gemaakt. Hij was die ochtend wakker geworden en had besloten dat het een dronkenmansbesluit was geweest, geen
goed idee meer, en hij wilde zeker weten dat ik er net zo over
dacht. Ik bracht de ochtend door met het wegwerken van
mijn kater en me afvragen hoe Peter – met zijn onberispelijke
manieren – kon voorstellen dat ik zou afzien van het plan om
Alex' zogenaamde vrouw te worden. En ik realiseerde me dat
ik me helemaal niet wilde laten ompraten.

Het was zondag, en zoals elke week reed ik rond lunchtijd
naar mijn vader. Soms ging Peter met me mee voor deze flits-
bezoekjes, maar meestal bleef hij thuis. Mijn vader vroeg altijd naar hem. Niet dat hij het persoonlijk opnam dat Peter
niet meekwam, hij had echt liever dat we met z'n tweeën
kwamen om de ongemakkelijke spanning tussen hem en mij
te verminderen – onze lange geschiedenis van onuitgespro-
ken zaken.

De straat waarin ik in eenzaamheid was opgegroeid, was
een en al dikke, kolossale eiken, ruige hagen en stevige groene gazons. De huizen waren groot maar oud en vervallen. Ze
waren vrijwel allemaal nog voorzien van dakspanen van as-
best die aan het eind van de jaren zestig nog veel gebruikt
werden. Oude basketbalringen met roestende bouten waren
aan hun garages bevestigd. De familie Fogelman had iemand
die hun tuin bijhield, en daarnaast werkten ze zelf ook in de
tuin, als hobbyisten. Mijn vaders huis stond er vergeleken bij
dat van hen mistroostig bij. Het dak was vaal en de dakspanen kromgetrokken. De verf op de garagedeuren bladderde
af. Een van de luiken van een bovenraam zat los en hing

schuin als een scheef gegroeide wenkbrauw. De tuin was er een van het soort dat Eila vervloekt zou hebben: 'Dit huis oogt als het gerimpelde gat van een kat', waarna ze zou aanbellen en haar licht Britse, gespeeld artistieke accent aanwendde voor de toekomstige klanten.

Ik stond in de voortuin toen ineens Lucy-Jane, de cockerspaniël van de familie Fogelman, kwam aanlopen en aan mijn schoenen begon te snuffelen. 'Kleine Lu,' zei ik. 'Wat doe jij zo ver van huis?' Ze was een al wat oudere hond met droevige, natte ogen. De familie Fogelman had haar staart niet gecoupeerd, dus waaierde die enigszins majestueus achter haar uit.

'Lucy-Jane!' hoorde ik mevrouw Fogelman roepen, waarna ze tussen een rij bomen verscheen. Ze droeg tuinhandschoenen met bloemmotief en had een rubbermat onder haar arm.

'O, Gwen!' zei ze, waarop ze over haar schouder riep: 'Benny! Kom eens even om gedag te zeggen! Gwen is hier!'

'Gwen!' riep dr. Fogelman, en toen stond ook hij ineens tussen de bomen. Hij droeg een overhemd dat zoveel gelijkenis vertoonde met het shirt dat Peter de avond ervoor had gedragen dat ik er een foto van wilde maken om het saaie ervan te kunnen bewijzen.

Ik had de familie Fogelman een paar maanden niet gezien, en ze leken ineens zoveel ouder, wat kan gebeuren bij oudere mensen, net als bij kleine kinderen – een verandering die je echt versteld doet staan. Dr. Fogelmans borst leek wel iets gekrompen en zijn buik heviger aangetast door de zwaartekracht. Mevrouw Fogelman oogde gezond maar liep een beetje krommer – als een ouder wordende worstelaar. Ik was oprecht gesteld op de familie Fogelman. Misschien omdat de manier waarop ze me altijd begroetten me het gevoel gaf dat ik een of andere beroemdheid was.

'Hallo!' zei ik. 'Uw tuin ligt er fantastisch bij!'

'Extra uren,' zei dr. Fogelman.

Mevrouw Fogelman wierp hem een kwade blik toe, alsof hij ermee refereerde aan hun huwelijk, waarna ze naar me glimlachte. 'Je ziet er zoals gewoonlijk schitterend uit,' zei ze.

'Zoals altijd,' voegde dr. Fogelman eraan toe.

Ik tilde Lucy-Jane op. 'Hoe gaat het met mijn pa?' vroeg ik. Ze hielden een oogje in het zeil, en we praatten af en toe op deze manier over hem, en dat wist hij. 'Samenzweerders' noemde hij ons grappend.

'Nou, je zult het niet geloven, maar ik heb hem uitgenodigd voor een etentje waar ook een alleenstaande vriendin van mij, die ik ken van de kerk, bij zal zijn. Ze heet Louise. Ze is geweldig.'

'Ze kan ermee door.'

'Ze is geweldig,' corrigeerde mevrouw Fogelman haar man.

'En?' zei ik.

'Dat is het,' zei dr. Fogelman. 'Ik heb tegen haar gezegd dat ze niet zo bemoeizuchtig moet zijn.'

'Ik was niet bemoeizuchtig. Ik nodigde twee mensen uit voor een etentje. Is dat bemoeizuchtig, Gwen?'

'Nee, ik vind het heel aardig van u. Maar interesseert Louise zich wel voor vis? Dat is natuurlijk de vraag,' zei ik.

'Niemand is in vis geïnteresseerd zoals je vader dat is,' zei mevrouw Fogelman.

'Vissén!' voegde dr. Fogelman eraan toe. 'Als ik na al die jaren naast een celbioloog gewoond te hebben één ding heb geleerd, is het wel dat je vissén moet zeggen.'

Ik gaf Lucy-Jane aan mevrouw Fogelman. 'Nou, bedankt dat u op mijn vader hebt gelet,' zei ik.

'O, alsjeblieft,' zei mevrouw Fogelman. 'Het is geen enkele moeite. Als ik eens wat soep overheb, breng ik hem wat. Meer stelt het niet voor.'

Ik heb me altijd afgevraagd of mevrouw Fogelman niet een beetje van mijn vader hield – of was het dat ze een fascinerende, tragische figuur in hem zag? Een droevige, romantische hoofdrolspeler?

'Soep is goed voor hem,' zei dr. Fogelman. 'Ik hoorde op de radio dat getrouwde mannen langer leven, maar ik kan er bij god niet bij hoe dat nu toch mogelijk is!'

Mevrouw Fogelman sloeg hem met de rubbermat.

'Tot later,' zei ik.

Ze wuifden me met identieke zwaaibewegingen na.

Terwijl ik door mijn vaders verwilderde voortuin liep, vroeg ik me af of dr. Fogelman mijn vader zou overleven. Zetten echtgenotes hun mannen echt alleen maar goede maaltijden voor, of wisten ze gewoon hoe ze hun hart moesten kalmeren op een manier die essentieel is als je ouder wilt worden?

Ik klopte op de deur terwijl ik naar binnen liep. Het huis was vanbinnen net zo deprimerend als vanbuiten. De vensterbanken lagen vol met het stof van dode motten. De versleten banken stonden stijf gearrangeerd – niet enigszins verschoven doordat ze daadwerkelijk gebruikt werden – maar onder de directie van een weduwnaar die weinig bezoek over de vloer kreeg. De eetkamertafel was opgeofferd aan mijn vaders opnameapparatuur zodat hij naar opnamen van geluid producerende vissen kon luisteren, ze kon bestuderen en aantekeningen maken. Voor zijn huidige project werkte hij samen met een netwerk van zeebiologen die geïnteresseerd waren in het opzetten van een Nationaal Archief van Visgeluiden in de Bibliotheek van Natuurgeluiden in Cornell. Als mijn vader een toekomstige klant was geweest, zou Eila hebben aangedrongen op een volledige ontruiming met honderd procent huurmeubilair, plus een klusjesman en schoonmaakploeg. 'Het hele pakket! Anders zijn mijn handen gebonden! Hoe kun je als artieste nu kunst maken met gebonden handen?' zou ze zeggen met een hoge, overslaande stem, alsof dit geen belediging was.

Ik weet heel goed waarom ik in deze baan ben gerold – huizen gereedmaken voor de verkoop. Ik vind het idee geweldig dat je een bouwvallig huis dat ernstig verwaarloosd is weer gezond kunt maken. 'Het draait allemaal om psychologie,' had Eila me steeds weer gezegd. 'We willen een huis creëren dat zegt: "Hier zult u van uw familie houden. Hier zal van u gehouden worden." Het gaat niet zozeer om kunst als wel om de definitie van liefde.'

Ik vroeg me af hoe ons huis eruit had gezien toen mijn moeder me vanuit het ziekenhuis mee naar huis had genomen. De bomen waren toen nog klein en spichtig geweest – ik heb de jonge boompjes later op foto's gezien. Toen ik nog wat jonger was, vroeg ik mevrouw Fogelman eens of ze mijn moeder ook met een kinderwagen had zien lopen, in de tuin aan het tuinieren had gezien of haar nieuwe gordijnen had zien ophangen. Wat deed ze zoal? Mevrouw Fogelman vertelde me steeds weer: 'Ze breide. Je had mutsen, truien en dekens. Ze breide en breide. Ze had dat hele huis kunnen breien. Ze was er heel serieus mee bezig.' Maar ik heb nooit iets in het huis gezien wat op handgemaakt breiwerk lijkt – geen sprei, geen sjaal, geen kerstsok. Niets.

Koesterde mijn moeder dit huis? Was het een plek die zei: 'Hier zult u van uw familie houden. Hier zal van u gehouden worden'? Of hing deze sfeer er toen al – deze koppige sfeer van verdriet? 'Verdriet is tastbaar,' had Eila me eens verteld. 'Ik heb huizen gezien die zo droevig waren dat de enige oplossing was ze in brand steken.'

De geur van gebakken worst kwam me tegemoet. 'Ik ben aan het koken!' riep mijn vader vanuit de keuken.

Hij bereidde altijd een zondagslunch – ovenschotel met tonijn, gegrilde kaas, waterige tomatensoep, vissticks, aardappelpuree uit pak, en worst. Bij speciale gelegenheden, rond een van onze verjaardagen, serveerde hij gebakken zalmcakejes van zalm uit blik. Dat was zo'n beetje zijn repertoire van gerechten.

Hij stond achter het gasfornuis en maakte inkervingen in de gebakken worst. Het was al een oud fornuis met nog maar een brander met automatische ontsteking. De andere moest hij met een lucifer aansteken. Hij stond een beetje gebogen, zijn schouders vielen naar voren en zijn borst zakte in. Toen hij me zag, keek hij even op en in een moment van zelfbewustzijn streek hij door zijn piekerige haar alsof hij een poging deed om zich te fatsoeneren. Ik liep naar hem toe en drukte een kus op zijn wang. 'Hoe gaat het?' vroeg ik terwijl ik mijn tas op tafel zette.

'Prima. Ik heb de hele ochtend naar de *Ophidion marginatum* van een collega geluisterd.' Hij gebruikte nog steeds Latijnse namen voor dingen, in de hoop dat ik ze zou leren.

'Engels graag,' zei ik.

'De gestreepte naaldvis. Er wordt geweldig werk verricht in Cape Cod en New Bedford, en hij heeft een student die vocalisaties in Manhattan verzamelt, in de Hudson.'

'Naaldvissen in Manhattan,' zei ik. 'Klinkt als iets wat totaal niet bij Broadway past.'

'Dat klopt als een bus. Ik luister mee en help bij de identificatie.' Hij legde twee halve worsten op een plak brood voor me. De mosterd en mayonaise stonden al op tafel. We schuifelden om elkaar heen en maakten onze broodjes klaar. Daarna gingen we zitten, daar ter plekke, met onze borden op rubber placemats. Als bijgerecht had hij potten augurken en olijven neergezet en een stuk kaas met jalapeñopepers.

'Je ziet er een beetje geïrriteerd uit,' zei hij.

'Peter en ik kwamen een oude studievriend van me tegen. We hebben te veel gedronken.'

'Ah, studievrienden,' zei hij. 'Mijn studenten drinken te veel. Echt. Ik moest laatst naar een bijeenkomst op de campus over comazuipen – alsof ik daar iets tegen kan doen.' De studenten van mijn vader waren goed voor hem. Ze gaven hem een kleine boei naar de buitenwereld. Dankzij hen weet hij soms dat er een bepaalde band in de stad speelt, dat sommige mensen hun broeken heel laag op hun heupen dragen en wat culturele concepten als *date rape* en *beer pong* inhouden.

Ik zat te bedenken hoe ik Alex ter sprake moest brengen. Ik wilde over hem praten – misschien over de manier waarop hij me in verwarring bracht. Als ik een moeder had gehad, zou dit dan het soort onderwerp zijn geweest waarover we op gedempte toon zouden praten terwijl we deden alsof we een rondje liepen langs een nieuw beplant gedeelte achter in de tuin?

Ik wist dat ik mijn vader geen intieme dingen hoefde te vertellen. Als ik zou zeggen dat ik overwoog te doen alsof ik Alex' vrouw was omwille van zijn moeder die op sterven lag, zou mijn vader een grote hap van zijn worst hebben genomen, hebben geknikt, en dan een vinger hebben afgelikt om daarmee broodkruimels terug op zijn bord te leggen. Uiteindelijk zou hij iets zeggen als: 'Nou, van dat soort dingen weet ik niets af, hoor.' Maar hij zou het zo laat hebben gezegd, dat het zou hebben geleken alsof hij er opnieuw over was begonnen, wat nog ongemakkelijker zou zijn dan wanneer hij helemaal niets had gezegd.

Maar Alex was een academicus en ik wist dat academici veilig waren. 'Die oude studievriend heet Hull, Alex Hull,' begon ik. 'Hij is tegenwoordig professor aan het Hopkins.'

'Welke vakgroep?' vroeg mijn vader.

'Filosofie,' antwoordde ik.

'Ah, een denker,' zei hij, waarmee hij bedoelde dat Alex

geen doener was. Mijn vader had alle academici in twee groepen opgedeeld: de denkers en de doeners. Mijn vader rekende zichzelf tot de doeners.

Het was een korte lunch. Mijn vader hield niet van lang tafelen – als doener had hij veel werk te doen. Maar hij vroeg me, zoals hij vaak deed, of ik naar een paar pratende vissen wilde luisteren. Soms stemde ik in, soms kon ik me er niet toe zetten. Dan klonken het constante geruis van het water, het gepiep, gekras en gekoer me als een klaagzang in de oren. Soms was het gewoon te moeilijk, wanneer ik die akelige uitspatting van mijn verbeelding toeliet – mijn moeder onder water.

Maar vandaag had ik geen zin om me snel terug te haasten naar het appartement, naar Peter en zijn golftassen en zijn plannen om onder ons pact met Alex Hull uit te komen. Ik zei: 'Laten we naar een paar naaldvissen luisteren.'

Mijn vader concentreerde zich op vissen aan de Oostkust, waar honderdvijftig soorten kunnen vocaliseren. Ik heb geluisterd naar de stoten en tikken van de roep van schelvissen, de schraperige knallen van hun kuitschieten, het geknars van paddenvissen, de geluiden van walvissen die muren van bubbels creëren om vis in te vangen. Ik heb mijn hele leven geluisterd naar vissen, brommend, kreunend, grommend, spinnend, snaterend, koerend als duiven. Mijn vader is er vast van overtuigd dat ze informatie uitwisselen over roofdieren, dat ze soms agressief zijn en op andere momenten hoffelijk en charmant. Hij gelooft dat ze woedeaanvallen hebben en schelden – zelfs rouwen. Telkens weer vertelde hij me dat ze over alles praten waarover wij ook praten. Ik was waarschijnlijk tien toen ik al besefte dat wij niet over alle dingen praatten waarvan hij beweerde dat vissen praatten.

Mijn vader zette de veel te grote koptelefoon op mijn hoofd. In eerste instantie was alles gedempt, toen hoorde ik de oceaan, de beweging van de golven en uiteindelijk de naaldvissen. Hun gepiep kwam snel achter elkaar, zoals bij eekhoorns. Ik keek naar mijn vader, die afwisselend stilstond en op en neer liep door de kamer.

'Wat vind je ervan?' vroeg hij. 'Klinken ze niet goed? Helder? Klinkt het niet net alsof ze hier in deze kamer bij je zijn?'

Ineens voelde ik dat ik wilde huilen. Ik zette de koptelefoon af en legde hem op tafel. 'Ze klinken blij,' zei ik. 'Ze klinken als blije eekhoorns.'

'Dat schrijf ik op,' zei hij. 'Dat is een mooie omschrijving.'

Ik keek toe terwijl hij op zijn notitieblok krabbelde, daarna draaide ik me om en keek naar buiten door de oude aluminium schuifdeur die naar de veranda leidde met zijn grijze planken. 'Ik wil dat je me iets vertelt,' zei ik.

'Wat?' vroeg hij.

'Ik wil dat je me iets vertelt,' zei ik.

'Wat dan?' zei hij, nu bezorgd.

'Wat dan ook. Vertel me iets over haar.'

Hij stopte toen en wist dat ik het over mijn moeder had. 'Ik heb je al heel veel verteld.'

'Ik zal je iets vertellen,' zei ik terwijl ik nog steeds naar buiten staarde. 'Als klein meisje was ik bang dat ze me in de hemel niet zou herkennen en dat we elkaar nooit zouden ontmoeten omdat ze stierf toen ik nog jong was.'

'Ik wist niet dat je in de hemel geloofde.'

'Dat weet ik, dat weet ik. Je hebt me niet geleerd om in zulke dingen te geloven, maar toch was ik er heel lang bang voor.'

'Je had het me moeten vertellen.'

'Nee, want je zou me alleen maar een of andere wetenschappelijke veroordeling van de hemel hebben gegeven.'

Hij dacht hier even over na. 'Het spijt me,' zei hij. 'Waarschijnlijk heb je gelijk.'

'Vertel me nu iets.' Ik dacht aan Alex, hoe het was geweest om hem op de introductieavond te ontmoeten, zijn kritiek op mijn schoenen, dat hij Ellen Maddox had opgetild en rondgedraaid, hoe het was geweest toen hij die lente bij mij op het kleed in het gras was gaan liggen. Wat was het verhaal van mijn ouders? Ik wist in feite helemaal niets. Ik dacht terug aan Alex' woorden dat het huwelijk een gesprek was dat een leven lang duurde. Hadden mijn moeder en vader een gesprek gehad dat een leven lang had kunnen duren als het niet zo plotseling was afgebroken? Was het gesprek onafgelopen geëindigd? Ik wist niet eens hoe het gesprek was begonnen. 'Hoe hebben jullie elkaar ontmoet?'

'Op een dansavond,' zei mijn vader. 'Mensen ontmoeten elkaar vaak op dansavonden. Maar dat heb ik je al eens verteld.'

'Nee, dat wist ik niet,' zei ik. 'Welk liedje speelde er toen je haar ten dans vroeg?'

'Ik heb je moeder niet ten dans gevraagd,' zei hij. 'Ik kan niet dansen.'

'Wat heb je dan gedaan?' Ik draaide me om en keek hem aan. Hij pakte de koptelefoon van de tafel. Even was ik bang dat hij zou gaan zitten en hem op zou zetten. Maar dat deed hij niet. Hij hield hem alleen maar vast. 'Ik vroeg haar of ze meeging,' zei hij, 'met mij.'

Ik ging aan het hoofd van de tafel zitten. 'Wat romantisch,' zei ik.

'Je moeder was een romantisch type,' zei hij. 'Ze viel ervoor.'

'Ze viel op jou,' zei ik.

Hij knikte.

'En jij viel op haar,' zei ik.

'We vielen en vielen. Zo was het tussen ons… Vallen.'

Er lag een kwelling in zijn stem die liet doorschemeren dat het vallen zowel mooi als rampzalig was. En ik dwong mezelf hem te vragen: 'Voelde het zo vlak voor het einde, vlak voor het ongeluk?'

Hij keek geschrokken naar me op, alsof ik een of andere code had gebroken – zoals het gepiep van de gestreepte naaldvissen. Ik voelde me als het jongetje in dat prentenboek dat het magische potlood had waarmee hij dingen kon laten verdwijnen – het voelde alsof ik zojuist een grote rechthoek had getekend en dat het een deur was geworden tussen mijn vader en mij, een open deur.

'Ja,' zei hij uiteindelijk, waarna hij knikte, als om het nog eens te zeggen. Hij gaf een ruk aan het snoer van de koptelefoon en begon te huilen.

NEGEN

'Ik heb alles eruit gezweet, elke laatste druppel,' zei Peter, waarna hij aan zichzelf rook. 'Het voelt alsof ik gestoomd en geperst ben.' Soms kon Peter een radiostem opzetten – als een omroeper: luid, diep, snel, glad, en het allerergst: gerepeteerd. Hij lag onderuitgezakt op de bank, met zijn gezicht naar het plafond, en droeg een schreeuwerig gestreept poloshirt dat erg veel weg had van dat van Gary, de collega-anesthesist die we in de ijssalon hadden getroffen. Zijn golfschoenen stonden bij de deur. Zijn sokken had hij al uitgetrokken.

Ik liep langs hem heen en begon in de keuken te rommelen, zette wat rijst in de week voor in de rijststomer en stortte me op het schoon schrobben van een pan met aangekoekte lasagneresten. Ik overwoog of ik hem wel of niet zou vertellen over mijn moment met mijn vader. Het was echt seismisch – in relatie tot elk gesprek over mijn moeder dat eraan was voorafgegaan, dat altijd klein en broos had geleken. Ik had mijn vader alleen zien huilen op mijn diploma-uitreiking van de middelbare school. Ik had er zelf helemaal niets droevigs aan gevonden – ik was er echt klaar voor om weg te gaan. Zelfs toen had hij geklaagd over het stof in de sportzaal, zichzelf geëxcuseerd en was naar het herentoilet in de hal ge-vlucht. Ik durfde Peter niet goed te vertellen over het huilen van mijn vader die dag. Ik was bang dat Peter het verkeerde zou zeggen. En hoe kon hij ook het juiste zeggen? Ik was nooit in staat geweest hem mijn relatie met mijn vader volle-dig uit te leggen, onze relatie tot mijn moeders dood – ik had het nooit echt geprobeerd.

Zelfs als Peter iets liefs zou zeggen, zoals 'die arme man, hij mist haar nog steeds', zou het verkeerd zijn en zou ik boos worden. Het zou niet Peters schuld zijn, maar dat zou niet uitmaken. Plotseling zou ik vinden dat de herinnering ver-troebeld werd door een of andere onbetekenende echtelijke twist. Ik wilde het helemaal voor mezelf hebben. Dit lijkt misschien iets kleins, maar dat was het niet. Het was onder-deel van onze relatie, diep ingebed, dat ieder van ons dingen voor zichzelf hield. Onze innerlijke levens waren privé, en dat is prima, denk ik, maar zodra twee mensen delen van hun eigen leven voor elkaar afsluiten, is het moeilijk om te weten waar je moet stoppen.

'Heb je mijn briefje gevonden?' riep Peter. 'Heb je de PS ge-lezen?'

'Ja,' zei ik.

'Jezus, wat waren we dronken. Ik ruik nog steeds naar kokosnoten.' Hij zuchtte.

'Er is geen hoffelijke manier om eronderuit te komen,' zei ik. Met een spatel begon ik de aangekoekte pasta weg te schrapen. 'Dat weet je.'

'Nou, wie zegt dat het hoffelijk moet zijn? Dat is typisch iets voor zuiderlingen. Jouw ouders zijn in Massachusetts opgegroeid en de mijne komen uit Connecticut. We hoeven niet hoffelijk te zijn, het vormt onderdeel van onze geografi-sche rechten.'

Ik liep om de bar van de keuken heen met nog steeds de

schuimende pan in mijn handen. 'Baltimore ligt technisch gezien onder de lijn Mason-Dixon. Bovendien heb ik, zuiderling of niet, mijn woord gegeven.'

'Dat is tegenwoordig niet meer zo belangrijk als vroeger.' Hij wreef met zijn blote voeten over het tapijt. Hij had een golferskleurtje gekregen – de kleur die zich concentreert op de schenen en kuiten en die de voeten zo smetteloos wit houdt.

'Is mijn woord niet meer zo belangrijk als vroeger?' Ik keek hem met samengeknepen ogen aan.

'Je weet best wat ik bedoel. Het hele concept van je woord geven. Dat is iets van de vorige eeuw. Of eigenlijk, al sinds Vietnam...' Hij hoefde zijn gedachtegang niet af te maken. Ik kende zijn post-Vietnam-speeches maar al te goed – dat de Amerikanen zich er door de oorlog toe genoodzaakt hadden gevoeld opnieuw literatuur en politiek en een zelfbewustzijn uit te vinden. Het was iets wat hij had geleerd van een inspirerende professor van wie hij les had gehad en wat hij gratis ten beste gaf.

Ik leunde tegen de deurpost, de pan werd zwaar en voelde ongemakkelijk in mijn handen. Er stond een foto van mijn moeder op de tafel naast hem. Ze was daarop nog een jonge vrouw, kende mijn vader nog niet, en gekleed voor een of andere formele gelegenheid in een jurk met spaghettibandjes en met een kralentas in haar handen. Ze glimlachte niet in de camera, ze lachte echt; haar ogen keken naar iemand of iets naast de fotograaf. Haar tanden overlapten elkaar ietwat maar ze waren mooi, zo ivoorkleurig, en ze droeg een nauwsluitende halsketting met een klein blauw steentje dat in het kuiltje van haar hals lag. Ik was aan de foto gewend geraakt en meestal merkte ik hem niet op, maar zo af en toe overrompelde hij me, zoals nu, en dan dacht ik aan mijn moeder als een jonge vrouw, zo levendig. 'Je woord geven is helemaal geen concept. Het is gewoon je woord geven. Moet alles per se een concept zijn?'

'Maar je bent geen huurauto,' zei hij glimlachend, waarbij hij één vinger triomfantelijk in de lucht hield. 'Dat heb je zelf gezegd!'

'Ik weet het,' zei ik terwijl ik weer terugliep naar de keuken. 'Maar ik ga toch.'

'Naar zijn moeder in het huis aan het meer?' Hij dacht even na en zei toen: 'Waarom? Waarom zou je gaan?'

'Ik dacht dat je hier niet moeilijk over zou doen,' zei ik terwijl ik bij de gootsteen stond.

'Laat dat soort gezwets maar aan Helen over. Bovendien vind ik dat zij je hier ingeluisd heeft.'

Ik spoot wat meer afwasmiddel in de pan, draaide de kraan helemaal open en liet de pan vollopen. De zeep schuimde. Ik zette de kraan uit. 'Ik zei dat ik zou gaan en ik vind dat ik dat ook moet doen.'

'O, dus mensen mogen zich niet bedenken? Ik dacht dat het een privilege van de vrouw was om van gedachten te veranderen.'

Ik negeerde de opmerking. 'En ten tweede moet je niet vergeten dat jij wílde dat ik ging.'

Ik hoopte dat hij de keuken in zou lopen om deze discussie te voeren. Ik weet dat ik had kunnen ophouden met schrobben en naar de woonkamer had kunnen lopen om hem ernstig aan te kijken. Maar hij deed daar helemaal niets behalve zijn bleke voeten laten ademen. Ik weigerde te stoppen met waar ik mee bezig was om bij hem te gaan zitten en een serieus gesprek te voeren. Bovendien was ik bang dat het de conversatie te veel gewicht zou geven. Geen van ons beiden wilde dat. 'Oké, dus jij bent misschien niet van gedachten veranderd, maar wat als ik me wel heb bedacht?'

Ik legde mijn hand in het zijdeachtige schuim. 'Is dat niet een beetje vrouwelijk voor jou?' Zodra ik het zei, had ik er al een slecht gevoel over. Snel voegde ik eraan toe: 'Er is een boothuis en er zijn schildpadden en je kunt er hoefijzers gooien. Ik wilde er al een hele tijd een poosje tussenuit, dat zei je zelf.'

'Je kunt er ook tussenuit met je vriendinnen,' zei hij. 'Met Faith bijvoorbeeld. Faith moet er nodig tussenuit. Dat zou net zo'n goede daad zijn, om Faith een weekendje mee weg te krijgen.'

'Jij gaat mij niet vertellen wat ik moet doen,' zei ik, 'om me vervolgens te vertellen dat ik het niet moet doen. Ik laat me überhaupt door jou niet vertellen wat ik moet doen.' Ik zette een paar vuile borden in de vaatwasser.

'Dat weet ik wel!' zei hij, alsof dit een grondregel voor een goede echtgenoot was. 'Maar ik vind het gewoon geen goed idee.' Er viel een lange stilte waarin hij het, naar ik aannam, allemaal tot zich door liet dringen. 'Misschien ben ik wel jaloers.'

Ik liep terug de woonkamer in, mijn handen glinsterden van de zeep. 'Ben je jaloers?' vroeg ik.

'Misschien.' Hij legde zijn handen in zijn nek en leunde achterover. Het was een verwaande pose. Hoorde jaloezie je niet kwetsbaar te maken?

'Ik wist niet dat jij jaloers kon worden,' zei ik. En dit was waar. Die genetische code leek hij te missen. Ik liep terug naar de keuken. 'We doen maar alsof. Je kunt alleen maar doen alsof je jaloers bent over iets wat maar alsof is.'

'Je kunt eronderuit,' zei hij. 'Bel Alex gewoon op en zeg dat je niet kunt. Dat je het te druk hebt.'

'Ik heb hem al gesproken,' zei ik, hoewel dit niet waar was. Ik wist niet eens of hij mijn telefoonnummer wel had.

'O ja? Heeft hij gebeld?'

'Ja, en hij is de boel aan het regelen. Hij heeft zijn moeder al ingelicht.' Ik besloot de pan te laten weken en zette een paar koffiemokken in het bovenste rek van de vaatwasser.

'Wat een eikel,' zei Peter.

'Hij belde toen jij aan het golfen was,' zei ik. 'Golfen duurt altijd heel lang.' Voelde ik me schuldig omdat ik had gelogen? Niet echt. Ik weet niet precies waarom niet. Misschien omdat als je uit woede liegt, het eerder aanvoelt als het oplossen van iets onrechtvaardigs. En wat was er onrechtvaardig? Peter probeerde mij te vertellen wat ik moest doen terwijl hij deed alsof het niet zo was. En nog belangrijker, hij meende dat ik er het type niet naar was om zoiets te doen – en Helen wel? Hoe dan ook, ik hield er niet van om in een hokje gestopt te worden.

'Heeft hij echt gebeld? Nu al?' vroeg hij.

'Ja.' Ik schudde wat poeder in het vakje van de vaatwasser en sloot de zware deur.

'Maar ik ruik nog steeds naar kokos,' zei hij, meer tegen zichzelf dan tegen mij. 'Heeft hij een datum vastgelegd?'

'Nog niet, maar het gebeurt binnenkort.' Ik sloot een paar kastdeurtjes.

'Waarom zo'n haast? Er is geen haast bij!' zei hij, en op dat moment hield ik van hem – zijn stem klonk totaal niet als die van een radio-omroeper. Hij haperde van de emotie – hij had iets jongensachtig jammerlijks, maar wel oprecht. Ik kon me de laatste keer dat hij zo oprecht had geklonken niet meer herinneren.

Ik pauzeerde en probeerde aan die liefde vast te houden, probeerde haar diep in me te nestelen. Maar ik kon het niet. Het bestond uit lucht. Het verdampte. En toen zei ik: 'Alex' moeder ligt op sterven. Vandaar die haast.' Ik drukte op de startknop van de vaatwasser. De kamer vulde zich met het lawaai van sproeikoppen die water spoten. 'Ze ligt op haar stérfbed,' perste ik er nog uit, hoewel ik wist dat hij me niet kon horen.

Tien

*A*lex en ik spraken elkaar uiteindelijk een aantal keren via de telefoon, en hoewel we veel praatten, gingen onze gesprekken eigenlijk nergens over. Hij bleef vragen of het echt oké was, of het écht oké was, voor mij, voor Peter. Ik verzekerde hem dat het prima was. Keer op keer zei hij dat ik echt niet hoefde te komen, dat hij gewoon eens volwassen moest worden, dat hij zijn moeder de waarheid moest vertellen en dat dit goed voor hem zou zijn. Net zoals die keer dat hij gedwongen werd de groenten op te eten die hij in een servetje had gestopt en onder de bank had proberen te verstoppen toen hij nog een kind was. 'Ik heb daar iets van geleerd. Ik ben er als persoon door gegroeid. Ik heb al jaren geen groenten meer onder banken verstopt,' zei hij.

'Eigenlijk is het een filosofische vraag, hè?' vroeg ik. 'Wordt iets wat fout is, zoals liegen, goed als het om een goede reden wordt gedaan?'

'Ik zou je daar een semester lang antwoord op kunnen geven,' zei hij.

'Heb je geen verkorte versie van een zin of twee?'

'Abstract filosoferen gaat me prima af, maar zodra ik het

in mijn leven probeer toe te passen, gaat het mis. Is dat kort genoeg?'

'Heel beknopt,' zei ik. 'Ik geloof dat het doel soms de middelen heiligt. Is dit belangrijk voor je moeder?'

'Jazeker,' zei hij, waarna hij even een stilte liet vallen. 'Het was absurd dat ik het überhaupt heb gezegd. En ik weet niet waarom ik het vervolgens op het feest heb bekend. Maar goed, het is gebeurd. Je hebt gezegd dat je naar het huis bij het meer komt en ik heb je alle kans gegeven om je terug te trekken. En dus ben ik, ongeacht het doel, blij met de middelen. Is dat eerlijk om te zeggen?'

Het was eerlijk om te zeggen. Ik was ook blij met de middelen, maar dat zei ik niet. We maakten snel daarna onze afspraken, alsof we allebei bang waren dat het zou mislukken als we er te veel over praatten. Hij zou die week naar het huis aan het meer vertrekken na zijn seminar op donderdagochtend. We spraken af dat we elkaar zaterdag rond het middaguur op het treinstation zouden treffen. Ook al was ik maar een zogenaamde vrouw, er was natuurlijk wel haast bij. Zijn moeder was echt en lag echt op sterven.

Halverwege de week had ik een lunchafspraak met Faith en Helen. We aten een salade met geitenkaas, zure appel en gedroogde bosbessen. Ik klaagde over de tekeningen die ik van Eila aan de klanten moest laten zien. 'Niet te geloven toch dat ik een baan heb waarbij tekeningen komen kijken?'

Faith rolde met haar ogen. Zij zat in het bankwezen.

'Je zou een lunchafspraak moeten hebben met vrouwen die prachtige literatuurverwijzingen naar Jane Austen maken,' zei Helen. Ze probeerde me er altijd van te overtuigen een artistiekere baan te zoeken, iets 'waarin ik tot volle wasdom zou komen', zoals ze het zei. En ook al was deze opmerking onderdeel van een grotere toespraak die bedoeld was om me aan te moedigen, ik vatte het altijd op als een standje. Ik miste dat 'iets' om een kunstenaar te kunnen worden – een specifieke passie? Noodzakelijke overtuiging? Een hart? Ik wist niet wat ik miste, maar ik zou er vandaag niet achter komen, en dit weekend al helemaal niet. Volgens Helens definitie miste zij niets. Haar werk als redacteur bij een tijdschrift was artistiek. Ze zei dat het haar veel ruimte gaf voor creativiteit.

'Ik kan wel literatuurverwijzingen naar Mr. Darcy maken,' zei Faith. 'Als dat is waar je naar zoekt. Maar ik ben zelf meer een Fitzgerald-fan – Daisy en haar overhemden, zijn liefdesaffaire met Zelda. Ze verbrandde al zijn kleren in een badkuip in een hotel. Dat zou ik ook eens moeten doen.'

'Ik geloof niet dat Zelda een rolmodel zou moeten zijn,' zei ik. 'Laten we niet vergeten dat ze ook krankzinnig werd en in het gekkenhuis belandde.'

'Hoe is het met Jason?' vroeg Helen, terwijl ze nipte van haar glas witte wijn. 'Heb je hem vergeven?'

'Hij is een eikel,' zei Faith. 'Zo is hij nu eenmaal. Hij kan zich verontschuldigen voor iets wat hij fout heeft gedaan, maar niet voor zijn karakter.'

'Dat is wel erg hard,' zei Helen. 'Maar weet je... Ik vind het vervelend om te zeggen, maar waarschijnlijk is het heel verstandig.'

'Ik snap het niet helemaal,' zei ik. 'Betekent dit nu dat je hem hebt vergeven of niet?'

'Het betekent dat ik hem heb geaccepteerd,' zei ze, terwijl ze afwezig met haar glas water speelde. 'Ik weet vrij zeker dat het huwelijk dat vereist.'

'Je accepteert dat Jason een eikel is?' vroeg ik.

Ze knikte. 'Dat wist ik al toen ik met hem trouwde.'

'Weet hij dit?' vroeg Helen.

'Wat? Dat hij een eikel is?' vroeg Faith. 'Ik denk dat dat wel duidelijk is. Hij heeft nog wel enig zelfbewustzijn.'

'Maar weet hij dat jij vindt dat hij een eikel is?' vroeg Helen.

'Het is een van de pijlers van onze relatie.'

'Dus je hoeft geen gesprek te hebben dat een leven lang duurt om een gezond huwelijk te hebben?' vroeg Helen terwijl ze een cherrytomaatje aan haar vork prikte. 'Wat een opluchting!'

'Ik dacht dat je wilde dat ik dat voorlas op je bruiloft,' zei ik.

'Ah, en dit brengt ons bij Alex Hull,' zei Helen.

'Wacht,' onderbrak Faith haar terwijl ze haar vork neerlegde. 'Alex Hull? Van onze studie? De piekeraar?'

Faith had Alex in haar blinde woede niet herkend toen ze het feest binnenstormde, dus moest ze bijgepraat worden. Ik vertelde haar een deel van het verhaal, en toen nam Helen het over en legde uit wat er op het balkon was voorgevallen. Faith keek van haar naar mij, onderbrak ons soms, liet ons dingen herhalen en ophelderen. We brachten het verhaal een beetje chaotisch, maar elke keer dat we dingen verwarden, liet ze ons de dingen weer in lineaire orde plaatsen. Faith kon een ondraaglijke pietje-precies zijn, een vreselijk iemand om een verhaal aan te vertellen. Ze was het type superintelligente vrouw die tijdens een film idiote vragen stelde waarop niemand nog het antwoord wist omdat de plot zich nog niet helemaal had ontvouwd.

Toen we het verhaal eindelijk naar haar maatstaven voldoende uit de doeken hadden gedaan, leunde ze achterover in haar stoel en haalde diep adem. 'Ben je nog steeds van plan zijn zogenaamde vrouw te spelen?' vroeg Faith.

'Ik heb gezegd dat ik het zou doen.'

'Wat bizar,' zei Faith. 'Hadden jullie geen krankzinnige relatie met elkaar vlak voor ons afstuderen?'

'Die duurde maar een paar weken en toen ging hij weer terug naar zijn ex.'

'Dát wist ik dus niet. Dát verandert alles,' zei Helen, die met kwaadaardig genoegen grijnsde.

'Niet waar.'

'Echt wel!' zei Helen en ze tikte met haar vork op tafel alsof het een hamer was. 'Maar ik had het moeten voelen. Ik had het moeten weten.'

'Weet Peter dat jullie een relatie hebben gehad?' vroeg Faith, die altijd tot de kern kwam.

Ik schudde mijn hoofd.

'Echt niet?' zei Helen. 'Heb je hem dat niet verteld? Had je dat niet moeten doen? Ik bedoel, ik weet natuurlijk helemaal niets van de regels van het huwelijk, maar is dat geen kwestie van bewijs achterhouden?'

'Ik zeg niet dat je het hem moet vertellen,' zei Faith. 'Ik vind het alleen interessant dat je het niet hebt gedaan. Meer niet.'

'Ik vind toch dat je moet gaan,' zei Helen.

'Waarom vind je dat?' vroeg Faith aan Helen. 'Leg eens uit.'

'Denk jij soms dat het leven de belangrijkste levenservaringen uitdeelt alsof het cadeautjes zijn? Soms leidt het ene tot het andere, op allerlei onverwachte manieren. En mensen die elkaar niet eens zouden moeten kennen, worden op toevallige wijze met elkaar verbonden, en dan moet je gewoon kijken waar het heen gaat.'

'Rijke levenservaringen!' zei Faith. 'Wat is er mis met saai? Wat is er mis met normaal? Sinds de geboorte van Edward is dat alles wat ik wil. Ik wil niks rijks. Ik wil gewoon gezond, prima, goed.'

'Nou,' zei Helen, 'ík wil niet normaal.' Ze keek me heel ernstig aan. 'Je moet het doen omdat het interessant is. En, als je de crux wilt weten, het leven is niet altijd interessant. Later, als het voorbij is, kun je de boel altijd nog gaan analyseren.'

'Nogmaals, ik vind dat er iets te zeggen is voor een leven dat niet interessant is,' zei Faith. 'Ik vind het prettig als er niet te veel te analyseren valt – of weer gelijmd moet worden.'

'Ik ga omdat ik het beloofd heb,' zei ik. 'Het is een weekend in een huisje aan een meer met zijn moeder die op sterven ligt. Meer niet.'

'Nou, dan zul je dus twee echtgenoten hebben,' zei Helen. 'En ik heb besloten dat ik er geen een wil. Ik ben er helemaal klaar mee.'

'Alweer?' vroeg Faith op scherpe toon. Het was niet de eerste keer dat Helen mannen had afgezworen, nog altijd kon Faith veroordelend zijn en ze was er niet bijzonder bedreven in om dit verborgen te houden. Helen en ik hadden elkaar bekend dat we soms meer dan een beetje bang voor Faith waren, voornamelijk omdat ze meestal gelijk had en dus weinig ervaring – of geduld – had met mensen die worstelden met het nemen van een beslissing. Ik had het gevoel alsof goed en slecht zich in Faiths gedachten automatisch presenteerden.

'Jullie herinneren je niet meer hoe het zat,' legde Helen uit. 'Hoe vaak moet ik het verhaal nog vertellen over mijn moeder die een relatie had met mijn gymleraar? En moet ik elke keer huilen? O, en hun verhalen zijn nog erger! Dominante vaders en overbezorgde moeders. Etters van broers en zussen. De gruwelijke hel van de kindertijd, steeds maar weer. Ik heb besloten om voor romances te kiezen, niet voor relaties. Jullie twee hebben geboft.'

'Wij hebben onze eikels gevonden!' zei ik opgewekt.

'Die van jou kan nog steeds ergens rondlopen,' zei Faith liefjes.

'Ik meen het,' zei Helen. 'Ik meen het echt. Jullie hebben geboft. Die eikel van jou is er zelfs in geslaagd om je te bezwangeren,' zei ze terwijl ze naar Faith knikte. 'Blijf gewoon even rustig zitten, jullie allebei, en voel je gelukkig. Geniet ervan. Dat is alles wat ik vraag. Verlustig je inwendig een minuutje en zeg: "Ik ben gelukkig." Wees dankbaar. Meer vraag ik niet. Alsjeblieft. Voor mij.' We zeiden niets. 'Ik meen het! Toe dan!'

'Nu, bedoel je?' vroeg Faith.

'Nu meteen,' zei Helen.

En ik dacht aan Peter die zijn golfclubs schoonboende hoewel dat helemaal niet nodig was, en daarna dacht ik aan Alex op het winderige balkon. Ik keek naar Faith, en ze keek naar mij.

'Ik heb het gedaan,' zei ze. 'Ik heb aan die eikel van mij gedacht en me inwendig verlustigd.'

'Ik ook,' zei ik, maar ik had me niet inwendig verlustigd.

'Dank jullie wel,' zei Helen. 'Ik waardeer het zeer.'

Elf

Peter was de eerstvolgende dagen druk in de weer. Hij boende de koppen van zijn golfclubs. Hij stofzuigde de binnenkant van zijn auto. Hij nam op een avond een extra dienst aan in het ziekenhuis zodat een collega naar de uitvoering van zijn zoontje kon. Alles wat hij deed was normaal. Volslagen normaal. Niets wees erop dat hij aan het mokken was. We hadden die week zelfs seks – goede seks – tot twee keer toe, alsof we tegen elkaar zeiden: zie je wel, alles is oké. En dat was het ook, min of meer. Peter had het druk en ik liet hem begaan.

De enige hapering vormde onze filmclub. Elke maand kwamen we op een vrijdagavond samen met Faith en Jason en nog een stel – Bettina, een elegante Duitse vrouw, en een man die we allemaal bij zijn achternaam noemden, Shweers – om een film te kijken en die te bespreken. Shweers – voornaam Gavin –, die in Connecticut was opgegroeid, had Bettina leren kennen via een uitwisselingsprogramma voor tweedejaarsstudenten en ze waren al een eeuwigheid getrouwd. Ze namen altijd heerlijke kaas en worstjes mee. De filmavond viel dit keer op de vrijdag voordat ik me zou voegen bij de familie Hull aan het meer.

Onderweg ernaartoe spraken Peter en ik over koetjes en kalfjes. We probeerden ons normale opgewekte ritme te vinden. Ik vertelde hem dat Helen niet zou komen. Als ze een tijdje een vaste vriend had, voegde ze zich soms bij ons, maar ze had er een hekel aan om alleen te komen. Ze kwam altijd met een excuus, en vaak genoeg waren het echt geldige excuses – extravagante cocktailparty's met adverteerders voor het tijdschrift, openingen van kunstvoorstellingen, afspraakjes met een of andere nieuwe lover. Je kon het haar toch moeilijk kwalijk nemen dat ze geen zin had om erbij te zitten terwijl we onze diverse filmkeuzen bespraken.

'Hoe gaat het momenteel met haar?' vroeg Peter, terwijl hij de ringweg opreed.

'Ze heeft geen relaties meer, alleen nog maar romances,' zei ik tegen hem.

'Wat is het verschil?' vroeg hij.

'Dat weet je wel,' zei ik.

'O ja,' zei hij. 'Je hebt gelijk.'

'Het is toch niet Bettina's avond om een film te kiezen, hè?' vroeg hij. We hadden al genoeg buitenlandse films met ondertiteling gezien. Omdat Bettina Duits was, hadden we allemaal het gevoel dat we het haar verschuldigd waren om niet al te Amerikaans te doen – in elk geval niet in haar bijzijn – hoewel we het er nooit formeel over hadden gehad. Peter en ik hadden beiden een hekel aan ondertiteling.

'Ik heb geen idee,' zei ik.

'Als ik een film wil lezen,' zei hij, 'sla ik verdorie wel een boek open.'

'Ik vraag me bij het lezen van ondertiteling altijd af hoe het is om doof te zijn,' zei ik tegen hem. Ongeacht de taal probeerde ik dan te liplezen.

'Dat leidt af.'

'En soms betrap ik mezelf erop dat ik naar fouten in de

tekst zoek, alsof ik een onbetaalde tekstredacteur ben. Plus...
Shit, ik ben mijn bril vergeten.'

We vonden het niet prettig om met Bettina en Shweers om
te gaan. Ze behoorden tot die zeldzame paren die niet alleen
echt verliefd waren maar gewoonweg voor elkaar bestemd.
Zielsverwanten, als je in dat concept gelooft. Faith en Jason
hadden een sterke relatie, maar wel met zwakke plekken, en
daar voelden Peter en ik ons veel beter bij. Ik genoot er gewoon van als Faith me in vertrouwen nam. Ik vond het fantastisch dat ze Jason een eikel vond. Ik zwolg erin, omdat de
relatie van Peter en mij vergeleken met die van hen behoorlijk stabiel leek. Ik moet bekennen dat het regelmatig is voor-
gekomen dat ik Faith, na een rustige avond thuis met Peter
– een avond die ik liever alleen had doorgebracht met een
goed boek of onder de douche met een lekker muziekje – belde in de hoop dat haar avond nog erger was geweest. Dat ze
niet alleen een saaie avond had gehad, maar dat zij en Jason
ook hadden gekibbeld over hoe je een kip moest braden of,
nog beter, na een ruzie apart hadden geslapen.

Die opluchting vond ik niet bij Bettina en Shweers. Zij
vonden elkaar echt grappig – Bettina die haar wrange com-
mentaar lispelde terwijl ze iedereen van onder haar rechte
pony aankeek, en Shweers die af en toe een schuine mop
vertelde. Ze genoten van elkaar, hadden een permanente
aantrekkingskracht op elkaar, aten van elkaars bord en
fluisterden elkaar dingen toe. Ze waren nooit onbeleefd of
hooghartig, klef of dweperig. Ze waren gewoon zichzelf bij
elkaar.

Het verschil tussen hun relatie en die van Peter en mij was
zo gering dat het bijna onwaarneembaar was – behalve voor
Peter en mij. We noemden hen 'de grote neppers'. En we hadden een theorie dat ze thuis hun maskers afzetten en ruzieden
over de grootte van een stuk strudel.

Ik keek naar het voorbijflitsende landschap en zei: 'Misschien komen ze wel niet. Kwam Bettina's moeder niet over uit Duitsland of zo?'

'Volgens mij is dat al geweest en toen kwamen ze ook.'

'Misschien heeft haar moeder wat frictie veroorzaakt,' zei ik. 'Misschien hebben ze nu wel onenigheid.'

'Zij hebben heus wel eens onenigheid.'

'Ja, maar dat vinden ze interessant. Weet je nog die keer dat we bij hen thuis kwamen en dat hij de jassen van de gasten boven had gelegd en dat zij ze vervolgens in de werkkamer had opgeborgen? "Wat zal daarvan de betekenis zijn," had hij gevraagd.'

'Het betekende niets,' zei Peter.

'Dat zei jij toen tegen hem. Maar voor hen betekent het wel degelijk iets. Ze vonden het fascinerend, en later die avond, toen ze naar bed gingen, hebben ze erover gepraat en zijn ze tot een dieper begrip van elkaar gekomen.'

'Niemand kan iemand anders zo graag mogen.' Dit was een refrein. Het was niet dat ze zoveel van elkaar hielden dat ons zo ergerde. Want wat kun je aan liefde veranderen? Wat het irritant maakte, was dat ze elkaar zo leuk vonden dat ze elkaar fascineerden. Ik moest denken aan Alex' opmerking over dat gesprek dat een leven lang duurt. Bettina en Shweers zaten daar middenin, en het was pijnlijk om ernaar te kijken.

We hielden de filmavondjes altijd bij Faith en Jason thuis. Zij hadden de grootste kamer met de grootste televisie en het beste geluidssysteem. Jason was behoorlijk hightech. (Hij had in de rij gestaan voor een iPhone toen die voor het eerst op de markt kwam.) Bovendien waren zij de enigen met een kind; ze konden hem dan zo in zijn eigen bedje stoppen in plaats van hem midden in de nacht te verslepen.

We parkeerden voor hun huis in een buitenwijk. Het huis was hoog en breed en had rondom een veranda. Het had één etage en een hal die tot aan de eerste verdieping reikte. Ik voelde me er piepklein – al die stemmen die weergalmden als je naar binnen liep. Hoewel ik het nooit tegen Faith of Jason zou zeggen, was hun huis het type waarin veel van onze klanten woonden – een huis dat geënsceneerd aanvoelde.

'Laten we maar zo snel mogelijk met de film beginnen. Ik ben moe,' zei ik.

'Ja, je hebt morgen een grote dag.' Dit was de eerste zinspeling die hij in dagen op het aankomende weekend had gemaakt. Hij had het op uitgelaten toon gezegd, maar het voelde alsof alle lucht uit de auto was gezogen. Ik wist niet goed hoe ik moest reageren. Wilde hij het er echt over hebben? Zo ja, waarom begon hij er dan nu over, nu we al tien minuten te laat voor het huis van Jason en Faith geparkeerd stonden?

'Dat is zo,' zei ik. 'Wil je nog een blokje om?' Meestal waren we precies op tijd voor feestjes. We gingen dan vaak wat rondwandelen in de buurt totdat er meer mensen zouden zijn. Maar hij wist dat ik het alleen maar vroeg zodat we konden praten.

'Nee, nee,' zei hij. 'Laten we snel met de film beginnen. Ik ben ook moe.'

Het zag er dus naar uit dat we deze Alex-interruptie in ons leven zouden aanpakken door te proberen haast te maken.

We liepen naar de voordeur en klopten aan. Toen er geen reactie kwam, gingen we naar binnen. Peter had een fles wijn bij zich en ik een doos cannoli, die ik bij de bakkerij van een dure supermarktketen had gehaald.

'Hallo!' riep Peter.

Heel even leek het huis leeg, maar toen holde Jason de trap af in een joggingbroek en t-shirt. Hij ging altijd sportief gekleed maar niet zo. 'Blijf staan!' zei hij met zijn handen in een afwerend gebaar. 'We zijn in quarantaine!'

'Wat is er aan de hand?' vroeg ik.

'Edward is ziek. Hij heeft voor het eerst overgegeven! We zijn zo trots! Sorry dat we niet gebeld hebben. Geen tijd. Het sloeg ineens toe en sindsdien hebben we als kippen zonder kop rondgelopen. Zal ik wat water moeten koken, denk je?'

'Hij zal wel helemaal in de war zijn.' Ik probeerde me voor te stellen hoe het moest zijn om over te geven terwijl je nog geen taal beheerst om je in uit te drukken.

'Hij is pisnijdig,' zei Jason.

'We hebben wijn en cannoli meegebracht,' zei Peter. 'Kunnen we die hier achterlaten? Als jullie dienst erop zit, kunnen jullie...'

'Volgens ons hebben we voor de rest van ons leven dienst,' zei Jason.

'Ah,' zei Peter.

'Neem maar weer mee. Word lekker dronken en eet je te barsten! Ga een potje vrijen op het parkeerterrein! Geniet van het leven!' zei Jason. 'Faith had voor vanavond *The Breakfast Club* uitgezocht. Je weet wel, anti-intellectueel intellectualisme. Ze zou vragen stellen als: hoe ziet de feministische agenda eruit? Het zou fantastisch zijn geweest!'

En toen hoorden we Faiths stem vanuit een slaapkamer boven. 'Jason! Haal eens wat ijsklontjes!'

'De plicht roept,' zei hij, en hij rende naar de keuken.

Toen we terugliepen naar de auto kwamen Bettina en Shweers in hun hybride auto aanrijden.

'Dat ze zo gek zijn op die stomme auto,' zei Peter.

'Ik weet nooit of hij stationair draait of gewoon stilstaat.'

'Dat is het hele probleem met die lui. Ze zijn zo zuinig.'

'We moeten het ze zeggen,' zei ik. 'Misschien kunnen we nog wat cannoli aan ze kwijt.'

We liepen naar hen toe en Bettina liet het raampje zakken. 'Ist da iets?' vroeg ze. Shweers leunde over haar schoot en keek ons aan.

'Edward heeft een bacterie,' zei ik. 'Hij moet overgeven.'

'We zijn dus verjaagd,' zei Peter. 'Zullen we anders met z'n vieren iets gaan drinken?' Ik keek hem verbaasd aan, maar hij glimlachte.

'Eh... nou,' zei Bettina.

'Dan gaan we maar weer,' zei Shweers. 'We hebben allebei nog zoveel werk liggen dat we bijna waren thuisgebleven.'

'We kunnen maar beter aan het werk gaan,' zei Bettina. 'Das ist verstandiger.'

'O, oké,' zei ik. 'Ik snap het. Zo kun je het weer een beetje inhalen.'

'Willen jullie wat cannoli voor onderweg?' vroeg Peter.

'Nee, bedankt,' zei Shweers. 'We zijn op dieet.'

Bettina glimlachte het spleetje tussen haar voortanden bloot.

'Prettige avond verder!' riep ik.

'Werk, werk, werk,' zei Bettina.

Het raampje ging weer omhoog en ze gleden weg – bijna geruisloos in hun zuinige auto.

Ik keek naar Peter. 'Werk? Werk? Werk?' Bettina werkte als plantkundige. Ik was er vrij zeker van dat ze in een laboratorium werkte aan de kruisbestuiving van planten. Ik had haar nog nooit horen zeggen dat ze werk mee naar huis nam, dat ze omkwam in het werk.

'Ik vind het maar verdacht,' zei Peter. 'Waarschijnlijk willen ze liever alleen zijn, en iets daaraan klopt gewoon niet.'

'Waarom vroeg je hun iets te gaan drinken?' zei ik terwijl we in de auto stapten.

'Uit beleefdheid,' zei hij, maar ik geloofde hem niet. Hij trok dan wel niet graag op met Bettina en Shweers, net als ik, maar het was nog altijd beter dan met z'n tweeën zijn. Hoe moesten we de avond doorkomen nu we geen film meer hadden ter afleiding? Zouden we nu moeten praten? 'De grote neppers,' zei hij terwijl hij de sleutel in het contact stak. 'Misschien gaan ze thuis wel een enorme ruzie afmaken.'

Maar ineens was ik zelfs op dat vooruitzicht jaloers.

Dus konden we met onze wijn en cannoli terug naar huis. Onderweg at ik er twee, Peter drie. We dronken van de wijn terwijl we een documentaire keken die we al eens hadden gezien. Ik keek om me heen in onze kleine woonkamer. De kamer zelf was leuk ingericht – ik heb wel degelijk oog voor design, zelfs Eila had me meer dan eens een natuurtalent genoemd en ging bij mij te rade voor staaltjes textiel, kamerindelingen en muurkleuren. Ik vroeg me af of ze, als ze hier was geweest, ook zou hebben gezegd dat hier een tastbare droefheid hing? Er was een tijd, voordat we getrouwd waren, dat ik op de grond tussen Peters voeten zat en dat hij over mijn hoofd wreef terwijl hij naar sport keek. Het was een compromis, zoals zo'n televisie die het alleen maar doet als je op de pedalen van een erop aangesloten fiets trapt, maar het leidde meestal ook tot een schoudermassage en daarna een reeks kussen in mijn nek en uiteindelijk kon het geen van ons beiden nog iets schelen wat er op televisie was. Waren we zielig of gewoon moe, of was dit nu hoe tevredenheid voelde, iets wat meer weg had van berusting?

We gingen vroeg naar bed, en met Ripken opgekruld aan ons voeteneind, zijn staart die vrolijk tegen het matras sloeg, leunde Peter naar me toe en gaf me een kus op mijn voorhoofd. 'Ben je er helemaal klaar voor om plezier te maken met de schildpadden?' vroeg hij.

'Wil je er nu over praten?'

'Hoe bedoel je? Wat valt er te praten?'

'Je bent er nu twee keer over begonnen, dus lijkt mij dat er meer te zeggen is. Of niet?'

'Volgens mij niet. Het is allemaal al geregeld, toch?' Hij haalde zijn schouders op.

'Dus je hebt er geen problemen meer mee?'

'Ik heb er nooit problemen mee gehad. Het lijkt me prima,' zei hij. 'Ik heb het hele huis een weekend voor mij alleen. Misschien nodig ik Jason wel uit en een paar jongens van het werk.'

'Neem Ripken ook een keer mee naar het park,' zei ik. 'Hij mist je.' Ik draaide me van hem weg, maar rolde toen snel weer terug. Ik zou vroeg opstaan en we hadden al afgesproken dat ik met een taxi naar het treinstation zou gaan zodat hij kon uitslapen. Dit was de laatste kans om te praten voordat ik wegging. Ik wilde hem vragen wat hij over me had willen zeggen daar op het balkon, toen hij zei dat ik niet het type was om zoiets te doen. Hij was begonnen met te zeggen dat ik te... was. Te wat? Eigenlijk wilde ik het ook helemaal niet weten. Ik dacht aan de opmerking van Faith – dat het interessant was dat ik hem niet had verteld dat Alex en ik ooit een relatie hadden gehad. Een krankzinnige, zoals ze het had genoemd. 'Ik dacht dat je jaloers was,' zei ik.

'Dat heb ik geprobeerd, maar die jas paste me niet. Ik kreeg het er benauwd van.' Hij schudde zijn kussen vakkundig op, als een kamermeisje in een hotel, en liet zijn hoofd erin zakken, zodat de zijkanten omhoogkwamen. 'Dat is geen leven,' voegde hij eraan toe.

TWAALF

*D*e trein was nagenoeg leeg. Ik liet mijn hoofd tegen het raam zakken. Maar de stoelen roken nog steeds naar te veel mensen – de eierlucht van forenzen. Ik vroeg me af of ik nu geluk had, zoals Helen had gezegd. Eigenlijk geloofde ik niet in geluk. Ik verloor mijn moeder toen ik vijf was. Dat was geen geluk – ook al had ik het ongeluk overleefd. Als je gelooft dat sommige mensen geluk hebben, geloof je ook dat anderen verdoemd zijn. Dat leek me geen eerlijke ruil.

Ik keek naar de bomen, waar vanuit de trein niets anders van overbleef dan wazig groen dat alleen maar bomen vertegenwoordigde. Wat is een huwelijk eigenlijk, vroeg ik me af. Het is een uitbeelding van liefde, maar niet liefde zelf. Ik dacht aan de minibruid en -bruidegom die ik per se boven op mijn bruidstaart wilde hebben. Ik kon me absoluut niet herinneren waar die nu gebleven waren. Had de cateraar ze weer meegenomen? Hadden Peter en ik ze gekocht? Waren ze weggestopt in de doos waarin ook mijn trouwjurk en sluier lagen? Wat was er geworden van die twee kleine uitbeeldingen van het huwelijk? Het zou beslist een slecht teken zijn als ik ze was verloren. Op een dag zou ik ze terugvinden, al graaiend over de bodem van een stoffige doos die door de motten was aangetast, in stukken gebroken – een gezichtje van porselein, een schoen, een paar handjes die elkaar vasthouden.

De trein kwam op diverse stations sissend tot stilstand. Mensen kwamen en gingen. Ze ontmoetten elkaar op de perrons – omhelsden elkaar plichtmatig, kleine gebaren, tekenen van liefde – en rolden hun koffers naar roltrappen. Ik werd er zenuwachtig van en besloot mezelf af te leiden. Ik haalde mijn mobieltje tevoorschijn en begon te bellen. Eerst mijn vader. Ik was vergeten tegen hem te zeggen dat ik deze zondag niet zou komen brunchen.

'Ik ga een weekendje weg met een oude vriend,' zei ik.

'Die oude studievriend? De denker?' vroeg hij. Het was vrij ongewoon voor hem dat hij zich zo'n detail herinnerde en erop terugkwam.

'Hij is nog erger dan een denker,' zei ik. 'Hij piekert.'

'Dat krijg je met die geesteswetenschappen!' Het was een typisch grapje voor een academicus. Mijn vader had een arsenaal aan dergelijke grapjes – stuk voor stuk niet grappig.

Ik vroeg me af of hij zou vragen of Peter meeging. Dat deed hij niet.

'Bel me volgende week,' zei hij. Ook dit was ongewoon. Had dit iets te maken met zijn emotionele reactie van laatst? Of met de piekeraar? Ik wist het niet. Ik beloofde hem dat ik zou bellen.

Daarna probeerde ik Faith om te vragen hoe het met Edward ging.

'Prima. Hij slaapt, en Jason ook. We zijn uitgeput en staan op scherp. Wie zal het volgende slachtoffer zijn?' zei ze onheilspellend. 'En toen waren er nog maar twee…'

'Jij redt je wel,' zei ik. 'Je krijgt als ouders toch superkrachten?'

'Dat zou niet gek zijn. Weet je, Jason was gisteravond echt fantastisch. Hij deed het hartstikke goed en was enorm zorgzaam. Ik heb er spijt van dat ik hem een eikel heb genoemd.'

'Hij heeft iets artistieks,' zei ik.

'En wat is zijn kunst dan precies?'

Dat wist ik niet. 'De kunst van het leven?' zei ik zwak.

'Oké,' zei ze, 'in dat geval is hij een abstracte impressionist in de kunst van het leven, denk ik. Maar hoe breng je zoiets op de markt? Wie zou daarvoor willen betalen?'

En al snel was het complimentje in een belediging veranderd. Bijna antwoordde ik: 'Ik denk jij, Faith', maar ik hield me in.

'Wacht,' zei ze. 'Waar ben je? Is het niet zaterdag? Ga je?'

'Ik zit in de trein.'

'Dus je hebt toch gekozen voor "interessant"?'

'Ik kan nog altijd uitstappen en naar huis gaan. Een fluitje van een cent,' zei ik, terwijl ik met een hand doelloos onder in mijn handtas rommelde en probeerde op de tast voorwerpen te identificeren. Mijn vingers vonden een lippenbalsem met kersensmaak, de sleutel van mijn vaders voordeur.

'Doe wat je wilt,' zei Faith. 'Ik bedoel, een overgevende baby is niet de enige manier om je man tegen je in het harnas te jagen en iets in hem te vinden waarnaar je zocht.'

'Wat bedoel je daarmee?' vroeg ik.

'Niets. Ik kraam onzin uit,' zei ze. 'Luister maar niet naar mij.'

'Bedoel je te zeggen dat ik dit doe om Peter tegen me in het harnas te jagen?'

'Nee, nee. Vergeet het! Ik was... Hoe noem je dat? Aan het projecteren. Ik projecteerde mijn relatieproblemen op jou. Echt, luister niet naar mij.'

'Dat doe ik ook niet, Faith. Echt niet.'

'Volgens mij is de baby wakker geworden,' zei ze. 'Ik moet

ophangen. Alsjeblieft, vergeet wat ik heb gezegd. Echt.' En toen hing ze op.

Terwijl mijn vingers friemelden met een half opgegeten rolletje snoep en een lipliner, vroeg ik me af of ik soms wilde dat Peter jaloers was. En dat was ook zo. Echt waar. Wie zou dat niet willen? Maar was dat het doel van dit alles? Om hem in het harnas te jagen? In de hoop te vinden waarnaar ik in hem had gezocht? Ik dacht hier een poosje over na, om langzaam maar zeker tot de conclusie te komen dat het niet waar was. Dat het nog erger was. Stel dat ik dit niet deed om Peter in het harnas te jagen? Stel dat ik niet naar iets in hem zocht? Stel dat ik dat soort dingen allang niet meer verlangde van hem en dat ik wist dat het zinloos was om het te proberen? Hij gaf me wat hij kon. Ik kende zijn grenzen. Stel dat ik dit voor mezelf deed?

De volgende die ik belde was Helen. Wanneer mijn psyche zich een weg zocht naar een of andere pijnlijke plek vol schuldgevoelens was Helen de beste persoon om te bellen. Ze vond het heerlijk om schuldgevoelens te verlichten. Ik denk omdat ze die van haar dan meteen ook verlichtte.

Ze liet haar vinger- en teennagels doen, als onderdeel van een vrijgezellendag van een collega. 'Het is beter dan proberen te doen alsof je opgewonden raakt van een mannelijke stripper verkleed als cowboy.'

Ik lachte. Het was ongeveer tien jaar geleden dat we samen naar die vernederende show waren geweest – nichten in nepleer, een knappe maar enge vent met een lasso en een ruimte vol vrouwen die probeerden te doen alsof hij geen homo was. 'Ik ben blij dat dat soort feminisme tanende is.'

'Je bedoelt het soort waarbij we moeten doen alsof we mannen zijn? Opgeruimd staat netjes.' Er viel even een pauze, waarin ze met de manicure overlegde over een kleur nagellak. 'Dus je gaat toch? Ben je er al?'

'Ik zit in de trein en heb net een kibbelpartij met Faith achter de kiezen.'

'Ach ja, Faith. Ze snapt het niet. Soms denk ik wel eens dat er twee typen mensen zijn. Zij die willen leven en zij die alleen maar willen overleven.'

'Vroeger wilde ze leven. Ja, toch? Ik bedoel, ze is een behoorlijk wilde meid geweest. Weet je nog dat ze uit die club werd gezet vanwege te agressief dansen en vanwege die softdrugdealer met wie ze een relatie had...'

Helen zuchtte. 'Ik denk dat baby's het overlevingsinstinct in je naar boven halen. Ik neem het haar niet kwalijk.'

'Misschien overkomt het ons ook nog wel eens.'

'Waar hadden jullie ruzie over?'

Ik vertelde dat ze had gezegd dat ik dit alleen maar deed om Peter jaloers te maken of om iets in hem te vinden. 'Dat is toch belachelijk?'

'Het slaat nergens op.'

Er was een oudere vrouw mijn coupé binnen geschoven, die aan de andere kant van het gangpad was gaan zitten. Ze leek uit een andere wereld te komen – uit een meer gedistingeerd tijdperk waarin mensen zich nog kleedden voor een ritje met de trein. Uit respect begon ik zachter te praten. 'Het slaat ook nergens op. Ik bedoel, ze had iets aardigs over Jason gezegd en dat met een andere opmerking onmiddellijk weer tenietgedaan, wat ze altijd doet, en dit keer alleen omdat ik probeerde haar te vertellen dat hij artistiek is.'

'O, zo. In dat geval...'

'Wat bedoel je daarmee?'

'Dat doe jij soms.'

'Wat?'

'Jason gebruiken door ons te proberen te overtuigen van zijn beste kanten, terwijl...'

'Terwijl wat?'

'Terwijl je het dan eigenlijk over jezelf hebt. Je doet het on-bewust.'

'Ik gebruik Jason helemaal niet om over mezelf te praten.'

'Jason is niet artistiek.'

'Jawel. Hij belijdt de kunst van het leven.' Zodra ik het had gezegd, wist ik dat het belachelijk klonk.

'Jason is eigenaar van een tacohut. Hij is slim en grappig. Maar hij heeft een tacohut en is daar heel tevreden mee. Jij ziet hem graag als iets meer omdat jij jezelf graag ziet...'

'Als iets meer? Probeer je soms te zeggen dat ik niet genoeg ben?' Waarom had ik gedacht dat Helen me zou opfleuren? Ze was in het gunstigste geval onvoorspelbaar. Soms voelde ze zwakte en dan wist ze de boel alleen maar nog erger te maken. Ik was zo dom geweest om te vergeten dat ze be-schikte over een uitgebreid assortiment van vallen. Dit was er beslist een uit de categorie 'ik ben alleen maar eerlijk'– een van mijn minst favoriete.

'Ik vind dat je meer dan genoeg bent!'

'Pardon?'

'Je weet heus wel wat ik bedoel,' zei Helen, niet zo geërgerd door het gesprek als ik graag had gewild. 'Ik vind je fantas-tisch! Alleen denk je zelf vaak van niet.'

Ik dacht aan mijn werk, aan Eila van het ene naar het an-dere duurgeprijsde huis rijden, terwijl ik het koffertje droeg dat ze me had gegeven, volgepakt met schema's, data en con-tracten. Aan hoe ze me soms vroeg een radiozender met ol-dies op te zetten en dan vals meezong met een nummer van Carole King. Was ik echt alleen maar een chauffeur van ie-mand die zichzelf te excentriek vond om auto te rijden?

'Ik moet ophangen. Ik moet er zo uit.'

'Niet boos op me zijn,' zei Helen.

'Ik ben niet boos,' zei ik.

Op de achtergrond begon er iemand te gillen. 'De bruid,'

fluisterde ze, 'heeft zojuist ingestemd met een Brazilian wax. O, geweldig!'

We hingen op, en al snel kwam de trein tot stilstand. Door het vieze raam zag ik Alex op het perron staan, zijn armen over elkaar geslagen. Hij staarde in gedachten verzonken naar de grond. De trein veroorzaakte een briesje, waardoor zijn haar opwaaide. Ik stond op, pakte mijn tas en schuifelde door het gangpad. Daar bleef ik even staan. Ik zou de conducteur kunnen betalen om me tot aan het volgende station te brengen, waar ik een kaartje terug naar huis kon kopen. Ik checkte mijn mobieltje. Geen berichten. Ik kon naar huis gaan, naar Peter, me gelukkig voelen en dankbaar zijn.

Maar toen besefte ik dat ik dankbaar wás – hiervoor. Dat ik Alex weer tegen het lijf was gelopen in een ijssalon, dat ik me had verslikt in de kebab, dat ik de afspraak op het balkon had gemaakt.

Ik stapte uit de trein op het perron, maar Alex was nergens meer te bekennen. Had hij zich bedacht en was hij weggegaan? Ik draaide een rondje en wilde al bijna weer in de trein stappen toen ik hem zag. Hij kwam mijn kant op en versnelde zijn pas toen hij me in het oog kreeg. Even was ik bang dat hij me zou optillen en in de rondte draaien, zoals hij bij Ellen Maddox op de introductieavond had gedaan. Ik was er niet klaar voor, toch? Ik verstijfde. Hij bleef abrupt staan en stak zijn hand uit alsof we elkaar voor het eerst ontmoetten.

Ik schudde hem.

'Leuke schoenen,' zei hij.

DEEL TWEE

DERTIEN

*A*lex was met de Audi cabriolet van zijn moeder naar het station gekomen, die zij zichzelf cadeau had gedaan toen ze als makelaar met pensioen ging. 'Ze was bang dat ze als een oude vrouw alleen nog maar in en om het huis zou scharrelen,' vertelde Alex me. Het was een sportieve coupé met vijf versnellingen en een hoop power. Alex verontschuldigde zich ervoor dat hij er als een tiener in reed. Zijn eigen auto was een armzalige vierdeurs sedan die hij van een vriend had overgenomen die geld spaarde om naar de Westkust te gaan en miljoenen te verdienen met het opknappen van huizen. 'Je trapt het gaspedaal in en ongeveer drie kwartier later besluit hij of hij zin heeft om te gaan. Ik voel me wel een klootzak omdat ik dit zo'n gave auto vind, maar ik geniet er met volle teugen van. Kan er niks aan doen.'

Mijn haren vlogen wild om mijn hoofd, maar dat vond ik helemaal niet erg. Ook ik voelde me weer een tiener, ook al had ik in mijn middelbareschooltijd nooit in een cabriolet gezeten. Auto's hebben gewoon iets, hè? Een man en een vrouw, opgesloten in een kleine ruimte, scheurend over de weg – het voelt krachtig en intiem tegelijkertijd, als seks. Ik kon er maar niet bij dat Alex en ik ooit geliefden waren geweest – onstuimige jonge geliefden, net zo wanhopig als onhandig. Er flitsten beelden door mijn hoofd van ons tweeën rollebollend door wasgoed en tussen bibliotheekboeken.

We praatten over de geur van forenzen en de ouderwetse charme van treinen, en toen hij mijn laptop bij mijn voeten zag staan, vertelde hij me dat het huis aan het meer geen internetaansluiting had en dat ze in de Bermuda Driehoek woonden als het om mobiele telefoons ging.

'Dan bel ik Peter wel via de vaste lijn,' zei ik, en het voelde goed om zijn naam te zeggen, als een soort duidelijke herinnering. 'Maar ik zal internet niet missen,' zei ik, en toen flapte ik eruit: 'Als ik nog een keer zo'n mailtje krijg waarin staat dat mijn penis te klein is, moet ik in therapie.' Ik wilde de opmerking meteen weer inslikken.

Maar Alex lachte. 'Dat heb ik met die Russische internetbruiden,' zei hij.

'Waarom heb je niet een van hen voor dit weekend geregeld?' vroeg ik.

'De verzendkosten waren veel te hoog,' zei hij. 'Plus, het Russische accent is bezoedeld met veel te veel rollende y's. Ik spreek liever onbezoedeld Engels met jou.' Deze opmerking deed mijn maag omdraaien, alsof ik een kind was dat op de achterbank van een auto zat die met topsnelheid een heuvel opreed.

Maar we reden over een vlakke plattelandsweg met aan weerszijden bomen. Plastic brievenbussen flitsten voorbij.

'Weet je, ik heb mijn moeder niet verteld dat ik met jóú getrouwd ben,' zei Alex.

'Hoe bedoel je?' vroeg ik.

'Jij kwam pas daarna in beeld. Ik had haar al verteld dat ik was getrouwd met ene Elizabeth.'

'Elizabeth?'

'Ja.'

'En wat doet Elizabeth?'

'Zover zijn we niet gekomen.'

'Maar ik heb je moeder een keer ontmoet. Stel dat ze zich mij herinnert? Nou ja, het is wel lang geleden natuurlijk...'

'Ik hoop dat ze zich geen details meer herinnert – hoewel je helemaal niets bent veranderd.'

'Dat is aardig van je om te zeggen,' zei ik vlak. Natuurlijk was ik veranderd, vooral in het afgelopen jaar. Ik had meer rimpels, sproeten op mijn borst en een blauw web van kleine spatadertjes vlak boven mijn knie, dat ik had besloten te negeren.

'Het is waar!' zei hij.

'Oké, oké,' zei ik. 'Dank je.'

'Ook moet je nog weten dat er een paar huwelijkscadeaus liggen die nog geopend moeten worden. Mijn moeder was kennelijk zo opgetogen dat ze het nieuws heeft doorverteld. Ik vermoed dat het dingen zijn als broodroosters en koffiezetapparaten. Maar Jennifer weet dat ik niet echt met je getrouwd ben. Zij kent het echte verhaal. Ik heb haar op de hoogte gebracht.'

'Jennifer? Je zusje?' Ik kende haar alleen van een serie foto's van een vistochtje. Ze was een vrolijk kind in een reddingsvest geweest, drie of vier jaar jonger dan Alex.

'Haar man is op zakenreis en dus is zij hier met de kinderen.' Hij had voor het woord 'zakenreis' even geaarzeld, alsof het niet helemaal klopte.

'Heeft ze kinderen?'

'O ja, dat gebeurde na mijn afstuderen. Tijdens haar eerste studiejaar raakte ze zwanger. Toen is ze overgestapt naar een universiteit dichter bij huis. Ze kreeg de baby, bleef een paar jaar bij mijn moeder wonen en ging ondertussen door met studeren. Ze is op tijd afgestudeerd. Ze is echt fantastisch.

Haar dochter is nu acht. Bibi heet ze. Twee jaar geleden is Jennifer met Sonny getrouwd en een halfjaar geleden is hun zoontje geboren. William.'

'Ik heb je zusje nooit ontmoet.'

'Je mag haar vast graag.'

'En ga ik Bibi en William ook zien?'

'Natuurlijk.'

'En ik ben Elizabeth?'

'Ja.'

'En we kennen elkaar niet uit onze studietijd.'

'Nee.'

'Dus ik heb je ook nooit geslagen in die kroeg?'

'Je hebt nooit "mijn gezicht vastgepakt" in die kroeg,' corrigeerde hij mij.

'Waar hebben we elkaar leren kennen?'

'Bij een maandelijks leesclubje.'

'Ga jij naar een maandelijks leesclubje?'

'Nee,' zei hij. 'Maar dat zou ik wel moeten doen. Jij?'

Ik schudde mijn hoofd.

'Maar nu dus wel!' zei hij. 'Ik heb gezegd dat ik op de leesclub verliefd op je ben geworden omdat je zo vurig opkwam voor Nabokov.'

'Voor hem zóú ik ook vurig opkomen.' Ik stelde me voor dat Alex verliefd op me werd terwijl ik een bewogen toespraak voor oude vrijsters hield over het feit dat *Lolita* nooit had mogen worden verbannen. 'Maar wat nu als we betrapt worden? Ben jij goed in liegen?'

'Nee,' zei hij.

'Ik ook niet.'

'Ik word nu wel wat zenuwachtig. Over liegen gesproken, je achternaam is Calendar.'

'Elizabeth Calendar?'

'Er lag een kalender op een tafel vlakbij. Ik had ooit een

muzieklerares die mevrouw Calendar heette. Het is een echte naam.'

'Zolang het iemands echte naam maar is... Ik bedoel, ik zou niet graag een nepnaam hebben die ook nog eens nep klonk.' Ik stak mijn hand uit het raam en duwde tegen de luchtstroom. 'Hadden we dit niet eerder moeten doornemen?'

'Eigenlijk wel. Wacht,' zei hij. Hij verminderde vaart en ging op de stoffige vluchtstrook staan. De lucht viel ineens stil. Alles was stil. 'Het spijt me,' zei hij. 'Zie je nou wel dat dit geen goed idee was? Wat wil je doen? Ik sta voor alles open. Wil je dit echt doorzetten?'

Ik wilde inderdaad doorzetten, vooral nu ik weer met Alex was – alleen. Ik herinnerde me de details van zijn kindertijd niet meer, maar ik had een sterk vermoeden. Hij was een ziekelijk kind geweest met een afwezige vader, een sterke, aantrekkelijke moeder, een jongere zus op wie hij dol was, wat familiegeld. Maar het was vooral een soort van eenzame kindertijd geweest, bijna net zo eenzaam als die van mij – een jongetje dat tijdens de lange, slome zomerdagen zijn tijd doorbracht rond een huis aan het meer. Hij had over het huis aan het meer gesproken alsof het een heel universum was en zo had het zich ook in mijn herinnering vastgezet, als een melancholieke, dromerige plek, bitterzoet. Dus ik wilde dat huis zeker zien. Ik wilde dit deel van Alex' verleden kennen. Ik wilde zijn moeder weer zien, eeuwig gefascineerd door moeders als ik was. Ik wilde de geliefde zus en haar kroost ontmoeten. Maar was ik in staat om toe te geven dat ik ook het leven wilde zien waarvan ik deel had kunnen uitmaken? Wil niet iedereen geloven dat er alternatieven waren geweest voor je huidige leven? Ergens moet ik dit geweten hebben, want een deel van me hoopte dat het huis aan het meer inderdaad melancholiek en dromerig was, terwijl een ander deel hoopte dat het zou tegenvallen. De pragmaticus in mij

– met haar hokjesmentaliteit en keurige manieren, het haar vastgezet in een strakke knot. Ze wilde uit nieuwsgierigheid rondkijken en vervolgens, teleurgesteld maar realistisch, teruggaan naar haar man – heel gelukkig, tevreden met de beslissingen die ze in haar leven had genomen. Natuurlijk zou het niet zo simpel zijn. Niets is ooit zo simpel. 'Onze intenties zijn goed,' zei ik. 'Als we betrapt worden, kunnen we dat altijd nog zeggen.'

Alex legde zijn hand op de versnellingspook en zette hem in zijn vrij. 'Ik ben blij dat je er bent,' zei hij. 'Het is vreemd dat we liegen, want het voelt helemaal niet zo.'

VEERTIEN

lex reed een lange oprijlaan met grind op dat omgeven was door een wit hekwerk. Achter een groepje bomen lag een open veld en aan het einde ervan stond het huis. Het was hoog en smal met verweerde cederhouten dakspanen en blauwe luiken. Een van de ramen boven stond open en er wapperde een gaasachtig wit gordijn uit, als een sluier, alsof zich ergens in het huis een echte bruid bevond.

Terwijl Alex aan de zijkant van het huis parkeerde, keek ik naar het gazon dat schuin afliep naar het meer. Het was een prachtige watermassa, die zich uitstrekte van de oevers met hoge grassen van de familie Hull tot aan de overkant waar andere huizen tussen de bossen stonden.

De familie Hull had een aanlegsteiger aan de oever bevestigd; aan weerszijden ervan lagen oranje roeiboten. Er stonden twee ligstoelen op de steiger, met uitzicht op het water. Felgele vogelvoederbakjes gemaakt van kalebassen hingen aan de nabijgelegen bomen. Rechts stond een oude houten schuur met een soort zadeldak. Aan een haak aan de deur van de schuur hing een visnet. In de verte startten boten hun motor.

Ik stapte uit en bleef even op het gazon staan, totdat Alex achter me kwam staan. 'Dit is het dus. Het beroemde huis aan het meer,' zei ik.

Hij keek me verbaasd aan. 'Heb ik het er zo vaak over gehad?'

Ik knikte.

'En heb ik overdreven?'

'Nee,' zei ik. Ik stelde me de jonge Alex Hull altijd voor terwijl hij verveeld rondhing langs de modderige oever – zo'n kind dat tegen zichzelf praat tijdens het spelen en meer van dat soort eigenaardigheden. Het was inderdaad een dromerige plek – de uitgestrekte blauwe hemel, de waterjuffers, de tuin, het statige huis. 'Wat had je als kind voor ziekte?'

'Astma,' antwoordde hij. 'Ze brachten me hier voor de frisse lucht. Ik plaste altijd van de steiger.'

'Alles lijkt hier zo levendig.'

'Je bent hier omgeven door heel wat kleine hartslagen,' zei hij. 'Alles heeft een hartslag.'

'Ik heb te lang in de stad gezeten,' zei ik, en ik keek naar het meer met het rimpelende oppervlak. Ik voelde me sereen, alsof ik alles kon zeggen. 'Je hebt Ellen Maddox hier vast heel wat keren mee naartoe genomen.'

'Ellen Maddox. Lang geleden dat ik die naam heb gehoord. Mijn moeder mocht haar niet. En Claire vond ze ook al niks.'

'Heeft ze hier ook verlovingsfeesten voor jullie georganiseerd?' Ik stelde me grote witte partytenten voor, cateraars en witte ballonnen vastgeknoopt aan stoelen.

'Claire en ik hebben ons verlovingsfeest steeds uitgesteld, en toen was het voorbij.' Hij haalde zijn schouders op. 'En bij Ellen was het geen serieus aanzoek. We waren tweeëntwintig. Toen vertrok ze naar het westen voor de begrafenis van haar opa en was er die steward.'

'En wat als haar opa niet was gestorven?' vroeg ik.

'Hij was heel ziek,' zei Alex, 'en oud. Hij was in de negentig. Hij zou ondertussen aan iets anders gestorven zijn.'

'En stel dat ze de steward niet had ontmoet? Dat bedoel ik eigenlijk.'

'Dan was er wel weer een andere steward geweest,' zei hij. 'Figuurlijk gesproken.'

'Figuurlijk gesproken,' zei ik. 'Ik leef op dit moment een figuurlijk bestaan. Alles wat ik zeg is figuurlijk. Ik bén figuurlijk.' Ik besefte dat dit een van de redenen was waarom ik me zo rustig en bevrijd voelde. Niets was echt.

Maar Alex was geagiteerd. Hij zei: 'Ik heb een verhaal voor je.'

'Oké.'

Hij keek naar de steiger en liet zijn ogen over het gazon glijden. 'Laatst kwam ik iemand tegen die ik ken uit de supermarkt hier in het stadje. We hadden in hetzelfde zomervoetbalelftal gezeten. Hij was aan het winkelen met twee kinderen bij zich; de een zat in het kinderzitje voor hem, de andere was bezig allerlei koopwaar van de stellingen te trekken. En zijn wagentje zat overvol. Ik was naar binnen gegaan om een limoen te kopen. Ik pakte er een, gooide hem in de lucht en ving hem weer op. Ineens vond ik het zo triest. Een limoen. Eén lullige limoen. Ik wilde een gin-tonic maken. En hij zei: "Ik weet nog wel dat ik vroeger naar de supermarkt ging om één ding te kopen. Wrijf het me maar in." En ik zei: "Wrijf jíj het me maar in." En hij begreep niet wat ik bedoelde, dus begon hij maar wat te lachen.'

'Maar het was geen grapje.' Ik wist wat hij bedoelde. Ik had die gezinnen ook in de supermarkt gezien – de uitgeputte moeders met honderd armen die leken te jongleren met fopspenen, bonen in blik en kleine chipszakjes. Ik had naar hen gekeken terwijl ik mijn kleine winkelmandje met een fles shampoo vasthield en had een vreemde mix van sympathie en jaloezie gevoeld.

'Nee,' zei hij.

'Je had het gevoel alsof hij het je inwreef – de kinderen, de volle winkelwagen?'

'En zijn moeder was vast ook kerngezond en lag nog lang niet op sterven.'

'En zijn vrouw was vast echt.'

'Vast.'

'Ik weet hoe dat voelt,' zei ik.

Hij stak zijn handen in zijn zakken. 'Ik denk dat het een van de redenen is waarom ik je hier graag wilde hebben. Niet alleen om de leugen. Ook omdat ik dacht dat jij het misschien zou begrijpen.'

'Elk verlies is anders,' zei ik, terwijl ik de verantwoordelijkheid probeerde af te schudden.

'Dat weet ik niet. Ik bedoel, uiteindelijk verliest het gevoel waarmee je achterblijft zijn scherpe randjes. Ik denk dat eerder geldt: verlies is verlies...'

'...is verlies.'

We zwegen even. Toen verscheen er een klein meisje om de hoek van het huis. Ze had donker haar en hield een emmer over haar schouder alsof het een damestas was. Ze droeg een korte broek en rubberlaarzen en een geknoopverfd t-shirt. Ze keek ons wat moeizaam aan alsof ze een beetje bijziend was en liep toen op ons af. Ze zette de emmer bij haar voeten en zei: 'Mama had dat ontleedsetje besteld, Alex, en dat is vandaag met de post gekomen.' Ze wendde zich tot mij. 'Dat is een muis die door een uil is opgegeten en toen heeft de uil zijn botjes uitgebraakt. Uitbraken betekent overgeven.'

'O, zei ik. 'Dat klinkt cool.'

'Bibi, dit is Elizabeth.'

'Hoi,' zei Bibi, die even met samengeknepen ogen naar mijn gezicht keek en zich daarna weer tot Alex wendde. 'Het ligt op de tafel in de gang want ik mag het van mama niet op de keukentafel leggen, waar het licht beter is.' Ze draaide zich weer om naar mij om het uit te leggen. 'Ik gebruik een pincet en ik draag handschoenen. De muis is helemaal dood.'

'Bibi heeft een zeer scherpe geest,' zei Alex.

'Waar is die emmer voor?' vroeg ik.

Ze haalde haar schouders op. 'Ik zoek monsters. Maar ik pak ze op met een stok, hoor. Maak je geen zorgen.'

'Heb je vandaag al iets gevonden?'

'Niet echt.'

'Hoe gaat het in huis?' vroeg Alex, terwijl zijn ogen de ramen afzochten.

'William doet een middagslaapje. Hij heeft vanochtend op mij overgegeven.' Ze wees naar een vlek in haar geknoopverfde T-shirt. 'En oma doet ook een dutje. Maar ik denk dat iedereen zo wakker wordt.' Ze hing de emmer weer over haar schouder.

'Leuk je te hebben ontmoet,' zei ik.

Ze knikte. 'We hebben een nestelende adelaar, en een adelaar kan een babyschaap van wel tien kilo optillen en ermee wegvliegen. Hij tilt hem zo van zijn poten. Zijn hoeven. Je moet uitkijken, hoor.'

'Gelukkig weeg ik meer dan tien kilo,' zei ik.

'Maar toch,' zei ze.

'Je hebt helemaal gelijk.'

'Een adelaar kan William wel optillen,' zei ze zonder veel emotie, alsof dit niet het ergste zou zijn wat er kon gebeuren. 'Hij kan hem zo de lucht in tillen.' Ze liep weg.

'Dat is Bibi,' zei Alex. 'Ze gaat naar een school die kinderen aanmoedigt die heel, nou ja, superslim zijn.'

'Ze lijkt me ook heel slim.'

'Ze is te slim.'

'Dus,' zei ik.

'Dus,' zei hij.

'Gaan we naar binnen?'

'Lijkt me goed. Er staan een paar ingepakte broodroosters te wachten om in de wereld losgelaten te worden.'

'Laten we de broodroosters bevrijden,' zei ik.

Hij schudde zijn hoofd en deed een paar passen in de richting van het meer. 'Dat verhaal over die man in de supermarkt was niet het verhaal dat ik je had willen vertellen.'

'Niet?'

'Dat was natuurlijk ook een verhaal, iets waarover ik heb nagedacht, maar het was niet wat ik je wilde gaan vertellen toen ik zei dat ik een verhaal voor je had.' Hij bleef even stil en keek naar het gras alsof hij daar iets verloren was. 'Ik zag je door het matglas van de ijssalon. Ik liep langs en zag je daar in de rij staan. Het was als een visioen en ik bleef abrupt staan en mijn hart bonkte. Ik kan het niet uitleggen, maar het voelde ineens alsof ik je jarenlang overal had gezocht, zonder het te beseffen. En toen vond ik je. En ik vroeg me af wat ik moest doen – niet of ik wel of niet naar binnen zou gaan, maar, ik weet niet, ik denk dat ik daar stond te bedenken wat voor iemand ik ben. Vreemd moment om daar op dat moment over na te denken eigenlijk.'

Ik stelde me hem daar voor, terwijl hij naar me keek, op het trottoir in zijn wijde kniebroek en met zijn honkbalpetje op. Had ik niet hetzelfde gevoeld, dat Alex Hull na al die jaren eindelijk was opgedoken? Maar dat kon ik niet tegen hem zeggen. Ik was bang voor wat hij zojuist allemaal had opgebiecht, voor alles wat er ineens tussen ons was blootgelegd. 'Wat voor iemand bleek je uiteindelijk te zijn?' vroeg ik. Het voelde alsof mijn keel werd dichtgeknepen.

'Ik was zo verliefd op jou. Ik heb er jaren mee geworsteld. En ik probeerde eroverheen te komen via Ellen Maddox en Claire en andere vrouwen, zelfs via filosofie. Ik dacht dat ik daardoor wat afstand van... van jou zou creëren... een soort van verheven afstand. Maar dat gebeurde niet. Niets hielp. Dat realiseerde ik me toen ik daar stond – dat ik nog altijd verliefd op je was, dat ik dat altijd ben gebleven.'

'Wat voor iemand bleek je uiteindelijk te zijn?' vroeg ik weer. Ik bewoog niet. Ik was bang dat als ik zou proberen een stap te zetten, ik zou vallen. Mijn ledematen voelden alsof ze van lucht waren gemaakt. Ik keek naar Bibi, die aan de rand van het meer door het riet liep. Er zat nu iets in haar emmer, een steen misschien. Het maakte een hol geluid toen ze het aan haar voeten liet vallen.

Alex was aan het ijsberen. 'Ik bleek iemand te zijn die zich niet afwendt en verder loopt. Iemand die naar binnen gaat en iets idioots doet als twee bolletjes van jou bestellen en die vervolgens zijn weg jouw leven in smeekt.'

Ik was verbijsterd. Ik was bang om iets te zeggen wat hem zou aanmoedigen. Maar tegelijkertijd was ik dolblij dat hij iemand was die zich niet afwendde. 'Is dat waarom ik hier ben? Heb je dit allemaal gepland?'

'Nee! Ik wist niet dat dit zou gebeuren. Ik ben geen superbrein. Dit had niemand kunnen bekokstoven. Ik heb tegen mijn moeder gelogen. Ze ligt op sterven. Het was zelfs niet mijn idee dat je hier zou komen.' Hij dacht hier even over na en schudde toen met zijn vinger. 'Maar misschien heb ik het wel door wilskracht afgedwongen. Sommige mensen geloven daarin, hoewel ik nooit eerder door wilskracht heb afgedwongen dat bepaalde dingen gebeuren.' Toen dacht hij even na. 'Laat ik het zo zeggen: ik zou het door wilskracht hebben afgedwongen als ik dat had gekund. Wat dat betreft ben ik schuldig.'

Er woei een prettig briesje. Bibi zat gehurkt op de modderige oever met een stok ergens in te prikken. Was ik nog steeds verliefd op Alex Hull? Was dat wat ik had gevoeld in de ijssalon? Liefde? Als het liefde was, was het ook vermengd met angst. Alex maakte me nog steeds doodsbang. Dit verhaal – wie biecht zoiets op op een moment als dit? Ineens voelde ik woede. 'Waarom vertel je me dit?' vroeg ik terwijl mijn stem rees. 'Waarom nu? Waarom kun je dingen niet gewoon voorbij laten gaan, zoals normale mensen? Waarom kun je niet gewoon...' Ging ik hem vragen om zijn liefde te verdelen en gedoseerd te geven? Ik bleef staan. Dat zou hij nooit doen. Dit was Alex. Dit was de manier waarop hij van me hield.

'Het is oké,' zei hij. 'Ik vraag je niet om een antwoord. Ik moest je de waarheid vertellen. Meer niet.' Hij sloeg zijn armen over elkaar, keek naar de grond en schudde berouwvol zijn hoofd. Er woedde een strijd in hem; het was te zien aan de rusteloosheid van zijn lichaam, zijn wilde gebaren. 'Het zou niet eerlijk zijn geweest om je te vragen naar binnen te gaan als ik je dit niet had verteld. We kunnen weer in de auto stappen. Ik kan je terugrijden naar de stad, als je dat wilt, of je op de trein zetten... Of je gaat mee naar binnen.'

Ik sloot even mijn ogen en toen ik ze weer opendeed, stond hij daar nog steeds, wachtend op mij. 'Laten we ons op de leugen concentreren,' zei ik. 'Laten we het daarbij houden.'

VIJFTIEN

We gingen de trap van de veranda op aan de achterkant van het huis en liepen door de openslaande deuren naar de keuken. We bewogen ons allebei wat wankel op de benen. Ik bedacht dat het misschien wat leek op de nervositeit van stellen die stiekem zijn getrouwd en elkaar voor het eerst voorstellen aan de wederzijdse familie.

We stonden wat te dralen in de keuken. Jennifer was bezig William in een van de twee gootsteenbakken van de keuken te wassen. Ik zag zijn natte hoofd en een roze, mollige arm. Omdat ze ons nog niet had opgemerkt, keken we elkaar aan, niet goed wetend hoe te beginnen. Alex' bekentenis, het 'verhaal' dat hij me had verteld, voelde zwaar aan, en bij elke blik was het alsof het gewicht ervan heen en weer schoof tussen ons.

Tegen een van de muren stond een witte bank met felgekleurde kussens die niet op zijn plaats leek in een keuken. Hoewel, waarom ook eigenlijk geen bank in de keuken? Overal stonden boeken. Tegen een andere muur stond een inbouwboekenkast, waar iemand anders misschien extra kastjes zou hebben geplaatst. Er lagen ook boeken op de bar en op de keukentafel, en er lag een kleine stapel op de bank zelf. De meeste boeken lagen met de rug omhoog opengeslagen. Ik hoorde Eila zeggen: 'Rotzooi, allemaal rotzooi! Niemand wil jouw troep erven, zelfs niet psychisch!' Ze was geen fan van boeken. Als er een boekenkast stond, haalde ze steevast de boeken eruit en verving die door vazen. Ze zou ook moeilijk doen over de muur met familiekiekjes. En dat die foto's stuk voor stuk in lijsten van verschillende grootte zaten, hielp al helemaal niet. 'Mensen hebben genoeg familie, ze zitten er echt niet op te wachten om naast je huis ook je bagage over te nemen!' Maar deze foto's waren niet geposeerd noch waren het de gebruikelijke, snel na elkaar geknipte beelden van glimlachende mensen die zich mooi hadden aangekleed voor diverse gelegenheden – het soort foto's waarop ik altijd jaloers was geweest. De foto die tijdens mijn buluitreiking is gemaakt, bijvoorbeeld, is een eenzame momentopname van mij en mijn vader, vanaf grote afstand genomen, waarschijnlijk door een medestudent. We staan met zijn tweeën naast elkaar, maar met ruimte tussen onze schouders.

Deze foto's waren heel anders. Er zat een foto van Jennifer tussen die een geschaafde knie laat zien; een andere waarop ze een magere kat in haar armen draagt. Er was een foto van Alex als vierjarige, die gehurkt zit boven iets wat op een dode vogel lijkt en dat heel gelukzalig bestudeert, als een opgewekte wetenschapper die zojuist een baanbrekende ontdekking heeft gedaan; en nog een van hem als tiener, onderuitgezakt in een fauteuil, met een trooloze blik – de piekeraar! Er was een foto van een oude vrouw in kaplaarzen, en een paar oude mannen die voor tomatenstruiken stonden. Er was een ontzettend mooie foto van Alex' moeder, Vivian – bijna zoals ik me haar herinner. Ze staat in deze keuken, op een been, en probeert het bandje van haar hooggehakte pump op te trekken. En dan was er nog een foto die moet zijn genomen vanuit een van de slaapkamerramen boven; aan de zijkant van de foto zag je de geplooide rand van een dun gordijn, een spookachtige flard. Het was een foto van het gazon, de aanlegsteiger, en in de hoek het schuurtje. Het was zomer. Op de foto droeg Vivian een wit pak uit één stuk en een grote strohoed. Jennifer kon nog maar net lopen en droeg een gekreukeld rokje zonder shirt erboven. Alex was een broodmagere jongen in een wit t-shirt en een zwembroek. Degene die de foto nam, moet hen eerst geroepen hebben – ze keken allemaal omhoog naar het raam. Alex hield een hand boven zijn ogen tegen de zon. Aan zijn modderige voeten lagen vishengels. Vivian wees Jennifer op de persoon in het venster en Jennifer zwaaide. Ze waren vastgelegd midden op een gewone dag, genietend van de zon, prachtig. Vivians gezicht staat ietwat bedrukt – houdt ze van de persoon in het raam? Het is moeilijk te zeggen.

Ik vond de foto's schitterend, en ook de verschillende lijsten – de geschiedenis van al die eerlijke momenten die ze vertegenwoordigden, de geschiedenis van een echt gezin. Eila had ongelijk. Soms willen mensen je rotzooi wél erven, ook psychisch, en sommige mensen hebben niet genoeg familie.

Jennifer, die tegen de baby neuriede, draaide de kraan dicht en tilde William uit de wasbak. Alex liep snel naar voren en pakte een dikke handdoek van de leuning van de keukenstoel. 'Alsjeblieft,' zei hij. De baby zag er glibberig en dik uit. Zijn rubberachtige huidje deed me denken aan een zeehond.

'Je bent er!' zei Jennifer tegen mij, opgelucht. Ze wikkelde de baby in de handdoek en veegde de lange pony uit haar ogen. Ze was een fantastische verschijning, zo'n blozende vrouw die er, zonder enige make-up, uitzag alsof ze rouge en lipstick ophad. Ze droeg een retro- en hippieachtig, gebloemd topje en een korte broek. Ze liep op blote voeten. Ik herinnerde me de foto van haar in het gele reddingsvest met haar zongebruinde gezicht, haar blonde haar en een grote spottende glimlach. Ze was nauwelijks veranderd.

'Yep,' bevestigde Alex. 'Jennifer, dit is Gwen, die we Elizabeth zullen noemen. Elizabeth, dit is Jennifer.'

'Geweldig dat je bent gekomen!' Ze haastte zich naar me toe, de baby tegen een schouder gedrukt. Ze omhelsde me, met de natte warme baby en al. Daar had ik niet op gerekend, en ik struikelde bijna achterover op de bank. 'Bedankt dat je dit wilt doen,' zei ze. 'Het is vreemd, maar nou ja, ze was woest. Ze was echt woest hè, Alex?' Ik nam aan dat ze bedoelde dat hun moeder woest was, maar ik wist niet precies waarom dan wel. Alex knikte. William had een van zijn oren gevonden en speelde ermee, trok hem open en dicht. Het was een mooie baby met grote ogen en een dubbele onderkin, en hij kwijlde. 'Wil je iets drinken?' vroeg Jennifer. 'Heb je honger?'

Ik was te zenuwachtig om te eten. 'Nee, dank je.'

'Dit is zeker wel overweldigend?' vroeg ze.

'Het gaat wel,' zei ik. 'Ik heb Bibi ontmoet. Een heel interessant kind.'

'Heeft ze je voor de adelaars gewaarschuwd?' vroeg ze.

'Ze heeft me een stevige waarschuwing gegeven,' zei ik. 'Volgens mij is ze een beetje bang voor de adelaars.'

'Nou ja, ze kunnen wel een schaap van tien kilo van zijn hoeven tillen,' zei ik.

'Dat is beangstigend nieuws voor de kleinere wezens,' zei Alex.

Jennifer keek door de openslaande deuren. 'Ze is daar buiten met die emmer. Aan het einde van de dag zit-ie vol met van alles en nog wat.'

'Ik hoorde dat de uitgebraakte muis is aangekomen!' zei Alex.

'O, ja,' zei Jennifer, bepaald niet enthousiast. 'Beter nieuws hadden we niet kunnen krijgen.' Ze keek naar haar blote voeten, klopte op de rug van de kleine William en keek toen naar mij, haar ogen rond en nat. 'Ik was erbij toen Alex zei dat hij getrouwd was,' vertrouwde ze me rustig toe. 'Toen hij dat zei, was ik net zo opgelucht als mama. Ik geloofde hem niet – niet echt – maar hij bracht het zo overtuigend dat een deel van me hem gewoon geloofde. En hij had gelijk. Het was het juiste om te doen. Ze was woest omdat ze niet in vrede zou kunnen sterven, omdat Alex stuurloos ronddobberde in de wereld en geen anker had. Het was het enige wat we konden doen. We waren er vrij zeker van dat ze het weekend niet meer zou halen, maar dat gebeurde toch.'

'Het is vreemd,' zei Alex tegen Jennifer. 'Vind je niet? Ik bedoel, tientallen jaren lang was ze haar eigen anker. Ik snap niet waarom ze denkt dat ik er een nodig heb.'

'Je kunt wel een anker gebruiken,' zei Jennifer wrang, en toen, tegen mij: 'Hij heeft echt het juiste gedaan. Bedankt dat je hier bent.'

'Graag gedaan,' zei ik.

'Elizabeth Calendar,' zei Alex. 'Mijn vrouw!'

Ik draaide me om en keek naar Alex. Hij glimlachte naar me met zijn hoofd schuin. Ik wilde terug glimlachen, en ik denk ook dat ik het deed, een beetje, maar toen hernam ik mezelf en probeerde de aandacht wat van zijn aankondiging af te leiden. 'Heb ik mijn eigen naam gehouden?'

'Ja,' zei hij. 'Je bent heel trots op je afkomst, denk ik. Je stamt af van koeienhoeders en vijgenboeren. En je bent een echte feministe.'

'O ja?'

'Je kunt alles zijn wat je wilt.'

'Een kettingrokende communiste?'

Hij haalde zijn schouders op. 'Waarom niet?'

'Bedankt, kameraad,' zei ik. 'Ik heb altijd al Gauloise willen roken en "Vive la révolution" willen roepen vanaf het balkon.'

'Een balkon hebben we,' zei Alex.

'Dat is mooi.'

Jennifer wreef over het donshaar op Williams hoofd zodat het pluisde als dat van een kuiken. 'Ze doet een hazenslaapje in de woonkamer. Er was een nieuwe verpleegster die net is weggegaan. Chesa, heet ze. Ze is echt geweldig, ze zijn allemaal geweldig. Ik heb de zoete aardappelen gekocht waar ze om vroeg. We moeten maar zien of ze wat kan eten.' Haar stem klonk ineens bezorgd, alsof ze probeerde nonchalant over te komen maar daarin niet helemaal slaagde. 'Ik ga de baby aankleden,' zei ze. 'Gaan jullie twee maar even bij haar zitten. Laat het me weten als ze iets nodig heeft.'

'We redden ons wel,' zei Alex.

William kwam in beweging en begon te jammeren. 'Hij is onze wekker,' zei Jennifer. 'Het is tijd!' Ze wiegde hem een beetje en liep snel de keuken uit.

'Ze is prachtig,' zei ik tegen Alex. 'En William is heel donzig.'

Maar Alex hoorde me niet. Hij was naar de deur gelopen en leunde tegen de post. Ik volgde hem en keek waar hij naar keek – naar het ziekenhuisbed dat in de warme zon stond die door een erker naar binnen scheen. En daar lag zijn moeder, een fragiel lichaam bedekt met een lichtblauwe deken, haar hoofd naar een kant gedraaid, haar ogen gesloten. Haar haren waren wit en glad en vormden een harmonieus geheel met het kussen.

'Ze ziet er niet meer uit als een Kennedy,' zei Alex. 'Ik herken haar amper meer. Totdat ze haar mond opendoet... Dan weet ik weer dat zij het is. Ze heeft haar eigen manier om zich uit te drukken... Maar vanaf hier...' En voor het eerst zag ik de intensiteit van Alex' verdriet. Hij hield van zijn moeder. Hij was diepbedroefd en niet van plan het te verhullen. Alex was hier, met al zijn verdriet. En Peter? Was het wel eerlijk om hem met Peter te vergelijken? Dat was het niet, maar het was wat mijn gedachten deden, van nature. Ik had Peter nooit echt verdrietig gezien. Het was het verschil tussen een kaart zien en het land zelf.

'Laten we naar binnen gaan,' zei ik.

Alsof ze ons gehoord had opende Vivian haar ogen en keek naar ons. Ze hield haar hand omhoog, net een stukje boven de deken en gebaarde ons naar voren te komen.

Met z'n tweeën liepen we naar de rand van het bed. Ze drukte op een knop en het bed zoemde naar zitpositie.

'Mam,' zei Alex. 'Dit is Elizabeth. Elizabeth, dit is mijn moeder, Vivian.'

Ze zag er vermoeid uit, maar toch lag er nog een helderheid in haar ogen, en ze had de elegantste neus en lange nek die ik ooit had gezien. Ze strekte haar beide handen uit, met haar palmen naar boven. Ik legde mijn handen in die van haar, en in dat kleine gebaar voelde het alsof ik een essentieel deel van mezelf gaf. Ik vertrouwde haar meteen.

Ze keek me met samengeknepen ogen aan, alsof ze mijn gezicht las, een beetje zoals Bibi had gedaan. Er was zelfs een moment waarop ik Bibi duidelijk in haar herkende. En toen keek ze naar mijn gezicht en riep resoluut: 'O, kijk! Hij heeft je gevonden.' Even vroeg ik me af of ze me had herkend – Gwen Merchant – van die koekjes-en-punch receptie ruim tien jaar geleden. Ik ervoer een golf van paniek in mijn borst in het besef dat het misschien nu al voorbij was, dat we waren betrapt. Ik keek naar Alex. Zijn ogen flitsten naar mij en hij tuitte zijn lippen, klaar om haar te corrigeren, maar toen begon ze bijna te zingen: 'Elizabeth. Elizabeth. Ik heb gewacht tot je zou komen.' Ze wendde zich tot Alex. 'Pak mijn bril even van het bijzettafeltje. Ik wil de ring zien.'

Natuurlijk zou ze de ring willen zien, maar om een of an-

147

dere reden had ik er niet aan gedacht. Ze zette haar bril op, hield haar kin schuin en staarde naar mijn hand door haar bifocale glazen. 'O, hij is prachtig. Heb jij deze uitgezocht? Mijn weinig fantasierijke zoon?' zei ze tegen Alex. 'Nooit gedacht dat jij zo'n verfijnde smaak had wat sieraden betreft.'

'Ik heb nog wel een beetje smaak,' zei hij.

'Ik heb hem bij het uitzoeken geholpen,' zei ik, en dat was ook zo. Het was niet romantisch, maar Peter had er heel praktisch over gedaan. Je moet hem de rest van je leven dragen, had hij gezegd. Dus laten we er dan voor zorgen dat het iets is wat je echt mooi vindt.

'En prachtig afgewerkt,' zei Vivian. Daarna zette ze haar bril af, vouwde hem op en legde hem op haar frêle borst. 'Ik wil graag meteen tot de kern komen,' zei ze. 'Ik ben niet meer geïnteresseerd in de luchtige gesprekken van gezonde mensen, die hun tijd verdoen met loze kletspraat, pure tijdverspilling die nergens toe leidt behalve tot vage weersvoorspellingen.' Alex had gelijk. Ze had een heel eigen manier om zich te uiten. Het was niet alleen wat ze zei, maar vooral de manier waarop. Ze had bepaalde woorden benadrukt, op een manier die de betekenis scherp maakte, maar ik hoorde ook iets van een spraakgebrek waar ik niet precies de vinger op kon leggen. Het zou kunnen zijn dat de medicijnen die ze slikte – waaronder morfine – ervoor zorgden dat haar spieren verslapten, maar het leek ook alsof haar mond getraind was om moeilijke s'en en r'en te omzeilen. Maar het oude probleem kroop er soms in en maakte dat een medeklinker dikker, voller klonk dan de bedoeling was. Ze sprak bondig en elegant. Ik nam aan dat ze op die manier sprak omdat de boeken misschien allemaal van haar waren en dat ze die had gelezen. Ook de woonkamer stond vol met boekenkasten. Er waren fauteuils en staande lampen – alles leek mensen uit te nodigen om te gaan zitten lezen.

En vrijwel elk oppervlak was bedekt met bloemen. Er was een open haard in de woonkamer; zijn stenen voorkant was verhuld door hoge vazen. Overal stonden bloemenarrangementen met briefjes op plastic stokjes die eruit staken, behalve op de tafeltjes naast het bed, die waren gewijd aan medische benodigdheden, potjes pillen, zalfjes, tissues.

'Volgens mij is het nog niet nodig om meteen tot de kern te komen,' zei Alex. 'Wat dacht je van het uitwisselen van beleefdheden?'

'Daar heb ik dus geen tijd voor, Alex. Dat weet je best.'

'Ik vind het prima, hoor,' zei ik. 'Waar wilt u het over hebben?'

'Over jou,' zei ze.

'Wat wilt u weten?' Ik keek nerveus naar Alex.

'Wil je kinderen?' vroeg ze.

'Kijk, dat is nogal persoonlijk,' onderbrak Alex ons.

Ze keek Alex scherp aan. 'Ik wil weten of ik op een dag nog meer erfgenamen zal hebben. Ik vind dat niet te persoonlijk!' En toen wendde ze zich tot mij en vroeg: 'Is dat te persoonlijk?'

'Ik wil graag kinderen,' zei ik. Ik had altijd kinderen gewild, ook al had ik het niet echt leuk gevonden om er zelf een te zijn. Ik was bang voor ze; de angstige manier waarop jonge kinderen naar hun ouders hunkerden, hun geur, de manier waarop Helen, bijvoorbeeld, over haar eigen moeder sprak, de teleurstelling van een moederlijk falen. Maar toch wilde ik kinderen – baby's om in de gootsteen te wassen en kinderen die met stokken in dingen prikten. 'Twee of drie,' zei ik.

'Kinderen zijn onze waardevolle moordenaars, en dat bedoel ik op de best mogelijke manier, Alex.'

'Ik ken deze toespraak al,' zei hij tegen me. 'Ik ken hem bijna uit mijn hoofd. De "waardevolle-moordenaarsspeech".'

'Maar het is waar,' zei zijn moeder. 'En geen van beide partijen zou zich er schuldig over hoeven voelen. We stoppen al onze energie in onze kinderen in de hoop dat we onze eigen vervangers grootbrengen. Alex is beter dan ik ben. Jennifer ook. Dus ik heb mijn werk gedaan.'

Iets aan deze woorden kwam me zo oprecht liefdevol voor dat ik even bang was dat ik zou gaan huilen. Ik dacht aan mijn eigen moeder. Zij had niet de mogelijkheid gehad om al haar energie in mij te stoppen. Zou ze gezegd hebben dat ik een goede vervangster was? 'Mijn moeder is overleden,' zei ik snel. Het was iets wat ik alleen maar vertelde als het absoluut onmogelijk was om het niet te doen, dus was ik verbaasd dat ik het uit mezelf zei. 'Toen ik klein was. Ik kan me haar eigenlijk niet meer herinneren.'

Maar het leek Vivian niet te verrassen. Ze zei: 'Wat rot voor je, lieverd. Wat ontzettend naar voor je. Hoe oud was je?'

'Vijf,' antwoordde ik.

'Hou je van je vader, of respecteer je hem in elk geval?'

'Ja,' zei ik.

'En vergeef je je ouders?' zei ze.

Ik wist niet zeker wat ze bedoelde. 'Waarvoor?'

'Voor alles,' zei ze.

'Ik denk dat ik mijn vader heb vergeven,' zei ik. 'Dat denk ik.' Maar ik wist het echt niet zeker. Haatte een deel van me hem niet, zijn pratende vissen, onze vreselijke zondagslunches, het steriele huis en de dode motten? 'Nee,' corrigeerde ik mezelf. 'Misschien toch niet.'

'Elk kind moet door een soort verzoening met zijn ouders heen. Ik denk dat de dood van je moeder haar niet vrijstelt van de behoefte aan vergiffenis, toch?' Ze keek naar Alex. 'Dat is een prima vraag. Begin nu niet weer.'

'Misschien wil Elizabeth niet praten over dat soort dingen,' zei Alex, die zijn moeder vriendelijk aanmoedigde om te stoppen. 'Misschien wil ze dat helemaal niet.'

Maar ik bleef me op het gesprek concentreren. 'Ik heb er nooit echt over nagedacht of ik mijn moeder wel of niet vergeef,' zei ik. 'Haar vergeven dat ze is doodgegaan? Volgens mij heb ik het haar zelfs nog nooit kwalijk genomen.'

'Het is niet echt noodzakelijk,' zei ze. 'Er is tijd voor al die dingen. Maar het zal de dingen gemakkelijker maken, als je je ouders hun onvolmaakte menselijkheid vergeeft, hun gebrek aan zelfbeheersing en deugden, hun verwrongen ego's.' Ze keek naar Alex. 'Heb jij me al vergeven?'

'Wat, je onvolmaakte menselijkheid of je verwrongen ego?' vroeg hij.

Ze schudde met haar vinger naar hem, zogenaamd om hem een standje te geven.

'Ik doe mijn best,' zei hij. 'Misschien moet ik er uiteindelijk voor in therapie.'

Ze fluisterde tegen me: 'Hij is in het echt stapelgek op me. Een beetje therapie zou goed voor hem zijn. Maar laat hem zich er niet in verliezen, daar op de divan. Bij sommige mensen gebeurt dat en die kunnen dan hun weg naar buiten niet meer vinden.'

'Dat zal mij heus niet gebeuren,' zei Alex.

'Je vader deed dat anders wel,' zei Vivian. 'Je hebt een genetische neiging om je eigen onvolmaakte menselijkheid met een fijne kam glad te strijken.'

'Mijn vader zat in de jaren zeventig in therapie,' legde Alex me uit. 'Maar dat was in die tijd heel normaal. Een rage, net als valium.'

'Ik had liever valium,' zei Vivian, en ze glimlachte. Toen: 'Geloof je in God?'

'Kunnen we niet wat subtieler overgaan op het onderwerp religie en politiek?' zei Alex. 'Dit hoort niet te voelen als de

Spaanse Inquisitie.' Hij zuchtte en keek me verontschuldigend aan.

'Een praatje over God kan toch geen kwaad?' zei Vivian. 'Vind jij God aanstootgevend, Elizabeth?'

'Nee, het maakt mij niet uit,' zei ik. 'Ik geloof dat er een hogere macht bestaat,' zei ik. 'Een goede kracht. Ik geloof niet dat dit alles is. Maar ik ben grootgebracht door een wetenschapper, dus ik doe mijn best.' Ik had het gevoel alsof ik nu te veel over mijn eigen leven onthulde. Moest ik een beetje meer liegen om Elizabeth overtuigender te spelen? Ik wilde het Alex vragen.

'Geloof je dan ook dat die kracht in jouw bestaan doordringt? Bemoeit deze kracht zich met dingen? Zorgt hij ervoor dat je een goede parkeerplaats vindt als je laat bent voor een afspraak met de bank? Geloof je bijvoorbeeld in wonderen?'

Ik wilde ja antwoorden. Het leek me het juiste antwoord om te geven aan iemand die alleen dankzij een wonder zou blijven leven. Maar de manier waarop ze de vraag stelde was zo openhartig dat, ondanks het feit dat mijn aanwezigheid in het huis gebaseerd was op een reusachtige leugen, ik er zeker van was dat ze alleen de waarheid zou tolereren. 'Ik ben bang voor wonderen,' zei ik.

'Ah,' zei ze terwijl ze knikte, alsof dit het eerste interessante antwoord was dat ik had gegeven. 'Dat is goed. Angst. Maar je kunt je er niet door laten leiden.' Ze sloot haar ogen. 'Ik geloof in wonderen, maar alleen omdat ik geen andere keuze heb.' Ze viel stil en met haar ogen dicht en haar bijna onmiddellijke kalmte vroeg ik me af of ze was ingedommeld. Maar toen deed ze haar ogen weer open. 'Heb jij een definitie van liefde?'

Ik keek naar Alex en daarna weer naar haar. 'Eh...' Ik stond perplex. 'Ik denk... dat ware liefde een gesprek zou moeten zijn dat een leven lang duurt.'

Hierop kneep ze haar ogen samen en richtte zich tot haar zoon. 'Alex,' zei ze op berispende toon. 'Gebruik je mijn materiaal?'

'Ik heb het van de beste geleerd,' zei hij.

'Sorry,' zei ik.

'Waarvoor?' vroeg ze.

'Voor het recyclen van goede zinnen,' zei ik.

'Ik beschouw het als een compliment,' zei ze. 'Waar ben je geboren?'

'In Ohio.' Iedereen zou toch in Ohio kunnen zijn geboren? Dit was een kleine leugen, en daar ging ik voor.

'Wat doe je voor werk?'

Ik wilde geen 'binnenhuisarchitectuur' zeggen. En ook niet iets waarbij wetenschap kwam kijken, zoals bij mijn vader. Daarna dacht ik aan mijn moeder. Wat wist ik van haar? Niet veel. 'Ik brei,' zei ik. 'Ik ontwerp dingen om te breien. Ik ben een ontwerper.' En omdat dat te vaag klonk, voegde ik eraan toe: 'Ik brei voornamelijk mutsen.'

'Mutsen,' zei Vivian een beetje dromerig. 'Ik hou van mutsen. Is Jennifer zoete aardappelen aan het maken? Ik ruik ze.'

'Klopt,' zei Alex. 'Beloof je dat je er een paar zult eten?'

'Ik doe geen beloftes meer,' zei ze, en toen: 'O! We waren het bijna vergeten!' Ze reikte naar een glas op haar nacht-kastje. 'Geef me die lepel even aan,' zei ze tegen Alex. Ver-volgens sloeg ze met de lepel tegen het glas. 'Ik heb de brui-loft en de receptie gemist!'

'We hebben geen receptie gehouden,' zei Alex nerveus.

'Ah, maar ik mis die traditie. Oude mensen tikken tegen hun glas, jonge mensen kussen. Het slaat misschien nergens op, maar ik vind het leuk omdat het zo primitief is.'

Alex keek naar mij en ik naar hem. We waren man en vrouw – we moesten kussen. Ik haalde licht mijn schouders op en hij boog zich snel voorover en drukte zijn warme lippen op de mijne. Mijn wangen werden rood en ik voelde een warmte zich over mijn borst verspreiden.

'Liefde,' zei Vivian, 'is onmiskenbaar.' Ze zette het glas terug op tafel, ging achterover liggen en deed haar ogen dicht.

'Zullen we u laten rusten?' vroeg ik.

'Trek een stoel bij. Lees me voor terwijl ik mijn ogen sluit.'

Ik keek naar Alex. Ik wees naar mezelf en vormde met mijn mond: ik?

Hij knikte.

'Wat wilt u dat ik voorlees?' vroeg ik.

Ze wuifde met haar hand alsof ze wilde zeggen: het maakt niet uit. 'Het maakt me niet uit of het intellectueel of niet-intellectueel is. Kies maar iets.'

Alex gaf me een boek aan dat op het nachtkastje lag en waarin een boekenlegger zat. Het was een roman van Elizabeth Graver, *Unravelling*. Ik had er nog nooit van gehoord. Ik sloeg hem open bij de boekenlegger en begon te lezen. 'Een meisje liet me zien hoe ik de tekening moest inkleuren, haar handen waren zo vlug als boerenzwaluwen die in en uit de muren van draad vlogen die aan een reusachtige spoel aan het plafond hingen...' Ik zat en las een behoorlijk stuk van de roman, die lyrisch en boeiend was. En terwijl ik las, kwam de kus af en toe terug – de zachte druk van Alex' lippen op de mijne – en begon ik weer te blozen. Het was maar een kus, zei ik tegen mezelf, maar toch kwam de herinnering steeds weer terug, een sensatie van zachte huid.

Dit huis was helemaal niet zoals ik me het had voorgesteld. Ik was verrast te beseffen dat ik verwachtingen had gehad, dat ik me had schrap gezet voor een moeder die op sterven lag zonder te weten dat ik dat deed. Had ik mezelf voorbereid om een huis binnen te gaan gevuld met de zachte geluiden van bultruggen? Om een man aan te treffen in een gebreide kabeltrui, vastgeplakt aan een koptelefoon? Had ik de afgestompte versie van rouw verwacht die ik altijd vreesde wanneer ik het huis van mijn vader binnenliep – het gesprek dat altijd in de lucht hing maar nooit op gang kwam?

Ik was niet van mijn stuk gebracht door Vivians vragen, niet zo erg als Alex, helemaal niet. Ik voelde me opgelucht. Ik was nooit echt goed geweest in luchtige gesprekken of, zoals Vivian het noemde, loze kletspraat. Luchtige gesprekken bevatten meer valkuilen en landmijnen dan het echte werk.

Op een gegeven moment hoorde ik Bibi tegen Jennifer praten in de keuken, gekletter van pannen, en William die af en toe knorde, en ik keek op van het boek. Alex zat in een van de fauteuils met zijn hoofd in een hand. Hij staarde naar me op de manier die ik nog van de universiteit kende, een strakke blik die me altijd naar mijn schoenen had doen kijken. Maar nu was het anders – onder de oppervlakte school een niet-aflatende droefheid. Iets van die droefheid resoneerde met die van mijzelf, het verdriet dat leek te zijn ingemetseld in mijn wezen. De kamer baadde nog steeds in het zonlicht. Vivians ademhaling was overgegaan in het diepe ritme van de slaap.

Hij zei: 'Je bent er echt.'

En op dat moment had ik het gevoel alsof mijn haar naar voren viel, in de richting van Alex. Ik keek weer naar zijn moeder, de lichte kromming van haar dunne hand. Ik dacht aan mijn vader. Hij verborg zijn verdriet niet, maar had er een nevel van gevormd en zich daarin verstopt. Mensen wisten misschien niet waarom hij zo ver weg leek – zijn stem had een metaalachtige holle klank, alsof hij vanaf grote afstand door de wand van een conservenblikje praatte. Hij was ver weg. 'Jij bent er ook echt,' zei ik, en ik bedoelde dat dit huishouden werd bezet door mensen die vreemden voor me waren en dat dit huis totaal niet leek op de plek die ik mijn thuis noemde, of zelfs het thuis dat ik met Peter had gevormd, omdat iedereen zo aanwezig was, zo dichtbij, zo... hier.

Het was alsof ik terugkeerde naar mezelf – alsof ik zo lang verdwaald was geweest dat ik was vergeten dat ik verdwaald was, zo lang weg dat ik niet meer wist dat ik ooit een huis had gehad, en dat ik toen ineens een hoek omliep die me bekend voorkwam en tegen mezelf zei: dit herken ik – en dat mijn hart tekeerging in mijn borst. Zoals even kort rust houden, mijn hand even op de bast van een bekende boom leggen, met mijn ogen dicht naar de volgende hoek lopen, mezelf een voorstelling makend van wat daar zou zijn. En dan mijn ogen opendoen en het hebben gevonden – mijn huis, mijn tuin, mijn boomgaard met fruitbomen, alsof het allemaal uit de grond omhoog was gekomen om me welkom te heten.

Klinkt dit bizar? Te vergezocht? Was ik gek dat ik Alex toestond me zo te laten voelen? Het enige wat ik weet, is dat ik niets in twijfel trok. Voor dat moment was het te makkelijk om in twijfel te trekken: Alex Hull – huis, tuin, boomgaard.

ZESTIEN

*H*et is moeilijk te zeggen of ik eerst verliefd werd op Alex, of op zijn familie, of op beide tegelijkertijd. Ik genoot van de manier waarop zijn moeder gesprekken over alledaagse dingen wist om te zetten in iets beladens – of vreemd genoeg in iets heiligs. Ik vond het heerlijk om te horen hoe Alex en Jennifer in de keuken stonden te kibbelen en wijn dronken uit welk glas ook maar op tafel stond en van elkaars bord aten; de manier waarop ze naar elkaar wezen en lachten als een van hen iets grappigs zei en hoe ze Bibi's lange verhalen over dingen waarin ze met haar stok had geprikt, aanhoorden. Ik vond het geweldig hoe William van de ene persoon naar de andere werd doorgegeven – onder wie Bibi, die hem rond zijn dikke middel vasthield, waarbij zijn beentjes bungelden als die van een kat die zo werd vastgehouden. En hoe hij zonder enige aarzeling zelfs aan mij werd doorgegeven, hoe hij in mijn armen belandde en me aanstaarde, zijn tandeloze mond open, zijn ogen groot.

Alex gaf zijn moeder zoete aardappelen te eten terwijl Jennifer en ik in de keuken garnalen stonden te koken; hun donkergrijze schalen kleurden roze en dreven omhoog naar het borrelende oppervlak. Jennifer vertelde me over haar huwelijk met Sonny in een park. Bibi had een blauwe jurk gedragen die zij en haar oma samen hadden gemaakt op de naaimachine op zolder.

Alex voegde zich bij ons. 'En ze maakten voor mij een das van hetzelfde materiaal. Hij was scheef, maar wel op een perfecte manier.'

'De das was Bibi's idee,' zei Jennifer.

'Wij hoorden bij elkaar! Ja toch, Bibi?' Bibi liep langs met haar doos met uilenballen.

'Ja,' zei ze een beetje verlegen. 'En we hebben veel gedanst. We zweetten ons kapot. Het was een zweterige bruiloft.'

'Ja, hè?' zei Jennifer.

'Jammer dat we Elizabeth toen nog niet kenden. Ze had bijpassende mutsen voor ons kunnen breien!' zei Alex.

'Ik raakte in paniek,' zei ik. 'Ik weet niet wat ik had.'

'Het ging prima,' zei Alex. 'Mijn moeder blijkt dus altijd dol op mutsen te zijn geweest.'

Ik stelde Jennifer meer vragen over Sonny. Hij was drummer en op tournee met een band die een kleine vaste groep fans had in de wereld van de folkmuziek.

'We hebben elkaar ontmoet op de afdeling verloren voorwerpen van de politie,' vertelde ze. 'Hij was zijn portefeuille verloren en Bibi een boekje tijdens een concert. Beide waren niet gevonden, dus zijn we als troostprijs maar met elkaar getrouwd.'

'Je vond wat je had moeten vinden,' zei ik, terwijl ik dacht aan Alex die twee bolletjes Gwen Merchant had besteld en meer had gekregen dan hij had gevraagd.

Soms was de enige manier om William stil te krijgen, hem mee naar buiten te nemen en met hem heen en weer te lopen. Jennifer moest haar moeder in de badkamer helpen en Alex was bezig met een salade, dus ik had de leiding over William en Bibi, die al op de veranda zat met latex handschoenen aan en een mondkapje voor. Op een stuk papier voor haar lagen een pincet en de uilenbal. Ik droeg William en liep met hem heen en weer, zoals geïnstrueerd.

'Wat ga je doen?' vroeg ik.

'De muizenbotjes zoeken,' zei Bibi. William was nog steeds aan het huilen, het waren eerder kleine jammerklachten. 'Je moet zingen,' zei Bibi.

'Zingen?'

'William vindt het liedje over die hordeur leuk.'

'Hordeur?'

'Je weet wel: de hordeur slaat en Mary's jurk zwaait. Dat vindt hij mooi.'

'"Thunder road"?'

Bibi haalde haar schouders op.

'Stinkt die uilenbal?' vroeg ik.

'Valt wel mee,' zei Bibi, die nog steeds over het ding gebogen zat.

William begon nog harder te huilen, dus begon ik het nummer van Springsteen in zijn roze oortje te zingen.

'Ben je hier omdat mijn oma doodgaat?' vroeg Bibi.

'Eh… nee,' zei ik.

'Er komen veel mensen langs omdat ze doodgaat. Zij is mijn andere moeder,' zei Bibi. 'Ik heb er twee.'

'Dan heb je mazzel, zeg,' zei ik, 'dat je twee moeders hebt.'

'En nu heb ik ook een vader, Sonny.' Bibi had de uilenbal nog steeds niet aangeraakt. Ze tuurde er alleen maar naar. 'Denk jij dat iemand oma gaat opensnijden als ze dood is? Ze geeft haar lichaam aan de wetenschap.'

'Dat weet ik niet,' zei ik. 'Maar het is wel mooi dat ze dat doet.'

'We zijn alleen maar botten en zo.'

'Maar we zijn meer dan dat,' zei ik terwijl ik naast haar

uilenbal hurkte. 'We zijn verbeeldingskracht en liefde en dromen. Ja toch?'

Bibi keek naar me op. Ik had het niet in de gaten gehad, maar ze had gehuild. Haar gezicht was nat van de tranen. 'Ik kan mijn uilenbal niet opensnijden,' zei ze.

'Dat hoeft ook niet,' zei ik. 'Weet je, we zijn botten, en die botten kunnen door wetenschappers gebruikt worden of ze kunnen langzaam verteren. Maar al die andere dingen die we zijn – verbeeldingskracht en liefde en dromen... Die leven door, zelfs als we doodgaan.'

Bibi keek naar Williams ingedeukte knieën en kneep met haar gehandschoende hand in een ervan. 'Waar gaat alles heen als we doodgaan?'

Ik wees naar haar hart. 'Naar het hart van de mensen van wie we hebben gehouden.'

Ze veegde haar neus af aan haar mouw. 'Kerkuilen hebben een heel goed gehoor. Ze kunnen dieren horen die onder de sneeuw zitten. De wijfjes leggen vier tot zeven eieren per keer.' William begon weer te huilen. We keken allebei naar hem. 'Je bent gestopt met lopen en zingen,' zei Bibi.

'Je hebt gelijk.'

Ik stond op en liep op en neer en zong 'Thunder road' terwijl Bibi de uilenbal weer in de doos legde samen met het pincet, het mondkapje en de handschoenen. William liet zijn mollige wang tegen mijn borst rusten. Zijn lichaam werd slap van de slaap. Bibi en ik zaten op de rand van de veranda en ik leidde haar af met verhalen uit mijn jeugd. Dat ik was opgegroeid in een geel huis aan Apple Road met een klimboom waarvan de takken over de oprijlaan hingen en die gekke familie Fogelman naast ons, en mijn vader die geloofde dat vissen konden praten.

'Pratende vissen?'

'Ja. Ze hebben een taal. Wij begrijpen die taal alleen niet.'

'Misschien heeft alles een taal die we niet begrijpen.'

We zaten daar en keken naar de vuurvliegjes die oplichtten in het gras en vertelden elkaar wat we dachten dat ze zeiden.

'Die daar zegt: "Kom hier! Kom hier!",' zei Bibi.

'En die zegt: "Zie je niet dat ik het druk heb?"'

'O, en die daar zegt: "Ik mis je! Waarom ben je zo ver weg?"'

'Die zegt: "Blijf altijd bij me in het zomerhuis. Blijf, blijf, blijf."'

En ik hield van dat vuurvliegje. Ik wilde blijven, blijven, blijven.

ZEVENTIEN

*L*ater gebruikten we allemaal ons avondeten in de woonkamer, verzameld rond Vivians bed. Jennifer zat in een fauteuil met William, Bibi zat in kleermakerszit op de grond en ik stond. Alex voerde Vivian zoete aardappelen.

'Maak de huwelijkscadeautjes open!' zei zijn moeder.

'Niet nu,' zei Alex. 'Dat doen we later.' Ik voelde me al schuldig over de cadeautjes en wilde ze ook niet openmaken.

Alex en Jennifer begonnen te praten over een jeugdzonde. Ze hadden roestig water uit het toilet in een oude skihut geschept waar ze vroeger naartoe gingen en probeerden andere kinderen in de hut ervan te overtuigen dat het ijsthee was en het hen te laten drinken.

'Jij hebt het ook een keer gedronken,' zei Alex tegen Jennifer.

'Ik heb het nooit gedronken,' zei ze. 'Dat andere kind wel. Was dat niet een Canadees?'

'Ik zou nooit wc-water drinken!' zei Bibi. 'Ik zou ook nooit proberen het William te laten drinken!'

'Natuurlijk niet, Bibi. Jíj bent het perfecte kind,' zei Vivian met een kalme glimlach. 'Die twee moesten nog leren om braaf te zijn. Jij bent zo geboren.'

Ze praatten en praatten terwijl Vivian kleine hapjes zoete aardappelen at. Uiteindelijk hield ze haar hand op ten teken dat ze genoeg had gehad. Ze trok aan Alex' mouw en hij leunde naar haar toe zodat ze in zijn oor kon fluisteren.

'Oké,' fluisterde hij terug en hij knikte. 'Oké.' En toen leidde hij ons allemaal de kamer uit. Hij legde zijn arm om Jennifer heen en zei iets over morfinegehalte waarna ze zich een paar minuten terugtrokken.

Ik ruimde de keuken op terwijl Jennifer met een verpleegster belde en ook nog de baby verzorgde; Alex bracht Bibi naar bed.

Toen hij weer naar beneden kwam, zag hij eruit alsof hij bijna zelf in slaap was gevallen. Zijn haar zat in de war en zijn oogleden waren zwaar. Ik droogde net de garnalenpan af. Jennifer was naar binnen gegaan om met haar moeder te praten. Alex was uitgeput maar glimlachte naar me – een zachte, vermoeide glimlach.

Ik wees naar een foto van hem aan de muur, de foto waarop hij als een nukkige tiener stond afgebeeld. 'Kijk,' zei ik. 'Bewijs!'

'Bewijs waarvoor?' vroeg hij.

'Alex Hull, de piekeraar.'

Hij lachte. 'Moet je dat haar zien, en die geblokte korte broek. Waar dacht ik toen aan?' Hij stak zijn handen in zijn zakken en zag er afwezig uit.

'Gaat het?' vroeg ik.

Hij glimlachte. 'Ik had je een hele verzameling roeiboten beloofd. Heb je zin in een avondtochtje?'

'Heeft Jennifer je niet nodig?'

'Nu niet,' zei hij. 'Ik heb haar gevraagd of we er even tussenuit konden. Ik heb haar eraan herinnerd dat we pasgetrouwd zijn.'

Ik dacht weer terug aan de kus, de zachte tederheid van

zijn lippen, en dat Vivian had gezegd dat liefde onmiskenbaar is. Ik voelde me ook alsof ik pasgetrouwd was – verlangend en blozend. Was liefde – echte liefde – onmiskenbaar? 'En wie kan een pasgetrouwd stel iets weigeren?' zei ik.

'Niet met een gerust geweten,' zei Alex.

Het was rustig bij het meer, op een paar kinderen na die op een steiger ver weg met sterretjes in de hand stonden. Alex zat tegenover me in de roeiboot, de peddel lag op zijn schoot. We zaten zo dicht bij elkaar dat ik mijn knieën tussen de zijne had moeten schuiven. De roeiboot dreef. Het meer reflecteerde een heldere volle maan.

'Je hebt een lieve familie,' zei ik.

'Ze zijn lief,' zei Alex terwijl hij naar de hemel keek.

'Heb je het ooit bijgelegd met je vader?' vroeg ik. Ik wist nog hoe gekwetst hij in onze studententijd was geweest toen hij voor het eerst besefte dat hij kwaad op zijn vader was en daar goede redenen voor had. Voor zover ik me kon herinneren, had hij het gezin verlaten voor een andere vrouw en had hij vervolgens nauwelijks nog een rol gespeeld in Alex' leven.

'Ik heb hem een brief geschreven een paar jaar na mijn afstuderen, en ik heb hem gezegd dat hij een waardeloze vader was geweest, maar dat ik nog steeds van hem hield.'

'Heeft hij teruggeschreven?'

'Ja,' zei hij, terwijl hij heftig knikte. 'Hij was heel hartelijk. Het was een mooie brief. We praten nog steeds niet echt met elkaar.'

'Dat spijt me.'

'Nee, geeft niet,' zei hij, en toen keek hij naar de kinderen aan het einde van de steiger, die met hun sterretjes verlichte cirkeltjes in de lucht maakten. 'Je verbaasde me daarbinnen bij mijn moeder, hoe je op al haar vragen antwoord gaf. Vroeger vond je dat soort vragen niet prettig.'

'O nee?'

'Nee,' zei hij, en het klonk alsof hij zich daaraan had gestoord.

Ik dacht terug aan ons tweeën in het ijskoude ondiepe gedeelte van het universiteitszwembad. Alex had me allemaal vragen gesteld waarop ik geen antwoord had. 'Je stelde van die moeilijke vragen, en ik was nog zo jong. Ik was er niet klaar voor.'

'En nu wel?'

Het klonk als een strikvraag. Ik wist niet hoe ik moest antwoorden. 'Dat weet ik niet.'

'Zal ik hem nog een keer stellen?'

'Wat?'

'De vraag die jou er in die kroeg toe bracht mijn gezicht vast te grijpen en nooit meer met me te praten.'

'Ik herinner me die specifieke vraag niet meer,' zei ik, maar mijn hart begon sneller te kloppen, alsof een deel van me zich hem wel herinnerde, misschien niet de woorden maar wel het gevoel. Zoals die keer dat er in mijn flat was ingebroken toen ik nog alleen woonde: niet zozeer gefrustreerd omdat er dingen waren gestolen, maar een gevoel van geschonden zijn, het besef dat de dief in al je spullen had gerommeld.

'Echt niet?'

Ik schudde mijn hoofd, keek hem aan en wendde mijn hoofd weer af.

'Zal ik hem nog een keer stellen?'

'Nee,' wilde ik antwoorden, maar ik wilde niet toegeven dat ik er nog steeds niet klaar voor was – waarvoor, wist ik eigenlijk niet. 'Doe maar,' zei ik. Het briesje dat vanaf het meer opstak, was koel en ik sloeg mijn armen om mijn middel en drukte mijn kin tegen mijn borst.

'Vroeg in de ochtend, toen we nog in bed lagen, kwam het ineens bij me op dat jij in de auto zat toen je moeder dat ongeluk kreeg. Ik weet niet hoe of waarom, maar het leek mij de reden waarom je zo bang was geweest in het water, waarom je in het zwembad had gehuild. Ik moedigde je aan erover te vertellen, maar jij werd kwaad. Uiteindelijk gaf je toe dat ik gelijk had, maar je wilde er niet meer over praten.'

'En toen begon je er weer over in die kroeg,' herinnerde ik me nu. We waren met een groep op stap, maar zoals gewoonlijk zaten we uiteindelijk met z'n tweeën in een hoekje te praten.

'Mijn moeder vroeg je vandaag of je jouw moeder had vergeven dat ze was gestorven. Maar ik zag het anders. Je gedroeg je niet als iemand die zijn moeder niet kon vergeven. Je gedroeg je als iemand die zichzelf niet kon vergeven.'

'Wat betekent dat?' vroeg ik, terwijl ik me aan de rand van de boot vasthield, die nu eerder leek te deinen dan te drijven.

'Herinner je je er echt niets meer van? Moeten we weer die ruzie maken?'

'Daar lijkt het op,' zei ik. 'Want ik heb geen idee waar je het over hebt.'

'Ik vroeg je of je je schuldig voelde, of je vond dat het jouw schuld was dat je moeder was gestorven.'

'Hoe had ik me nu schuldig kunnen voelen? Het was mijn schuld niet. Ik was vijf jaar. Ik was een kind in een auto.'

'Dat zei je toen ook. Je zei: "Vijfjarigen kunnen zich niet schuldig voelen voor dat soort dingen. Ze begrijpen het niet." En ik zei toen dat je intussen ouder was en dus beter wist en dat je het op een dag wel had begrepen. Je moest het begrepen hebben.'

'Wat begrepen hebben?' vroeg ik terwijl ik me nog steeds vastklampte aan de rand van de boot.

'Dat jij nog leefde en zij niet, dat iemand jou gered had –

een vreemde, iemand die op diezelfde weg had gereden, redde eerst jou en had vervolgens geen tijd meer om haar te redden. Hij moest een beslissing nemen en hij koos jou.'

Alex had gelijk, en ik wist het zodra hij het had gezegd. Ik dacht aan de toespraak van zijn moeder – dat kinderen de waardevolle moordenaars van een ouder werden. Het kwam op me over als eerlijk, want het was waar. In mijn geval had het letterlijk waar geleken. Na het tripje naar het verzorgingshuis waar een oudere tante zich had laten ontvallen dat ik tijdens het ongeluk bij mijn moeder in de auto had gezeten, en nadat ik mevrouw Fogelman, de buurvrouw, had gevraagd dat te bevestigen, gingen er een paar maanden voorbij waarin deze nieuwe waarheid door mijn huid in mijn botten drong. En daarop volgden enkele jaren waarin ik me voor het slapengaan de vreemdeling voorstelde die me had gered. Ik herinnerde me nu het beeld van die vreemdeling, dat hij zijn auto had geparkeerd, het water in was gerend en onder water was gedoken om me te redden – maar niet mijn moeder. Ik zweeg.

'Gwen,' zei Alex. 'Gaat het?'

De kinderen hadden weer nieuwe sterretjes, twee in elke hand. Ze leken letters in de lucht te vormen, maar ik kon ze niet lezen. Ik keek naar Alex. Hij raakte mijn hand aan terwijl ik me nog steeds vasthield aan de rand van de roeiboot en probeerde in evenwicht te blijven. 'En wat zei ik daarop?' vroeg ik. 'Vertel verder.'

'Dat ik moest oprotten.'

'Ah, mijn vocabulaire was in die tijd nogal beperkt,' zei ik, maar het klonk veel te luchtig. 'En wat nog meer?'

'Je zei vanmiddag tegen mijn moeder dat je het je moeder niet hebt vergeven omdat je het haar nog niet eens kwalijk hebt genomen. Hoe komt dat?'

'Dat weet ik niet. Maar wat kan jou het schelen?' Ik moest

ineens denken aan de uil, die kerkuil die Bibi's uilenbal had uitgebraakt. Ik dacht aan de muis die met huid en haar levend was verslonden.

'Is het omdat je nog steeds jezelf de schuld geeft?'

Alex' ogen waren nat en glanzend. Ook de mijne voelden waterig aan. Het briesje stak snel op van het meer. 'Vertel me de rest van je verhaal,' zei ik. 'Op welk moment sloeg ik je?'

'Je hebt me niet geslagen...'

'Wanneer heb ik je gezicht vastgepakt?'

Alex keek naar zijn handen. Hij had zichtbaar tegenzin om verder te gaan met het verhaal. Hij zette zijn handen op zijn knieën. 'Je zei dat je de dood van je moeder had geaccepteerd en dat ik dat ook zou moeten doen. Je zei dat ik moest stoppen met je psyche te analyseren. Ik zei toen tegen je dat je het volgens mij niet had geaccepteerd. En dat was ook niet zo. Heb je dat nu wel?'

De roeiboot had geleidelijk aan een halve draai gemaakt. Ik kon de kinderen op de steiger niet meer zien – alleen het zwarte oppervlak van het meer. Ik was nooit een goede zwemmer geweest. Ik vroeg me af of ik in staat zou zijn helemaal terug naar Alex' steiger te zwemmen als de boot zou kapseizen. Hoe was ik helemaal hier terechtgekomen, in een roeiboot op een meer samen met Alex Hull? Ik had een keurig leven waarin niemand belangrijke vragen stelde, niemand me aanmoedigde om iets te onthullen wat ik niet wilde onthullen en niemand in mijn verleden groef om te ontdekken waarom ik was zoals ik was. 'Wanneer heb ik je gezicht vastgepakt?' vroeg ik weer.

'Je vroeg me waarom ik dit allemaal oprakelde,' zei Alex. Hij fluisterde nu bijna, zijn stem gedempt, gepijnigd en vreemd genoeg liefdevol. Hij zag er prachtig uit, het donkere meer in zijn rug, de wind die zijn overhemd deed opbollen. 'Je vroeg me waarom het zo verdomd belangrijk was. Ik antwoordde dat het zo verdomd belangrijk was omdat ik je beter wilde kennen dan ik mezelf kende, omdat ik de rest van mijn leven met jou wilde doorbrengen omdat ik zoveel van hield.'

Ik keek naar Alex. Dat was het deel geweest waartegen ik niet opgewassen was geweest, het deel dat zo ondraaglijk, zo onvergeeflijk was. Niet het feit dat hij in mijn jeugd had gewroet, mijn psyche. Nee: de reden van dit alles – zijn liefde, zijn ongegeneerde bekentenis van zijn liefde voor mij – dat was wat ik niet kon accepteren.

Ik greep Alex' gezicht vast – teder dit keer. Ik hield zijn gezicht in mijn hand en toen boog hij naar me toe, waardoor de boot iets meegaf, en kuste me. En ik liet hem begaan en kuste hem terug, terwijl de roeiboot langzame rondjes draaide op het meer.

ACHTTIEN

'*S* Ochtends werd ik wakker in Alex' bed uit de zomers van zijn jeugd, alleen. Ik had daar, onrustig, ook geslapen. Alex en ik hadden in de roeiboot op het meer gekust, maar dat waren onze regels op zee. Toen we de steiger van de familie Hull bereikten en we weer voet op vaste bodem zetten, zei hij: 'Het spijt me. Dat hadden we niet moeten doen. Ik weet dat het hier moet eindigen. Dat weet ik.'

Maar natuurlijk kon het niet echt eindigen. Alex was verliefd op me en ik op hem, hoewel we het niet hadden uitgesproken. Dit was ons dilemma, en dat was erger dan het hebben van een affaire, toch? Hoewel het misschien niet zo fout was als een affaire, omdat we geen controle hadden over onze gevoelens voor elkaar. Het maakte alles gecompliceerder.

En toen ik wakker werd in Alex' bed uit de zomers van zijn jeugd – Alex had in een van de fauteuils in de woonkamer geslapen zodat hij zijn moeder kon verzorgen als ze 's nachts iemand nodig had – voelde ik de neiging om te rennen, de onmiddellijke schuldgevoelens en de angst. Ik wist dat ik zo snel mogelijk naar huis moest gaan. Ik moest Peter zien, terugkeren naar mijn eigen leven en proberen er het beste van te maken.

De kamer was sober ingericht – een paar voetbaltrofeeën, een bureau, een ladekast – maar er stond wel een telefoon met een ouderwetse draaischijf en een spiraalvormig snoer. Het was negen uur in de ochtend. Ik belde mijn huisnummer en keek de kamer rond terwijl hij overging. Ook hier stonden boeken, natuurlijk, avonturenromans en fantasieverhalen en een paar die op schoolboeken leken, vooral wiskunde, alsof Alex 's zomers huiswerk mee had moeten nemen om een achterstand weg te werken.

Peter nam niet op. Ik luisterde naar mijn eigen stem op het antwoordapparaat. Ik zou het bericht opnieuw moeten inspreken. Mijn stem klonk te mechanisch, te koud, alsof het me niet kon schelen of mensen een boodschap achterlieten of niet. Ik hing op.

Ik belde naar Peters mobiele telefoon. Die schakelde meteen over op de voicemail. Ik vroeg me af of hij een extra dienst had aangenomen. Ik zei: 'Hé, Peter, het bereik is hier slecht. Ik ben halverwege de middag weer thuis. Ik wil daarna nog wat leuks doen. Ik hoop dat je er bent. Misschien kunnen we uit eten gaan? Dat Thaise restaurant? Oké, tot later.'

Ik kleedde me vlug aan en liep naar beneden. Bibi zat in de kleine studeerkamer naar *Sponge Bob* te kijken. William zat vlak bij haar in zijn loopstoel en trok aan een rode plastic bloem. Het huis rook naar bacon. Jennifer was in de woonkamer, schonk water uit een kan en praatte met haar moeder. Ze keek op.

'Goedemorgen!'

Vivian keek me aan. 'Elizabeth, Elizabeth,' zei ze. 'Maak je nu alsjeblieft die cadeautjes open? Ze tergen me.'

'Ja, wanneer gaan we die arme broodroosters bevrijden?'

vroeg Alex. Hij stond aan het einde van de gang met een spatel in zijn hand. Hij las mijn gezichtsuitdrukking, die angstig geweest moet zijn, en voegde eraan toe: 'Vanmiddag misschien! Ik ben bacon aan het bakken.' Hij dook terug in de keuken en zette de afzuigkap aan. Ik kon het harde, lage zoemen horen.

'Een moment,' zei ik, en ik volgde Alex de keuken in. 'Alex,' zei ik met rustige stem.

Hij legde bacon op een plaat die bedekt was met een stuk bakpapier. 'Je kunt niet weg,' zei hij.

'Ik moet wel.'

'Niet waar. Ik heb al besloten dat je minstens tot aan het avondeten moet blijven. Neem de avondtrein.'

'Ik moet gaan. Je moeder zal het wel begrijpen.'

Hij stopte, legde de spatel neer en leunde tegen het aanrecht. 'Ik maak me op dit moment geen zorgen over mijn moeder. Ik wil niet dat je op deze manier vertrekt.'

'Op wat voor manier?'

'Alsof je vlucht,' zei hij.

'Ik heb een échte man. Een écht huwelijk.'

Hij pakte de spatel weer op en tikte er nerveus mee op het aanrecht. 'Maar luister, ik heb nagedacht. We zouden…'

Ik onderbrak hem. 'Ik kan mijn huwelijk niet om zeep helpen vanwege een kus in een roeiboot.'

'Het was meer dan dat. Dit is niet het begin. Dit is het midden. Dat weet je.'

'Weet ik dat?'

Jennifer liep de keuken in en vulde een vaas met water. 'Ze is vandaag zo ver weg. Ze wilde meer morfine, maar moet je zien wat het met haar doet.'

Alex knikte. 'Ze heeft de hele nacht met haar overleden zus gepraat.' Ik realiseerde me dat Alex niet had geslapen. Hij droeg dezelfde kleren als de avond ervoor.

'Ik moet vroeg weg,' zei ik. 'Het spijt me echt. Ik vind het heel moeilijk, maar er is thuis iets.'

'O,' zei Jennifer, en ze keek even naar Alex. 'Nou ja, dit is meer dan waarop we hadden kunnen hopen.' Ze opende een pakje voeding voor snijbloemen en strooide de inhoud in de vaas. 'Als het gemakkelijker is, wil ik het wel aan mama vertellen. Ik kan het uitleggen. Maar ze is zo ver weg dat ze het misschien niet begrijpt. Maak je geen zorgen.'

'Ik zal straks nog even netjes afscheid nemen.'

'Oké.' Jennifer liep naar de woonkamer. 'Ik vind het jammer dat je weg moet,' zei ze. 'Ik vond het fijn dat je bij ons was, dat bracht hier een andere energie, even afleiding van...' Ze maakte haar zin niet af. Ze glimlachte. 'Maak je er geen zorgen over.' Toen liep ze weg.

Een paar minuten later had ik mijn tas gepakt en zat ik in de stoel bij Vivians bed. Ik vertelde haar dat ik thuis nodig was. Alex ijsbeerde op de achtergrond en Jennifer stond erbij en hield William vast.

Ze was rusteloos. Haar ogen waren gesloten. Ze zei: 'Als ik in die goede oude tijd in Japan had gewoond, zou ik nu een berg op zijn geklommen om in de sneeuw te sterven, als een goede oude, nutteloze persoon.' En toen schudde ze haar hoofd. 'IJs!' Ik dacht dat ze zichzelf corrigeerde – dat ze in plaats van sterven in de sneeuw, sterven in ijs had bedoeld. Maar ik vergiste me. Jennifer verschoof William iets, schepte een ijsklontje uit een glas en liet het in Vivians mond glijden.

'Ik ben blij dat we gisteren hebben gepraat,' zei ik, en ik stak mijn hand in de hare. Ze pakte mijn hand stevig vast en keek me aan, verbaasd om me daar te zien. Daarna wuifde ze haar kinderen de kamer uit. 'Weg,' zei ze. 'Laat ons even alleen.'

Alex en Jennifer zeiden niets. Toen zette Jennifer het glas met ijsklontjes neer en zei: 'Oké, William, we gaan Bibi zoeken.' Ze liep de kamer uit en Alex volgde haar schoorvoetend.

Vivian sprak nu samenhangend, maar het kostte haar duidelijk moeite. Ze keek me aan alsof ze probeerde door een donkere tunnel te kijken. 'Wat waar is, is waar,' zei ze.

'Ja,' zei ik.

'Ik heb altijd medelijden gehad met pasgetrouwden. Noodlot, noodlot, noodlot. Ik was een beschadigd meisje en ik nam een nadelige beslissing met een man... heel lang geleden, in het stenen tijdperk. Maar jij en Alex hebben elkaar gevonden. Dat gaat geluk en wijsheid te boven.'

'Dank u.'

Ze nam me vervolgens op en keek me plotseling kwaad aan. 'O, je hebt geen idee! Ik kan er niet tegen dat jonge mensen ronddartelen zonder enig idee te hebben!'

'Ik... Het spijt me,' zei ik aarzelend. Ik wist niet goed wat ik aan moest met haar woede.

'Luister naar me,' zei ze. 'Ik zal het uitleggen. Bibi is bang voor de nestelende adelaars.'

'Dat weet ik,' zei ik, ervan uitgaande dat ze half droomde. Maar toen greep ze mijn hand vast. 'Dat weet je niet!'

'Ik probeer het te begrijpen,' zei ik.

'Als je angst beslissingen voor je laat nemen, zal angst goede beslissingen nemen, maar alleen omwille van zichzelf, niet omwille van jou.' Ze schudde haar hoofd, alsof ze het wilde herhalen, kalmer nu. 'Bibi is bang voor de nestelende adelaars en durft niet in het veld te staan omdat ze denkt dat ze haar dan goed kunnen zien en haar dan van ons weg zullen nemen. Dat ze haar dan zo van het land plukken. Ik zeg haar altijd dat ze op een dag echt dapper moet zijn als ze met de man wil trouwen van wie ze echt houdt.'

Dit overviel me. Ik wist niet wat ik moest zeggen. 'Bibi is een dappere meid.'

'En ik zeg tegen jou dat je in het veld moet gaan staan met een grote hark en niet bang moet zijn voor de nestelende adelaars.' Ze staarde me aan – haar ogen plotseling staalhard. Ik vroeg me af of ze me op een of andere vreemde manier met Bibi had verward, maar tegelijkertijd wist ik dat dat niet het geval was. Dit was wat ze me wilde vertellen. Haar ogen stonden heel scherp, waren strak gericht op mij. 'Wat waar is, is waar,' zei ze. 'Toch?'

Ik knikte.

'Het huwelijk is flauwekul!' zei ze. 'Maar liefde niet. Wat waar is, is waar,' zei ze weer en toen sloot ze haar ogen.

'Wat waar is, is waar,' zei ik.

Ze knikte en liet mijn hand los. Ik stond op en pakte mijn tas van de grond.

Ze zei iets zo zacht dat ik het niet kon horen.

Ik leunde naar voren. 'Wat zei u?'

Ze fluisterde weer schor: 'Ik zou je overal herkennen.' Ze deed haar ogen weer open en staarde me aan.

Ik begon te wankelen en greep de stoelleuning vast. Ik was ervan overtuigd dat ze op dat moment precies wist wie ik was. 'Sorry?'

Ze knipperde een paar keer snel met haar ogen, alsof ze haar hoofd helder probeerde te maken. 'Nog een paar dagen. Ik lig hier verdorie dood te gaan.'

Negentien

We lijken te denken dat alles goed is óf slecht, alsof iemand de wereld met een reusachtig stempelkussen en twee rubberen stempels heeft opgedeeld. We zijn er heilig van overtuigd dat als iemand ervoor kiest om fout te doen, hij dat doet omdat hij lui of zwak is, of slachtoffer van zijn verlangens of van zijn dwingende onderbewuste. Want als dat zo is, kunnen we hem de schuld geven en hem het lijden toeschrijven dat het gevolg is van zijn handelingen. Als de wereld zo duidelijk opgedeeld is en het mensen vanwege hun eigen tekortkomingen niet lukt om het goede te doen, kunnen we ervan uitgaan dat het foute gemakkelijk te vermijden is. Dat we goed kunnen doen en goed kunnen zijn.

Vroeger geloofde ik dit min of meer, omdat er een kern van waarheid in schuilt. Maar deze theorie doet het leven te kort. Zo eenvoudig zit de wereld niet in elkaar, en de labels van goed en fout, als die al bestaan, worden vlekkerig totdat ze niet meer leesbaar zijn. En waar ben je dan? Of, specifieker, waar was ik?

Ik bleef. Op dat moment dacht ik dat het verkeerd was, omdat ik het gevoel had ergens aan toe te geven, een gevoel dat ik altijd heb geassocieerd met zwakte. En dat alles verenigde zich in Alex. Ik denk dat ik wilde geloven dat ik Vivians verzoek om te blijven gebruikte als een excuus om op deze plek te blijven hangen, getroffen door zoveel verdriet en liefde, om te blijven hangen in mijn rol van Alex' vrouw. Maar zo eenvoudig was het niet. Het had alles te maken met Vivian zelf. Met deze vrouw, deze moeder, en het feit dat ik iets van haar nodig had. Maar daar begreep ik op dat moment natuurlijk helemaal niets van.

Ik liep met mijn spullen terug de keuken in. Alex had iets ongedurigs, van iemand die in de wachtkamer bij de huisarts zit. Hij keek me verwachtingsvol aan, zijn armen over elkaar geslagen, zijn ogen groot. Jennifer had William op de arm en zwaaide vanuit de openslaande deuren van de veranda naar Bibi in haar lieslaarzen. Ze zwaaide terug als een zeeman op een schip.

'Ik blijf,' zei ik.

Jennifer draaide zich om. 'O, gelukkig,' zei ze opgelucht.

'Hoe heeft ze dat voor elkaar gekregen?' vroeg Alex, refererend aan zijn moeder.

'Dat weet ik niet,' zei ik. 'Ze is een dwingeland. Een ongeremde dwingeland.'

'Daar heb ik je voor gewaarschuwd,' zei hij, en toen glimlachte hij breed. 'Ik ben blij dat je blijft.'

'Ik ook.'

Als eerste belde ik Eila. Ik gebruikte de draaischijftelefoon in Alex' slaapkamer en wist vrij zeker dat ik het telefoontje timede na haar tai chi-les, in de hoop dat ik haar in haar mildste stemming aan de lijn zou krijgen.

'Eila!' riep ze, alsof het schreeuwen van haar eigen naam een acceptabele manier was om de telefoon te beantwoorden.

'Hoi, met Gwen.'

'Gwen,' zei ze terwijl ze diep uitademde. Het feit dat ik het was, betekende dat ze niet de hele show hoefde op te voeren, misschien slechts een kwart. Ik vroeg me altijd af hoe de echte Eila – of, nou ja, dat zou dan Sheila zijn – was.

'Ik heb een ziek familielid. Ik was dit weekend bij haar, maar ze hebben graag dat ik langer blijf.'

'Een ziek familielid?' vroeg ze. 'Wat voor?'

Ik wist niet wat ze bedoelde – wat voor ziekte of wat voor familielid – dus beantwoordde ik beide. 'Mijn schoonmoeder heeft kanker.'

'Wat rot voor je,' zei ze, hoewel er oprechtheid noch empathie in doorklonk. 'Hoe houdt Peter zich?'

Het verbaasde me dat ze zich de naam van mijn man herinnerde. 'Beter dan ik had gedacht.'

'Wanneer kom je terug? De familie Weston, de familie Murphy, de familie Greer.'

'Ik hoop over een paar dagen,' zei ik. 'Hopelijk ben ik woensdagmiddag terug voor de familie Greer.'

'Ik reken erop. De familie Greer op woensdag. Ik heb je nodig, schat!' En toen begon ze tegen haar hond, Pru, te praten en hing op.

Peter was de volgende. Ik wist eigenlijk niet wat ik van hem moest verwachten. Ik draaide ons huisnummer, ging op de rand van het bed zitten en wachtte totdat hij opnam. Op het nachtkastje zag ik een kleine boot staan, zo een die je vaak in een fles ziet, en pakte hem op. Hij was licht, alsof hij van balsahout was gemaakt. Ik verwachtte dat het antwoordapparaat zou opnemen, maar op het allerlaatste moment nam Peter, enigszins buiten adem, op.

'Hallo?'

'Met mij,' zei ik.

'Ah, hoe gaat het, mevrouw Hull?' zei hij gekscherend. Ergens had ik gehoopt dat hij niet zo vrolijk had geklonken.

'Niet zo best,' zei ik terwijl ik bedacht dat ik hem nu met-een wel kon vertellen dat Alex en ik hadden gezoend op het meer. Ik zette de kleine balsahouten boot neer op het nacht-kastje. 'Waar zat je? Je klinkt buiten adem.'

'Ik deed sit-ups met de muziek keihard aan en hoorde de telefoon bijna niet.'

'Zet jij de muziek keihard aan als ik weg ben? Kijken de buren me daarom altijd zo vernietigend aan?'

'AC/DC,' zei hij. Ik stelde me hem ineens in een ander leven voor – een geliefd vrijgezellenleven – een leven waarin hij de tijd had om zijn perfecte spierballen te ontwikkelen, maar waarin hij een stagnerende smaak qua kleding, haarproduc-ten en muziek zou hebben. Had ik hem niet bij de tijd ge-houden door niet toe te staan dat hij in een tijdperk bleef hangen, zoals vrijgezellen zo vaak doen? Ik was goed voor Peter, besloot ik. Hij had me nodig, maar op hetzelfde mo-ment vroeg ik me af of hij mij nodig had op een manier die er echt toe deed. 'Maar wat is er aan de hand?'

'Ik moet nog een paar dagen blijven.' In gedachten zag ik Vivian voor me, de manier waarop ze naar me had gekeken toen ze zei: 'Ik zou je overal herkennen.' Zodra ze dat had ge-zegd, voelde mijn hart vol en gespannen, net als nu, door er alleen al aan te denken. Mijn borst vulde zich met druk. Ik sloot mijn ogen even en haalde diep adem.

'Echt?' vroeg Peter. Ik wist niet goed hoe ik die toon moest interpreteren – was hij alleen verbaasd of hoorde ik daar een zweempje blijdschap? Genoot hij dan zo intens van zijn nep-vrijgezellenbestaan en de harde AC/DC-muziek?

'Doe er alsjeblieft niet moeilijk over,' zei ik.

'Nee, nee,' zei hij terwijl hij zijn keel schraapte en ineens somber klonk. 'Je overvalt me een beetje. Hoe gaat het met haar?'

'Vrij slecht,' zei ik. 'Ze kunnen een paar extra handen goed gebruiken.' En zodra ik het had gezegd, voelde ik me schuldig. Ik had eigenlijk nauwelijks iets gedaan, zelfs geen afwas. Snel voegde ik eraan toe: 'Ik denk dat ik vanavond mijn vegetarische lasagne ga maken en diverse porties invries à la mevrouw Fogelman.' Toen ik een jaar of twaalf was, stond mevrouw Fogelman aan het hoofd van het gemeenschapswelzijn van haar kerk, en zij en mijn vader hadden afgesproken dat ik haar zou helpen wanneer ze voor een goed doel ging koken. Ze leerde me allerhande stoofschotels maken en hoe ik die in eenpersoonsporties moest verdelen en in diepvrieszakjes stoppen. Toen ik in de functie van directeur communicatie naar een paar congressen moest, had ik de vrieskist volgeladen voor Peter, maar ik had mijn tijd buiten de deur iets te ruim geschat waardoor we nog maanden uit de diepvries hebben gegeten.

'Het is jouw *forte*,' zei hij, hoewel hij 'forte' uitsprak als fort. Het was een grapje van zijn vader, een grapje dat alleen grappig is als je het niet grappig bedoelt. 'Blijf om te helpen.'

'Ik heb Eila gebeld,' zei ik. Ik liet mijn vinger rusten op de bovenkant van het zeil van de houten boot. Het hing aan scharnieren, zodat het zeil naar beneden kon. 'Ze vond het goed. Ik heb haar direct na haar tai chi-les gebeld.'

'Goede timing.'

Er viel een stilte. Ik vroeg me af of hij weer jaloers zou gaan doen. Of misschien wisten we allebei dat als ik begon te praten over wat er gaande was, het een langer, triester gesprek zou worden.

'Ik mis je,' zei Peter.

En ik wist dat hij aan het afronden was. 'Ik jou ook,' zei ik.

'Hou me op de hoogte,' zei hij.

'En hou jij een beetje rekening met de buren.'

'Zal ik doen,' zei hij. 'Erewoord.'

Ik hing op – de hoorn was zo zwaar dat het op een vreemde manier bevredigend was om hem op zijn haak te leggen. Weer viel mijn blik op de kleine boot. Ik duwde de zeilen omhoog en naar beneden en vroeg me af wat er met de fles was gebeurd. Ik nam aan dat hij was gebroken – een voetbal die door de kamer was gevlogen en hem van de plank had geduwd – maar de boot met zijn holle romp en lichte frame was nog helemaal intact, een klein kunstvoorwerp uit Alex Hulls jeugd. Wat zou dat in overdrachtelijke zin betekenen? Een waterloze, flesloze boot?

Vivian lag te slapen en Jennifer was doodop, dus boden Alex en ik aan om William en Bibi mee naar de supermarkt te nemen om inkopen te doen voor de lasagne. Op de oprit probeerden Alex en ik uit te pluizen hoe de ingewikkelde gordels van Williams autostoeltje werkten.

'Zo moet het,' zei ik.

'Nee, volgens mij zo,' zei hij.

We worstelden met de gordels en legden ze over elkaar en lachten. Bibi werd ongeduldig en deed het ons uiteindelijk voor. 'Zie je wel?' zei ze. 'Zo gemakkelijk is het.'

'Voor jou wel, ja,' zei Alex.

'Ze is een wonderkind,' zei ik.

'Ik heb een heel hoog IQ,' zei Bibi.

'Testen ze dat op school?' vroeg ik.

Ze haalde haar schouders op. 'Weet ik niet.'

Alex reed in Jennifers busje. 'Het voelt net alsof ik aan het stuur van de *Proud Mary* sta,' zei hij terwijl hij zijn sterke schouders rechtte. 'Wat een reusachtige bak.'

'Wie is *Proud Mary*?' vroeg Bibi vanaf de achterbank.

'Om dat uit te kunnen leggen moet ik beginnen bij de stoombootindustrie,' zei Alex. 'Dan verder naar de jaren zestig en Creedence Clearwater Revival en vervolgens naar Ike en Tina Turner.'

'En je zou moeten uitleggen hoe het is, "working for the man every night and day,"' zei ik.

'Dat is behoorlijk zwaar, om voor die man te werken,' zei Alex.

'Wie is hij dan?' vroeg Bibi.

Alex antwoordde niet. Hij begon gewoon het liedje te zingen. Ik gooide er af en toe wat achtergrondzang tegenaan – een aantal lage *rollin*'s en een paar keer hoo, hoo, hoo, wat William deed kraaien. Het klonk helemaal nergens naar, maar het bood wat afleiding, en daar was het ons om te doen. Ik vroeg me af wanneer ik hem zou vertellen dat zijn moeder de waarheid wist. Ze zou me overal herkennen. Waarom hadden die woorden me zo diep geraakt? Ik kon het niet uitleggen, maar Alex zou er vast een theorie over hebben. Ik wist alleen niet of ik wel toe was aan zijn theorieën, over mij, over moeders. Hoe kon het dat hij me zo goed kende? Had ik ooit zoveel van mezelf durven onthullen? Ik was toen nog jong. Ik wist niet beter, maar nu wel, toch? Waarschijnlijk niet. We kwamen bij een rood licht en ik moest de neiging onderdrukken om opzij te leunen en hem te kussen. Het was zo verleidelijk.

In de supermarkt liepen we door de gangpaden. William zat nu in een babyzitje en Bibi vroeg iets over elk artikel dat ze niet meteen kon plaatsen – kokosmelk, saffraanrijst, gedroogde kousenband, een puimsteen, vissen zonder kop die uitgestald lagen op ijsschaafsel. We deden ons best om beurten uitleg te geven terwijl we ingrediënten probeerden te verzamelen voor diverse recepten tegelijkertijd. William begon te huilen dus had ik hem uit het wagentje getild en wiegde ik hem, terwijl ik met mijn ellebogen en voeten dingen aanwees voor Alex. 'Daar wat van,' zei ik. 'Eh... nee, de grotere. Die daar.' En Alex keek dan naar mijn benen, de punten van mijn schoenen. 'Deze of die? Deze hier? Die daar?'

Toen we klaar waren, lag William te slapen in mijn armen. Hij was inmiddels loodzwaar en mijn armen brandden. Alex herinnerde zich ineens dat we het brood vergeten waren, een van de belangrijkste artikelen. Hij en Bibi renden weg en lieten me achter bij de kassa.

'Ze zijn zo terug,' zei ik tegen de caissière.

'Het is maar goed dat uw man meehelpt. U hebt uw handen behoorlijk vol,' zei de caissière.

Ik wilde bijna zeggen dat hij mijn man niet was en dat het ook niet onze kinderen waren, maar Alex was zogenaamd wel mijn echtgenoot dus glimlachte ik en trok zelfs even vermoeid mijn schouders op, alsof ik wilde zeggen: ach, het is niet anders.

Toen Alex en Bibi weer in zicht kwamen, was ik opgelucht. 'Daar komen ze!' zei ik, maar het was meer dan gewoon blijdschap. Het voelde alsof ze zich naar me terug haastten, naar mij. Ik moest ineens denken aan wat Alex me een paar dagen geleden had verteld over die vroegere klasgenoot met zijn volle boodschappenwagentje en zijn kinderen. Hij nam lange, snelle looppassen, als een langlaufer, het leek wel of hij gleed. Alex leek gelukkig. Dit was toch wat hij zo graag had gewild? Bibi zag er ook blij uit en zwaaide met twee zakken brood in haar vuisten.

'Hier zijn we al!' riep ze. 'Hier zijn we al!'

Het was een prachtig, heel gewoon moment – de zweterige baby, het meisje dat nog steeds haar rubberlaarzen aanhad, Alex en ik in een supermarkt, per ongeluk voor een gezin aangezien. Mijn kindertijd had een gapend gat gekend. Ik had me nooit helemaal in mijn element gevoeld in welke baan dan ook. En had ik me ooit echt volledig mezelf gevoeld bij Peter? Op dat moment, terwijl ik deed alsof ik de vrouw van iemand anders was en werd aangezien voor de moeder die ik niet was, voelde ik me op mijn plek.

Twintig

*D*e rest van de dag was ik aan het koken – lasagne, pompoenstoofschotel, quiche, een dikke aardappelsoep. Alex hakte groenten, Bibi mat af en roerde. Jennifer liep in en uit. En het gezicht van William wipte soms over haar schouder, soms over die van Alex en soms droeg ik hem bij me – mijn handen stoffig van de bloem of zanderig van de aardappelschillen. Op een gegeven moment herinnerde ik me hoe het was geweest om op een zondagmiddag met mevrouw Fogelman druk bezig te zijn in de keuken. We bereidden maaltijden voor mensen die net een baby hadden gekregen, thuiskwamen na een operatie of recentelijk iemand hadden verloren. Het was een gevoel van een hoger doel. Meneer Fogelman bleef uit de buurt en mevrouw Fogelman en ik vormden een goed geoliede machine; we gleden langs elkaar, braken eieren, klutsten ze en zetten diverse kookwekkers voor verschillende gerechten. Soms deed ik alsof ze mijn moeder was. Dan keek ik haar niet aan en concentreerde me op het midden van haar lichaam, haar bleke armen met sproeten en de schort om haar middel. Helemaal prettig vond ik het als het helemaal stil was, op het geluid van de radio na die ze achter op de bar had gezet. En dan dacht ik dat ik bijna wist hoe het was om een moeder te hebben, maar dan zei ze uiteindelijk iets, keek ik haar aan en was het mevrouw Fogelman, helemaal niet mijn moeder.

Ik kon me niet herinneren dat ik ooit samen met Peter had gekookt. We hadden wel eens de keuken gedeeld. Dan klaagde ik over het ene gerecht en hij over het andere. Maar we hadden nooit sámen gekookt. Dit was anders. Alex en ik mepten naar elkaar en namen een time-out door te zeggen: 'Moet je deze verse munt eens ruiken.' We liepen rakelings langs elkaar in de krappe ruimte tussen de bar, het kookeiland en de oven. Ik was me nooit eerder zo bewust geweest van de sexy lichamelijkheid van koken – het buigen, het balanceren, het klutsen, het belang van de kookwekkers die ons op schema hielden, het bukken, het overeind komen, het continu in de gaten houden van de pannen. Met Alex in de keuken was koken niet louter een service. Het was eerder kunst, iets wat je met liefde en aandacht kon vervullen. Het was sensueel.

Ik dacht aan Bettina en Shweers. Was dit hun leven? Was alles – zelfs de simpelste klusjes als afdrogen – waardevoller omdat ze samen waren? Het voelde alsof mijn lichaam niet meer alleen van mij was. Het leek zich uit te rekken naar Alex en hem te omvatten. Bij elke beweging was ik me bewust van hem. Ik voelde dat hij achter me langs schuifelde of naar iets reikte voor me. Alex Hull in zijn wijde kniebroek, na al die tijd. Soms was het of ik hem al eeuwen kende.

Uiteindelijk had ik alle schalen, potten en pannen van de familie Hull gebruikt. Ik had alle taartvormen gevuld. Overal stond eten af te koelen. De keuken was heet en dampig, maar het rook fantastisch.

'Ze kan koken!' zei Jennifer.

'Ze blijkt zelfs véél te kunnen koken,' zei Alex.

'Maar is het kwaliteit of kwantiteit?' vroeg Jennifer die schuchter naar de quiches liep.

'Er is maar één manier om daarachter te komen,' zei ik.

We aten wat van elk gerecht en de rest stopten we in de diepvries. We hadden ook kokosmelk en saffraanrijst, dingen die we hadden gekocht op verzoek van Bibi. Vivian lag nog steeds te slapen. Een vroege dosis morfine had alleen de ergste pijn weggenomen. Ze had om meer gevraagd en na de tweede dosis was ze ingedommeld. Ik had gehoopt haar te eten te kunnen geven, iets te maken waar ze echt zin in had, maar het voelde sowieso goed om iedereen aan tafel te zien eten en genieten en gerechten door te geven om bij te scheppen.

Na het eten stelde Bibi een spelletje Pictionary voor.

Jennifer trok zich terug. William was onrustig. 'Het is tijd voor zijn bedritueel.'

Ik bood aan om bij Vivian te gaan zitten. 'Om haar gezelschap te houden,' zei ik.

'Ik ben heel goed in Pictionary,' zei Alex tegen mij. 'Ik heb eens in vier seconden een tuinhuisje getekend. Je mist straks een sterk staaltje tekenkunst.'

'Ik heb een keer een wortel getekend en toen dacht oom Alex dat het een surfplank was,' zei Bibi. 'Hij bleef maar zeggen dat het een surfplank was, maar dat was helemaal niet zo.'

'En toen begon ik te pruilen,' zei hij. Ineens moest ik weer denken aan de kus in de roeiboot. Zijn lippen. Mijn maag draaide zich om. Buiten werd het al donker. Ik vroeg me af wat er zou gebeuren als we weer alleen zouden zijn.

'Bewaar alle tekeningen en vertel straks alles,' zei ik.

'Onze meesterwerken,' corrigeerde Alex me. 'Ja toch, Bibi?'

Ze lachte schaapachtig. 'Ja.'

Het hoofdeinde van het ziekenhuisbed stond omhoog. Vivians ogen waren gesloten. Haar haren waren over haar gezicht gevallen, alsof ze rusteloos had geslapen. Ik wist niet wat ik moest doen. Ik wist dat ik iets van haar wilde. 'Ik zou je overal herkennen.' Ik wilde die woorden nogmaals horen, of iets anders wat me het gevoel zou geven dat ik gevonden was. Hoelang had ik me niet een kind gevoeld dat was verdwaald op het strand, zich vastklampend aan een emmer die telkens tegen haar benen sloeg, gedesoriënteerd door al die families die samengepakt onder strandparasols zaten. Van alle vrouwen die een moederfiguur voor me hadden kunnen zijn – mevrouw Fogelman had haar best gedaan, met Eila zou het nooit gewerkt hebben, Peters moeder was te kil en had me nooit echt gemogen – wenste ik, op dit moment, dat ik niet al mijn hoop op deze ene vrouw had gevestigd. Ze lag op sterven. Ik zou niet genoeg tijd hebben om alle moederliefde tot me te nemen die ik zo had gemist.

Ik zat in de fauteuil aan de andere kant van de kamer, bang dat ik haar wakker zou maken als ik te dichtbij kwam. Maar ze leek te voelen dat ik er was en al snel gingen haar ogen open en keek ze me aan. 'Giselle,' zei ze. 'Ik heb hen midden in de nacht gered.'

'Ik ben Giselle niet,' zei ik terwijl ik naar haar bed liep zodat ze me kon zien in het licht van de lamp op de tafel. 'Ik ben het.' Ik wist niet hoe ik mezelf moest noemen – Elizabeth of Gwen – dus zei ik alleen maar: 'Ik ben het.'

Ik legde mijn hand in de hare en ze greep hem stevig vast. Haar gezicht was een en al woede. Ze zei: 'Vertel hem de waarheid.' En toen smeekte ze. 'Beloof me dat tenminste!' Ik begreep hieruit dat Giselle haar in haar leven vele malen diep teleurgesteld moest hebben. Ik voelde me een verrader – als Giselle en als mezelf.

'Dat beloof ik,' zei ik. 'Ik zal het hem vertellen.'

Haar hand ontspande. Ze sloot haar vermoeide ogen. Er gleden tranen in haar haren. 'Doe mijn haar. Het zit helemaal in de war,' fluisterde ze. 'Doe mijn haar.'

Ik trok een paar slierten van haar wang en streek met mijn vingers door haar haren, daarna met mijn hand, steeds maar weer. Haar haren waren dun en zacht. Vreemd genoeg voelde het net alsof ik haar moeder was, alsof ik een kind met koorts verzorgde, maar ook dat voelde goed. Keren de rollen van moeders en dochters niet om, zodat dochters moeders worden? De rollen horen inwisselbaar te zijn, de een leert de ander om een moeder te zijn zodat ze, op een dag, als een kind verzorgd kan worden. Ik had me nooit gerealiseerd dat ik ook dat zou mislopen, voor mijn moeder zorgen als ze oud was. Ze zou nooit oud worden, zelfs niet in mijn gedachten. En ook in mijn dromen was ze jong en zag ze eruit zoals ze had gedaan toen ik nog klein was. 'Vivian?' fluisterde ik. 'Kan ik iets voor u halen?'

Ze deed haar ogen open en staarde me vervolgens aan. 'Ze weten het niet,' zei ze, 'en ik wil ook niet dat ze het weten. Kan ik het jou vertellen?'

'Natuurlijk. Alles,' zei ik.

'Hij heeft mij voor haar in de steek gelaten,' fluisterde ze. 'Mijn zusje. Giselle.'

Ik aarzelde. 'Uw man?'

'Ze kwam bij ons inwonen nadat haar relatie met een man uit Burbank was verbroken. Ze was ziek van verdriet, en toen betrapte ik hen samen. Hij hield van haar, maar zij niet van hem.'

'Wat vind ik dat erg voor u,' zei ik.

'Het is goed. Ze was zich er niet van bewust hoe graag ze mij kapot wilde maken. Ze probeerde me alles af te nemen. Ze was nog jong. Ze hield van mij, maar ze haatte me net zoveel.' Ze kneep haar ogen dicht. 'Ze is inmiddels gestorven. Een motorongeluk in het westen. Als je doodgaat, komt alles ineens weer terug. Het komt vermomd en vreemd terug. Haar muizen... Ik kon ze in mijn handen voelen.'

'Het is de morfine,' zei ik.

'Het is de dood,' zei ze. 'Zeg alsjeblieft niets tegen de kinderen.'

'Dat beloof ik.'

'Zij denken dat het een vrouw uit de stad was. Waarom zouden we dat verhaal nu veranderen?'

'Wat is die waarheid,' vroeg ik, 'waarvan u wilde dat ze het hem zou vertellen?'

'Je hebt het beloofd,' zei ze terwijl ze een vinger opstak. 'Jíj hebt beloofd om hem de waarheid te vertellen – niet Giselle, jij.'

'Maar ik dacht dat u niet wilde dat ik Alex hierover vertelde,' zei ik verward.

'Vertel hem jóúw waarheid,' zei ze. 'Beloofd is beloofd.'

Binnen enkele seconden vertraagde Vivians ademhaling. Ze was weer in slaap gevallen. Ik had geen idee wat ik moest doen of zojuist had beloofd. Ik wilde het aan Jennifer of Alex vertellen, maar natuurlijk zou ik dat niet doen. Ze lag nu vredig te slapen. Ik legde haar hand op de deken en ging weer in de fauteuil zitten.

Vertel het hem nu, dacht ik, terwijl ik staarde naar de dunne gordijnen voor het raam die opbolden en golfden. Vertel hem de waarheid. Beloof me dat tenminste!

Ik dacht na over haar echtgenoot, Alex' vader, over diens affaire met Vivians zusje. Hoelang had ze dit geheim met zich meegedragen? Had ze het nooit eerder aan iemand verteld? Zou ik op mijn sterfbed ook een geheim willen onthullen? Ik dacht aan mijn eigen mannen. Wie van hen tweeën moest ik nu de waarheid vertellen? Peter of Alex? En wat was die waarheid? Hoe kon ik iemand de waarheid vertellen als ik die zelf niet kende?

EENENTWINTIG

Toen William en Bibi allebei in bed lagen ging ik in de houten tuinstoel op de veranda zitten en keek uit over het meer. Er woei een koel briesje en het rimpelende wateroppervlak weerspiegelde het maanlicht. Bij de steiger leken Bibi's witte emmers te glinsteren. Alex was binnen. Hij had mijn wake bij Vivian overgenomen, hoewel ze nu in diepe slaap was. Een deel van me hoopte dat hij in de fauteuil in slaap was gevallen en we niet meer alleen konden zijn, meer gesprekken konden vermijden. De dag was vreemd genoeg fantastisch geweest – het tripje naar de supermarkt, de dampende keuken, het familiegevoel, zelfs al was het een familie die bijeen was gebracht door dit verdriet. Ik wilde dat gevoel niet kwijt, maar tegelijkertijd wilde ik natuurlijk wel met hem alleen zijn, heel graag zelfs, wegvaren in de roeiboot en rondjes draaien op het meer. Jennifer verscheen met een fles rode wijn. Ze vulde twee glazen, gaf me er een en ging op de stoel naast me zitten. 'Ik weet dat je dingen achterlaat om hier te zijn,' zei ze. 'Ik hoop dat niemand daar problemen mee heeft.'

Ik nam aan dat ze het over mijn huwelijk had. 'Ik denk dat het wel goed is,' zei ik. 'Mijn man had keihard AC/DC opstaan de laatste keer dat ik hem belde en deed alsof hij weer twintig was.'

'Mannen kunnen dat volgens mij heel gemakkelijk, teruggaan in de tijd. Het vergt niet veel inspanning.' Ze glimlachte. 'Het moet wel een heel goede relatie zijn dat hij toestaat dat jij je voordoet als de vrouw van iemand anders. Ik denk niet dat Sonny het zou zien zitten, zelfs al was het voor een goed doel. En van drummers wordt altijd gezegd dat ze zo relaxed zijn.'

'Peter lijkt er niet mee te zitten,' zei ik zonder een goede of slechte relatie aan te duiden. Ik wist dat ze aan het vissen was, misschien omwille van Alex? Ik wist het niet. 'Je moeder dacht dat ik Giselle was,' zei ik, van onderwerp veranderend.

'Had ze het weer over Giselle? Ze neigt altijd naar haar als ze in haar droomstaat verkeert. Het is haar jongere zus. Ze waren als kinderen heel hecht, maar konden als volwassenen totaal niet met elkaar opschieten. Ze is dertien jaar geleden overleden.'

'En je vader,' vroeg ik, 'waar woont hij tegenwoordig?'

'In Arizona. Ze wil niet dat hij komt. Ze wil niet dat hij haar zo ziet.'

'Heeft ze echt van hem gehouden, je weet wel, intens?'

'Dat weet ik niet.' Jennifer staarde in haar wijnglas. 'Na de scheiding bleef hij voornamelijk weg, denk ik, omdat ze hem zo sterk het gevoel gaf dat hij zich moest schamen. Ze heeft die macht. Het feit dat ze gelijk heeft en hoe zeker ze daarvan is, hoe overtuigd. Het is haar slechtste eigenschap.'

Ik luisterde naar de kwakende kikkers. 'Maar ze gelooft nog steeds in de liefde,' zei ik.

'Absoluut, maar niet voor zichzelf. Geen mannen. Het verlies is haar zo hard gevallen. Maar dat heeft een ware romanticus van haar gemaakt. Ze haat het om liefde verloren te zien gaan.'

'Ze heeft me laten beloven de waarheid te vertellen,' zei ik met een glimlach. 'Welke waarheid? Ik weet het niet. Het was een algemene belofte.'

Jennifer keek met samengeknepen ogen naar het meer. Er was een steiger, met lichtjes versierd. 'Ik weet niet of er een waarheid is.' Ze keek me nu aan. 'Denk jij dat er waarheden zijn als het op liefdeszaken aankomt? Absolute waarheden?'

Ik haalde mijn schouders op.

'Je houdt van iemand of je houdt niet van iemand, maar denk je dat het leven de rest dicteert of kan liefde het leven dicteren?'

Ik wist niet over wiens leven ze het nu had, over het mijne of dat van haar moeder. 'Ik weet het niet,' zei ik.

Ze leunde achterover in haar stoel en liet haar wijn walsen. 'Nou, nu weet je misschien hoe Alex zich moet hebben gevoeld.'

'In welke zin?'

'Toen hij haar vertelde dat hij getrouwd was. Hij moest wel. Ze heeft een manier om je te laten zeggen wat ze wil horen.' Ze trok haar benen op. 'Heb je het meegespeeld?'

'Volgens mij wel.'

'Toen ze je vroeg de waarheid te vertellen, heb je dat beloofd, toch?'

'Ja,' zei ik. 'Dat heb ik gedaan.'

'En ga je het ook doen?' vroeg ze terwijl ze me heel vrijmoedig aankeek.

'Ga ik wat doen?' vroeg ik, terwijl ik deed alsof ik verwarder was dan daadwerkelijk het geval was, in de hoop dat ze de vraag zou laten varen.

'Ga je hem de waarheid vertellen?'

'Wie? Welke waarheid?'

'Om het even aan wie,' zei ze. 'Om het even welke waarheid.'

Wilde ze dat ik mijn man zou vertellen dat ik verliefd was op een andere man? Wilde ze dat ik een kus op een meer zou opbiechten? Wilde ze dat ik tegen Alex zou zeggen hoe diep dit ging en op die manier het perfecte goede leven dat ik leidde in gevaar brengen? Ik dacht aan Helen in het restaurant die wilde dat we onze ogen sloten en een minuutje dankbaar waren voor wat we hadden. Ik had een goed leven en Peter was een goede man. Wie was ik om meer te willen? Vond ik soms dat ik meer verdiende? Ik geloofde niet in recht hebben op het goede leven. Het leven was het leven. Het deelde willekeurig verdrietige momenten uit. Je accepteerde wat je voorgeschoteld kreeg en vond er vervolgens iets in om dankbaar voor te zijn – dat was je taak als mens.

Jennifer moest gevoeld hebben dat ik geïrriteerd was. Ik voelde me zelfs enigszins onder druk gezet.

'Het spijt me,' zei ze. 'Ik ga te ver.'

'Het is al goed.' En ik meende het. We waren gewoon twee vrouwen die bij een meer zaten te praten en wijn te drinken. Dit soort gesprekken heeft me altijd een ongemakkelijk gevoel gegeven – als een buitenlander die de taal van vrouwen slechts gebrekkig beheerst. Maar in snelle gesprekken zoals deze gebeuren er dingen tussen vrouwen, belangrijke dingen. En ik wist dat ze er goed aan deed om me onder druk te zetten. Ik had het nodig. Ik deed het zelf niet genoeg. 'Je hebt gelijk. Ik moet iemand de waarheid vertellen,' zei ik. 'Beloofd is beloofd.'

Er ging enige tijd voorbij – ik weet niet hoeveel. Jennifer ging beleefd over op veiliger onderwerpen: Bibi's experimenten, de tenen van de baby die vreemd genoeg leken te overlappen, de zanger-gitarist die op verzoek van de hospice de komende dagen visites zou afleggen. 'Mijn moeder heeft nooit veel opgehad met mensen die ineens een gitaar tevoorschijn toveren en meezingnummers spelen. Ze beweert dat die de kerk om zeep hebben geholpen en ze zei, ik citeer: "Het is een van de redenen waarom de jaren zeventig niet insloegen."'

Ik praatte ook, over mijn werk, probeerde Eila te beschrijven en onze cliënten in hun chique, volgestampte, sombere huizen, een hebzuchtig volkje, en dat ze zich uiteindelijk altijd vastklampten aan Eila's artistieke wazigheid. 'Het is alsof ze weten wat er ontbreekt in hun leven en dat zij hun dat levert.' Ze stelde me een aantal vragen over restyling en ik deed mijn best om te bedenken wat Eila zou hebben gesuggereerd.

Na een korte pauze vroeg ze me welk lied ik keihard zou opzetten om te doen alsof ik weer twintig was. Dat was het moment waarop Alex aan kwam lopen.

'Ik heb geen idee,' zei ik.

'Geen idee waarvan?' vroeg hij.

'Ik zou Van Morrison kiezen,' zei Jennifer. 'Toen ik in de twintig was, was ik een soort neohippie.'

'Wat zou jij keihard opzetten om je te doen terugdenken aan de tijd dat je een twintiger was?' vroeg ik aan Alex.

'Wat, is dat de vraag waarop je het antwoord niet weet?' vroeg hij me.

'Ik kan gewoon niet denken,' zei ik.

'Jij hield van de Smashing Pumpkins en ik van Pearl Jam, jij was verliefd op Howard Jones en fan van alle muziek uit de films met John Hughes. En INXS, daar was je op jonge leeftijd al idolaat van.'

Ik bloosde, niet alleen mijn wangen werden rood, maar ook mijn nek en mijn borst. 'O ja,' zei ik. 'Howard Jones. Die was leuk.'

'Hoe gaat het met mama?' vroeg Jennifer.

'Ze slaapt vast.'

'En geen gepiep vanboven?'

'Nee,' zei hij.

'Ik ga naar binnen, even kijken bij iedereen.' Ze pakte de lege wijnfles op. 'Welterusten,' zei ze over haar schouder.

'Jij ook,' zei ik.

Daarna verdween ze in het huis.

Alex liep naar de reling van de veranda en zei: 'Je hield van "I'll Stand by You" van The Pretenders en van Pat Benatar, en hoewel je het nooit zou toegeven, had je de radio in je auto – die kleine sputterende Toyota – standaard op een *easy listening*-kanaal staan. En je had iets heel clichés: als je echt kwaad was, zette je Alanis Morissette op, zoals alle twintig-jarige meisjes in die tijd. En Johnny Cash; je kende al zijn liedjes en daarvan gaf je je vader de schuld. Verder was je gek op Rickie Lee Jones en Carole King. Je kende alle teksten uit je hoofd. Ik nam aan dat je moeder die albums had.'

'Hoe weet je dat allemaal nog?'

'Als ik een van die liedjes hoor, moet ik altijd weer aan jou denken. Het komt dan allemaal terug. Elke keer.' Hij zuchtte. 'Van "I feel the earth move under my feet", tot "No one is to blame".' Als "Pretty in Pink" wordt gedraaid op de radio, voel ik me verplicht het helemaal uit te luisteren, uit respect voor jou.'

'Het spijt me,' zei ik. 'Dat ik je al die jaren zo slecht heb behandeld.'

'Ik ben galant. Wat kan ik zeggen?'

'Weet je,' zei ik terwijl ik opstond en naast hem ging staan. 'Ik ben even nieuwsgierig. Mensen vragen je vast wel eens wat je doet en jij moet dan uitleggen dat je professor in de filosofie bent. Wat zeggen ze daarop? Ik bedoel, het is toch een beetje...'

'Gênant?'

'Nee, ik bedoel... Natuurlijk kun je zeggen dat je filosoof bent, maar dan...'

'... fantaseren ze over mij in een witte jurk terwijl ik drui-ven eet?'

'Of dat je net zo goed dood had kunnen zijn.'

'Precies, maar ik ben nog niet dood.'

'Dus hoe pak je het aan?'

'De meeste filosofen liegen er gewoon over. In een vliegtuig of zo antwoord ik altijd dat ik levensverzekeringen verkoop of werk voor Amway. Dan vraag ik de persoon in kwestie altijd of hij er wel eens over nagedacht heeft hoe Amway zijn leven zou kunnen verbeteren.'

'Kan Amway mijn leven verbeteren?'

'Absoluut.' Door de wind waren zijn ogen vochtig geworden, ze glinsterden in het licht van de veranda. 'Kijk naar mij!'

En ik kijk inderdaad naar hem. Ik weet dat ik op een gegeven moment naar huis moet. Dit blijft niet eeuwig voortduren en ik moet kleine momenten zoals deze in mijn geheugen opslaan – zijn blote voeten, de gerafelde zomen van zijn spijkerbroek, zijn glanzende ogen. Mijn hand was een paar centimeter van de zijne. Hij stak zijn pink uit en raakte mijn pink aan – als een tiener.

'Ik vind je leuk,' zei hij.

'Echt?' zei ik. 'Ik had geen idee.'

'Eigenlijk,' fluisterde hij, terwijl hij naar me toe leunde, 'vind ik je niet zomaar leuk. Ik vind je leuk leuk. Serieus.'

'Je vond Otis Redding ook leuk,' zei ik. Ik herinnerde me dat hij vroeger een cassettebandje met verschillende artiesten had waarnaar hij op zijn walkman luisterde.

'Shout Bamalama!' zei hij. 'Mijn grote held Otis.'

'Je had gelijk wat Carole King en Rickie Lee Jones betreft. Mijn moeder had niet veel albums, maar ik wist dat die haar favoriete waren en op de middelbare school heb ik ze een tijdje grijs gedraaid. Mijn vader moet geweten hebben wat er aan de hand was, dat ik op een of andere manier een connectie met haar wilde, en hij heeft zich er nooit over beklaagd. Ze werden onze achtergrondmuziek.' Ik dacht er even over na. 'Het moet moeilijk voor hem zijn geweest. Ik heb het nooit eerder vanuit zijn perspectief bekeken, maar hij liet me doen waar ik behoefte aan had.'

'Ik ben benieuwd waar de vissen vanavond over praten,' zei hij.

'Was mijn vader hier maar om te vertalen,' zei ik.

'Doet hij dat nog steeds, praten met vissen?'

'Iedereen heeft iemand nodig om mee te praten.'

Hij draaide zich om en keek me aan, en ik genoot van de manier waarop hij naar me keek, me opslurpte met zijn ogen, die over mijn hele gezicht dwaalden en bleven hangen bij mijn lippen. 'Ik weet niet wat ik moet doen.'

'Dat dacht ik wel.'

'Ik vond gewoon dat ik eerlijk moest zijn, voor het geval je dacht dat ik een meesterplan aan het uitwerken was. Dat is dus niet zo.'

Ik zei: 'Je moeder weet dat ik het ben.'

'Jij?'

'Ze weet dat ik Gwen Merchant ben en niet Elizabeth.'

'Heeft ze dat gezegd?'

Ik draaide mijn rug naar het meer en sloeg mijn armen over elkaar. 'Als kind was ik altijd bang dat mijn moeder me in de hemel niet zou herkennen omdat ik nog zo jong was toen ze stierf, dat we elkaar daardoor niet zouden vinden. Het was een domme angst,' zei ik. 'Maar jouw moeder zei tegen mij: "Ik zou je overal herkennen…"' Ik begon te huilen – hapte een paar keer snel naar adem en snikte toen. Ik begroef mijn gezicht in mijn handen. 'Dat heb ik nu altijd willen horen – zolang ik me kan herinneren – van mijn eigen moeder.' Alex kwam een stap dichterbij en streek over mijn haar. 'Het was mijn schuld niet,' zei ik.

'Natuurlijk was het jouw schuld niet, Gwen. Natuurlijk niet,' zei hij.

Ik veegde de tranen van mijn gezicht en keek hem scherp aan. 'Maar dit schuldgevoel is wel steekhoudend. Ons schuldgevoel, dat we hier samen zijn.'

Daar had hij geen antwoord op.

'Dacht je soms dat ik niet net zoals jij wilde zijn?' zei ik. 'Ik zou ook graag kunnen vertellen hoe ik me echt voel en begrijpen, je weet wel, daadwerkelijk accepteren hoe ze over mij denken. Natuurlijk wil ik zo zijn.'

'Je kunt ook zo zijn,' zei hij.

Ik schudde mijn hoofd. 'Ik ben wie ik ben.'

'Betekent dat dat ik niet tegen je mag zeggen dat ik nog steeds van je houd?'

'Je kunt het schreeuwen, als je wilt, maar ik kan er niets mee, niet op de manier zoals jij dat zou willen. Je weet toch hoe ik ben?'

Hij lachte en sloeg met zijn vuist op de reling. 'Dat is het droevige ervan,' zei hij. 'Zelfs dat vind ik zo fantastisch aan jou.'

Aan de overkant van het meer klonk een knal – alsof er een fles champagne werd ontkurkt – en vervolgens rees er een koor van stemmen op. 'Iemand geeft een feestje,' zei ik.

Hij sloeg een arm om me heen en trok me tegen zich aan. Hij rook lekker, naar aftershave en het eten dat we die dag hadden gekookt. 'Laten we doen alsof het een feest is ter ere van ons en dat we zijn weggelopen om even met z'n tweeën te zijn,' zei hij.

De lach van een vrouw kabbelde over het meer. Dronken mannen begonnen een of ander korpslied te zingen. Een hond blafte. Er werd nog een champagnefles ontkurkt. Zo stonden we nog een tijdje terwijl de stemmen bleven echoën.

Tweeëntwintig

De daaropvolgende twee dagen gingen snel voorbij, ook al probeerde ik elk moment vast te houden. Ik was het grootste deel van de tijd aan het oppassen. Jennifer leerde me hoe ik de draagdoek moest gebruiken en ik nam de kinderen mee naar een veld om bessen te plukken, waar we een emmer kregen en onze oogst per kilo kregen uitbetaald.

Bibi en ik speelden croquet in de tuin, waar ze een geduchte tegenstander bleek te zijn. Toen Alex zich bij ons voegde verzon hij extra regels – stijlpunten – voor het spelen op één been, het gebruik van een Brits accent, voor slagen met effect. Hij hield William in zijn armen en zei dan dat hij daardoor een grotere handicap had. Bibi vond het allemaal prachtig. Mijn accent was beroerd, maar ik was geweldig op één been en mijn slagen met effect waren verre van armzalig. Alex speelde op blote voeten en terwijl hij probeerde me uit het spel te werken sloeg hij op zijn eigen voet met de hamer. De zon scheen volop, het grasveld stond vol met poortjes en Alex duelleerde met Bibi – hun hamers in de aanslag.

Toen William voor zijn middagslaapje in bed was gelegd, nam Bibi me mee op een rondtour langs kikkervisjes in emmers. Het water was smerig en de kikkervisjes zwaaiden wild met hun staart of hielden ze kaarsrecht. Ze wees naar een muggenlarve.

'Daar!' zei ze. 'Zie je hem?' Maar hij bewoog zo snel dat ze hem steeds moest blijven aanwijzen, zijn twee minuscule vleugeltjes die draaiden als een bezetene. Ze wees de brulkikker aan, die kleiner was dan de andere kikker.

We pikten sla uit de koelkast, kookten die en voerden ze aan de kikkervisjes, hun bolvormige kopjes gingen omhoog naar het blad en ze kauwden er bijna onzichtbaar op. 'Ze zijn zo levendig,' zei ik.

'Dat komt omdat ze ook levendig zíjn,' legde ze geduldig uit.

We aten van de maaltijden die we hadden bereid en hadden bosbessen met slagroom toe. Wat de pijn betrof ging het iets beter met Vivian en ze bouwde de morfine af om wat helderder te kunnen zijn. Het was een constante strijd tussen hoeveel pijn ze kon verdragen en hoeveel tijd ze niet kon missen. Op donderdagavond ging ik bij haar zitten.

'Je gaat morgen weg,' zei ze.

Ik knikte.

'Maak dan in elk geval mijn cadeautje open,' zei ze terwijl ze naar de huwelijkscadeaus wees die op een tafeltje verderop lagen. 'Wil je me dat plezier doen?'

'Natuurlijk,' zei ik. 'Ik zal Alex halen.'

'Nee, nee,' zei ze. 'Het is voor jou. Er staat ook nog een veel te duur cappuccinoapparaat van mij tussen, maar dat is van voordat ik je kende.' Ze wees naar een cadeau ter grootte van de *Encyclopedia Britannica*, verpakt in zilverpapier en versierd met klokjes. 'Sorry van het papier; dat had ik nog over van de feestdagen. Jennifer heeft het voor me ingepakt.'

Ik pakte het cadeau op. Het was lichter dan ik had verwacht. Ik ging in een stoel naast het bed zitten en zette het cadeau op mijn schoot. Ik voelde me duizelig.

'Ik voel me net een klein kind,' zei ik. 'Ik snap niet waarom ik ineens zo zenuwachtig ben.'

'Maak nou open,' zei ze. 'Jij maakt míj zenuwachtig.'

Ik maakte de plakbandjes los en deed voorzichtig met het papier.

'Scheur maar open,' zei ze.

Ik pauzeerde even en trok het papier toen in een keer in tweeën. En daar was de ingelijste foto, de foto van Vivian in haar witte zwempak en Alex en Jennifer als kleine kinderen, op het grasveld bij de veranda, de foto die was genomen vanuit het raam boven. 'Hoe wist u dat ik deze foto zo mooi vond? Meteen toen ik hem zag...' Ik kon niet verder praten. De woorden bleven in mijn keel steken, die ineens dichtgeknepen werd door tranen.

'Alex zei dat hij je ernaar had zien kijken. Ik heb hem ook altijd prachtig gevonden.'

Ik gleed met mijn vinger langs het doorzichtige gordijn aan de ene kant van de lijst. 'Het is net alsof iemand over je waakt.'

Vivian reikte naar voren, haar arm pijnlijk dun maar nog steeds elegant. Ik leunde voorover, wist dat ze mijn gezicht wilde aanraken. Haar hand was zacht en droog. 'Dat is ook zo, lieverd. Ze waakt over jou.' Natuurlijk had ik niet bewust aan mijn moeder gedacht, maar dit is wat Vivian bedoelde, dat mijn moeder nog steeds bij me was, dat ik nooit een vreemde voor haar kon zijn – ze was al die jaren bij me geweest terwijl ze een liefdevol oog op mij en mijn leven en de mensen die er een rol in speelden hield gericht. Er welden tranen op in mijn ogen, en ze gleden over mijn wangen.

'Dank u wel,' fluisterde ik. Dit moment had me voorgoed veranderd. Als ik nooit een vreemde voor mijn moeder kon zijn, dan kon ze ook geen vreemde voor mij blijven – niet meer. Ik moest het hoofd bieden aan mijn vader en proberen voor eens en voor altijd de waarheid te achterhalen.

Vivian knikte. 'Jij,' zei ze. 'Ik zou willen dat ik meer tijd met je had. Je bent een goede dochter. En Alex mag blij zijn.' Ze keek me met waterige blauwe ogen aan. 'Wees goed voor hem.'

Die nacht kon ik de slaap niet vatten. Het dunne laken voelde verstikkend, maar toen ik het wegschopte, kreeg ik het ijskoud van het briesje door het raam. Het werd zelfs stormachtig buiten. De bladeren ritselden, en toen ik naar het raam liep om het dicht te doen, was de maan verdwenen achter snelle paarsachtige wolken en leken de bomen te wuiven. De hemel zag er beladen uit, zwaar, de lucht in gespannen afwachting van de storm.

De foto stond op mijn nachtkastje. Ik pakte hem op en keek er weer naar en zag de lichte buiging van Alex' knieën, zijn afzakkende zwembroek, de gekrulde lokken. Hij was een mooi kind met een wrange glimlach, een paar sproeten, een wijze blik in zijn ogen die alles opnamen – toen al een kleine filosoof. Ik ging op de rand van het bed zitten en stond toen op en begon te ijsberen. Ik wilde iets drinken – een glas melk om in slaap te komen.

Ik liep de trap af in een blauw topje en een korte broek en glipte de keuken in. Ik schonk mezelf een glas melk in en keek toen door de openslaande deuren naar het meer, de hoge grassen die diep bogen in de wind. Ik liet mijn ogen afdwalen naar het water en zag ineens iets wits bewegen aan het einde van de steiger. In eerste instantie dacht ik dat het een kraanvogel was of een andere grote vogel, maar toen zag ik dat het een overhemd was. Alex zat aan het einde van de steiger, alleen.

Ik liep de veranda op en keek een tijdje naar hem. Hij leunde achterover, zijn handen op de steiger. Ik liep over het gras, koel en nat onder mijn voeten, naar de steiger. Het woei nu zo hard dat hij me pas hoorde toen ik zijn naam zei: 'Alex.'

Geschrokken draaide hij zich om. 'Wat doe jij hier buiten?'

'Ik zou jou hetzelfde kunnen vragen.'

'Ik ben hier voor de lichtshow.' Hij wees naar de uiterste hoek van het meer. 'De bliksem begint daar en trekt dan over het meer. Waarschijnlijk trekt hij precies over ons en eindigt hij daar.' Hij trok een lijn over het meer en stopte boven een paar daken in de verte.

Ik keek omhoog, naar het uitgestrekte, donkerblauwe hemelgewelf.

Alex schoof opzij en klopte op de steiger. 'Ga zitten.'

Ik nam naast hem plaats. De steiger was oud met zachte randen.

'Toen ik klein was, raakte ik verzeild in een gustnado,' zei hij. 'In een zeilboot, hier op het meer.'

'Een gustnado?'

'Net zoiets als een tornado. Het is een windstoot die uit het niets ontstaat. Hij vulde het zeil van de boot waarin ik zat – en tilde mij en de boot de lucht in, maar iets van een meter of zo, maar toch was het ontzettend vreemd. Die bel van lucht die zomaar uit het niets oprees. Het was net zulk weer als nu, maar dan overdag, vlak voor een onweersbui. Ik vertelde het mijn vader, maar die geloofde me niet. Ik had zo graag met mijn foto in de krant gestaan.'

'Heb je het ook aan je moeder verteld?'

'Zij geloofde me wel. Ze noemde me de rest van de zomer Gus. Ze noemde me haar kleine overlevende. Het was de zomer voor hun scheiding en ze zocht naar redenen om me te doen geloven dat ik sterk was, dat ik alles kon doorstaan. Ze wist wat er ging komen.'

'Ze is intelligent,' zei ik. 'Heel intelligent.'

'Je mag haar graag, hè?' zei hij terwijl hij zijn wenkbrauwen optrok. 'Ik had wel gedacht dat jullie het goed met elkaar zouden kunnen vinden.'

'Ik kan het niet uitleggen, maar ze heeft veel voor me gedaan. Dit korte bezoekje... Ik weet het niet, maar ik ben anders nu. Ze heeft mijn blik op veel dingen veranderd.'

'In goede zin?'

'In goede zin.'

In de verte klonk gerommel. Ik keek naar de hoek van het
meer waar hij zei dat de lichtshow zou beginnen, maar hij
hield zijn ogen op mij gericht. Ik voelde zijn blik. Ik sloot
mijn ogen. 'Ze zei dat ik goed voor je moest zijn.'

'O ja?' Hij leunde naar voren en keek me hoopvol aan.
'En?'

'Dit zou wel eens alles kunnen zijn wat er voor ons in zit.'

Zijn gezicht werd zacht verlicht door de bliksem in de
verte. De wind sloeg mijn haar in mijn gezicht. Hij veegde het
met beide handen weg en hield mijn gezicht vast. Toen kuste
hij me – een zachte kus die snel hartstochtelijk werd. Ik stelde het me voor – met hem vrijen op deze steiger terwijl het
weerlichtte, de wind die om ons heen raasde, de regen. Op
dat moment was het het enige wat ik wilde.

Maar hij trok zich terug. 'Ik wil geen troostprijs.'

'Wat?'

'Ik wil niet dat dit alles is wat er voor ons in zit. En als we
hiermee doorgaan, zal het anders worden. Een affaire, iets
wat we onder het tapijt zullen moeten vegen.'

'Ik kan mijn man niet verlaten,' zei ik.

'Ja, dat weet ik. Ik begrijp het,' zei hij. 'Maar ik wil niet iets
worden waarover je je schuldig voelt, iets waarvoor je je
moet schamen.'

Hij stond op. Ik hoorde hoe de regen het meer overtrok.
Hij bewoog snel, en in slechts enkele seconden goot het.
Maar geen van ons tweeën stond op.

'Ik weet nog hoe het was met jou. Ik herinner me hoe je
ribben en je heupen aanvoelen. Ik herinner me de moedervlek

op je dij. Denk niet dat ik hier niet kapot aan ga.' Hij streek zijn natte haar naar achteren. 'Ik zou er alles voor geven om weer met je te vrijen,' maar toen corrigeerde hij zichzelf. 'Bíjna alles.' Hij zag er mooi uit, regen die van zijn wimpers drupte, zijn huid glanzend nat. 'Naarmate ik ouder werd, kwam ik erachter dat dingen kapot kunnen gaan. Mijn ouders waren samen en ineens was het over. Ik leerde mijn hart te wantrouwen. Maar als ik naar jou kijk en zie hoe jij naar mij kijkt, weet ik dat het goed is om van je te houden. Ik vertrouw mezelf weer.' Hij veegde de regen van zijn gezicht. 'Ik hou van je,' zei hij hard boven de regen uit. 'Zo simpel is het.'

Ik stond zwijgend op. Ik liet mijn hand over zijn doorweekte overhemd glijden en greep het even vast. Dit was allesbehalve simpel. Daarna verslapte ik mijn greep en liet los.

DRIEËNTWINTIG

Ik hoopte dat het afscheid snel achter de rug zou zijn. Ik liep de woonkamer in. Vivian staarde naar de boekenplanken. Ik ging in de stoel naast het bed zitten. 'Ik ga nu,' zei ik.

Haar ogen dwaalden rond mijn gezicht. 'Kom gauw weer eens langs,' zei ze. Ik kon niet zeggen of ze op dit moment precies wist wie ik was of dat ze gewoon beleefd was. Maar toen klopte ze op mijn hand. 'Bedankt dat je dit hebt gedaan.'

'Wat?' vroeg ik onnozel.

'Dat weet je wel,' zei ze. 'Je had het niet hoeven doen.'

Ik boog me naar voren en kuste haar wang, maar ik kon niets uitbrengen. De woorden bleven steken in mijn keel.

Alex hield William vast en wachtte op me in de tuin. Ik zag hem door het raam rustig in gesprek met de baby. Ik kon het beeld van hem in de stromende regen niet uit mijn gedachten krijgen, de manier waarop zijn overhemd had aangevoeld in mijn vuist, de wind, de bliksem, en dat hij degene was geweest die als eerste was weggelopen. Hij had zich omgedraaid en was teruggelopen naar het huis, zijn zwarte haren glanzend en nat.

'Ik weet niet hoe ik goed voor hem moet zijn,' zei ik tegen Vivian. 'En tegelijkertijd een goed mens kan zijn.'

'Je bént goed,' zei ze. 'Dat ben je.' Ze zuchtte. 'Degene die de foto heeft gemaakt die ik jou heb gegeven, was mijn zusje. Ik vind de foto zo mooi omdat ik denk dat ze op dat moment van ons hield. Ze hield te veel van ons en wist niet hoe ze dat duidelijk moest maken, hoe ze daar uitdrukking aan kon geven. Uiteindelijk eindigde het ermee dat ze ons kapot probeerde te maken. Maar ik heb me altijd afgevraagd hoe het was gelopen als ze wel in staat was geweest om te zeggen wat ze voelde en echt te luisteren. Het heeft meer om het lijf dan mensen denken.'

'Hield u van hem?' vroeg ik.

'Ja,' zei ze. 'En nog steeds.' Ze glimlachte en streek met de rug van haar hand over mijn wang. 'Je bént goed,' zei ze. 'Hoor je me?'

Ik sloot mijn ogen en gaf een knikje. Ik wist dat ik was veranderd en dat ik naar huis zou gaan en het leven zou veranderen dat ik om me heen gebouwd had – een leven van luchtige gesprekken en loze kletspraat. Ik wist niet zeker of Alex in dat nieuwe leven zou passen – deze nieuwe constructie – of niet. Maar ik had geen keuze; ik was anders nu. Ik hoopte alleen dat de moed me niet in de schoenen zou zakken, dat Vivian me genoeg van haar eigen kostbare kracht had gegeven om me erdoorheen te slepen. Zou ik in staat zijn om met een hark in het veld te gaan staan en niet langer beslissingen te nemen op basis van angst? 'Dank u,' zei ik. 'Voor alles. Voor meer dan u zich kunt voorstellen.'

'Graag gedaan,' zei ze.

Ik stond op en voelde me sterk en zelfverzekerd, maar er gonsde ook droefheid in mijn borst. Ik wilde zeggen dat ik haar snel weer zou zien, maar die belofte kon ik niet doen, en zij ook niet. En dus pakte ik mijn tassen op, bleef even in de deuropening staan en liep de kamer, het huis uit.

Bibi rende door de tuin. Haar voet raakte vast in een van

de poortjes en ze viel hard op de grond, die nog steeds nat was van de regen. Ze riep haar moeder, die vanaf de oprij-laan verscheen, waar ze met een zojuist gearriveerde ver-pleegster had staan praten.

Jennifer liep met de verpleegster naar het huis. Terwijl Bibi aan haar zijde hing, keek ze naar mijn tassen. 'O nee! Het is echt waar.' Ze pakte me beet en omhelsde me. 'Niet weg-gaan!' zei ze, en vervolgens: 'Ik weet het, ik weet het. Dat is egoïstisch van me.'

Bibi sloeg haar armen om mijn middel. 'Je komt terug!' zei ze. 'Dus ben ik niet verdrietig.'

Ik klopte op haar rug en kroelde wat door haar haren.

Alex gaf de baby aan Jennifer. 'Nou, dan gaan we maar,' zei hij, en hij pakte mijn tas op. Ik volgde hem naar de auto.

Onderweg naar het treinstation was het nog steeds bewolkt, dus liet Alex de kap van de cabriolet omhoog. De lucht voel-de gevangen en droog.

'Hoe ga je dit aanpakken? Jij hebt ook een eigen leven dat op je wacht,' zei ik. 'Moet je niet nog steeds lesgeven?'

'Er zijn mensen die het van me overnemen. Mijn collega's zijn geweldig geweest. Maar ik zal wel op en neer moeten. Maandag tot en met woensdag daar, de lange weekenden hier. Jennifers man komt binnenkort. De tournee van zijn band loopt ten einde. Ze spelen nog een poosje in de buurt. Hij is een enorme hulp. Je zou hem graag mogen. Een ruige vent, maar ook een lieverd.'

Het was stil in de auto. Er leek zoveel te zeggen dat we on-mogelijk vooruitgang zouden boeken. Toen hij stopte voor het treinstation, zei ik tegen hem dat hij niet met me mee mocht lopen naar het perron. Maar ik bleef nog een poosje bij hem in de auto zitten. Hoe moest ik mijn tijd hier bij Alex en Vivi-an, Jennifer en de kinderen met me meedragen in mijn leven?

Uiteindelijk zei Alex: 'Iedereen denkt dat ik me niet kan settelen, dat ik niet toegewijd kan zijn. Dat heb ik zelf ook lang gedacht. Maar toen ik je daar in die ijssalon zag, besefte ik pas dat ik niet toegewijd kon zijn omdat ik het al was. Aan jou. En dat hoeft voor niemand steekhoudend te zijn, behalve voor mezelf.'

Stel dat ik hier bij Alex bleef? Stel dat ik nooit meer terugging naar huis? Eila zou binnen een week een vervanger voor me hebben geregeld. Zouden Faith en Helen me voor gek verklaren? Zou mijn vader hiernaartoe rijden om me onhandig advies te geven? Zou Peter komen opdagen en proberen me terug te krijgen? Ik had hem nog nooit in een echte crisis gezien. Ik had geen idee hoe hij zou reageren. Ik dacht aan de bewegingen van de vuurvliegjes die Bibi en ik hadden vertaald: blijf, blijf, blijf. Het was een vluchtige fantasie. Er lag geen realiteit in. Ik zou naar huis gaan. 'Weet je, we kunnen elkaar niet meer zien. Het zou ondraaglijk zijn. Ik zou niet... Ik moet mijn eigen leven weer op de rails krijgen.' Mijn keel werd dik. Ik wilde niet huilen waar hij bij was.

'Wil je soms zeggen dat je wilt scheiden? We hebben nog niet eens alle cadeaus opengemaakt.' Hij probeerde luchtig te klinken.

'Ik vraag alleen om een zogenaamde scheiding,' zei ik. 'Dat is minder wreed.'

'Ik zal nooit tekenen.'

Ik keek hem aan. 'Dit is serieus.'

'Je hoeft me niet te zeggen dat het serieus is,' zei Alex. 'Ik wil die overvolle winkelwagen met kinderen met snotneuzen en jou, voor altijd.'

Ik pakte mijn tas op, ritste hem open en reikte erin, op zoek naar de ingelijste foto die zijn moeder me had gegeven. Ik pakte hem op, staarde er een poosje naar – de familie die uit hen drieën bestond, de spookachtige flard van het gordijn, het rimpelende water op de achtergrond. Hij was niet van mij. Ik gaf hem aan hem.

'Nee,' zei hij. 'Ze heeft hem aan jou gegeven.'

'Maar hij hoort niet echt bij mij.'

'Jawel.'

'Jij zult hem willen,' zei ik. 'Later, nadat ze is...'

'Hij is van jou,' zei hij stellig. 'Ze wilde dat jij hem kreeg.'

Ik zette de foto op mijn schoot. Wat zou ik ermee doen? Waar zou ik hem neerzetten? Zou ik hem in de woonkamer kunnen zetten naast de foto van mijn moeder in haar jurk met spaghettibandjes en haar tas met kraaltjes? Wat zou Peter ervan denken? Voorlopig stopte ik hem gewoon terug in mijn tas. Ik wilde hem houden en ik had gehoopt dat hij zou weigeren hem terug te nemen.

'Ik wil weten... Ik wil dat je me belt als het zover is... als je moeder overlijdt. Ik moet het weten.' Ik wilde hem vertellen wat ze me had gezegd over gaan staan in het veld met een hark, over beslissingen genomen op basis van angst. Maar ik kon het niet.

Hij knikte.

Ik sloeg het portier dicht en liep snel naar het station – de ramen waren beslagen door een mengeling van luchtvochtigheid en airconditioning – en daar zag ik een weerspiegeling van mezelf, lopend in de mist.

DEEL DRIE

Vierentwintig

*T*ijdens de treinreis besloot ik dat ik taaier moest worden. En wie was er taaier dan mijn vader als het aankwam op verlies? Ik zou mijn emoties uitschakelen, ik zou het huwelijk observeren. Ik zou dat wat er tussen Peter en mij was wetenschappelijk bestuderen. Ik zou het benaderen op de manier zoals mijn vader dit met een kwetterende forel in Cape Cod zou doen. Ik zou bij het begin beginnen en simpele vragen stellen om simpele waarheden boven water te krijgen. Wat is het huwelijk? Hoe werkt het privé, in het openbaar? Wat is de betekenis ervan voor de betrokken individuen en de samenleving? En, natuurlijk, wat ik echt wilde weten: wat had het huwelijk met mij persoonlijk te maken, wat wilde het van me, wat was ik het verplicht, en wat was het míj verplicht?

Het enige probleempje in dit plan was dat mijn vader niet langer mijn enige rolmodel was voor wat betreft het onderwerp verlies. Mijn gesprekken met Vivian weerklonken in mijn hoofd. In mijn zoektocht naar simpele waarheden wist ik dat ik de confrontatie met mijn vader zou moeten aangaan. En op een veelomvattende, maar wazige manier wist ik dat ik angst voortaan geen beslissingen meer voor me zou laten nemen. Hoewel ik niet precies wist wat dit betekende, vereiste deze nieuwe manier van leven wel een dapperheid waarvan ik niet zeker wist of ik die in me had.

Ik was er niet klaar voor om zo dapper te leven. Nog niet. Alex was als een storm terug in mijn leven gekomen en ik was de kluts kwijtgeraakt. Kon ik niet wachten met dapper zijn totdat ik in elk geval enig idee had van waar ik in mijn leven stond? En ik stond mezelf dit uitstel toe.

Het was laf en verkeerd, dat wist ik, maar ik hoopte dat Vivians wijsheid en de opdracht die ze me had gegeven om me niet te laten leiden door angst, bij me terug zouden komen wanneer ik ze het meeste nodig had.

Voorlopig moest ik me erop concentreren, nog steeds in verwarring door Alex, mijn leven weer op orde te krijgen.

Toen ik thuiskwam lag Peter op de bank te slapen, naar de televisie toe gedraaid, die aanstond met het geluid uit. Hij had een kussen onder zijn hoofd geklemd en zijn vuist lag gebald tegen zijn borst. Ik ging op de bank zitten bij zijn voeten – hij had zijn schoenen nog aan. Ik vermoedde dat hij laat was thuisgekomen en meteen op de bank in slaap was gevallen, misschien een beetje dronken. Door zijn ploegendiensten in het ziekenhuis was zijn biologische klok helemaal in de war en hij sliep wanneer hij moe was, in plaats van volgens een vast patroon.

Ripken klauwde naar me dat hij uit wilde. Ik streek over zijn knoestige kop. 'Oké,' zei ik. 'Oké.'

Toen ik opstond om zijn riem te pakken, rolde Peter op zijn rug en rekte zich uit. 'Je bent weer thuis.'

'Ik ben weer thuis,' zei ik. Ik dacht inmiddels al als een wetenschapper en had geconcludeerd dat het huwelijk veel te maken had met thuis. De twee concepten overlapten op zoveel manieren dat je misschien het ene kon bedoelen en het andere zeggen zonder dat iemand het opmerkte.

Hij steunde op een elleboog. 'Hoe was het?'

Ik dacht even na. 'Het was verdrietig. Ze verliezen hun moeder en het is zo'n fantastisch mens. Het is moeilijk om iemand te verliezen van wie je houdt.'

'Ja, dat is waar,' zei hij, alsof dit nog nooit bij hem was opgekomen. 'Ik bedoel eigenlijk hoe het was om te doen alsof je iemand anders vrouw bent? Hoe was dat?'

'O, dat.' Ik pakte de riem van Ripken uit de keramische kom waarin hij altijd lag. 'Dat was raar. Ik kan niet zo goed liegen. Ik heb haar verteld dat ik voor mijn werk mutsen brei. Zijn er echt mensen die dat doen?'

'Oude vrouwen in Bulgarije misschien?' bracht Peter in. 'Volgens mij is de correcte benaming modiste, niet iemand die mutsen breit.' Hij corrigeerde me vaak bij dit soort dingen. Ik had zijn moeder twee jaar lang een pianospeelster genoemd voordat hij er uiteindelijk uitflapte: 'Pianiste! Ze is een pianiste! Pianospelers werken in kroegen en in bandjes die spelen op bruiloften en partijen.'

'Jammer dat je er niet bij was,' zei ik. 'Je zou alle leugens voor me hebben gladgestreken.' Ik deed Ripken de riem om en keek op mijn horloge. 'Om halfdrie heb ik een afspraak met Eila bij het huis van een cliënt,' zei ik. Ik had nog ongeveer een uur om de hond uit te laten, te douchen en me om te kleden voordat ik weg moest. Ripken draaide vrolijk rondjes. 'Loop je met ons mee?'

'Ik moet douchen,' zei hij, en toen ging hij achter me staan en sloeg zijn armen om mijn middel. Hij fluisterde in mijn oor: 'Maar vertel eens, serieus. Hoe was het? Heeft iemand een toost uitgebracht zodat jullie wel moesten kussen?'

'Het was geen bruiloft,' zei ik.

'Kom op, jullie hebben vast minstens elkaars hand moeten vasthouden om overtuigend te zijn,' fluisterde hij.

'Zou dat je opwinden?' vroeg ik.

'Nee.' Hij liet zijn handen zakken. 'Ik wil gewoon weten wat er is gebeurd.' En toen wist ik dat hij niet zozeer nieuwsgierig was als wel jaloers.

'Ik dacht dat je niet jaloers was – dat je had geprobeerd jaloers te zijn, maar dat je het er benauwd van kreeg.'

'Hé, ik probeer alleen maar een beeld te krijgen van hoe het allemaal is gegaan. Dat is heel logisch.'

'Nou, ik heb veel met zijn moeder gesproken en met zijn zusje, die twee kinderen heeft, en met Alex. En ze deden allemaal hun uiterste best, onder de omstandigheden. Dit is niet bepaald een leuke tijd voor hen. Ik ben hier. Ik ben terug.'

Hij ging op de bank zitten. 'Wat bedoel je daarmee?' vroeg hij.

'Wat?'

'Laat maar,' zei hij. 'Ik heb allang door dat ik Alex maar moet vragen hoe het is gegaan. Hij zal me tenminste een rechtstreeks antwoord geven.'

'Alex? Ga hem hier nu niet mee lastigvallen.' Ik dacht aan Alex, zijn goudeerlijke karakter. Ik liep met Ripken naar de voordeur.

'Ik was van plan om hem te vragen mee te gaan golfen met een aantal jongens, hem aan een paar mensen voor te stellen.'

'Hij heeft geen tijd om te golfen. Hij is elk weekend in het huis aan het meer bij zijn moeder en moet tussendoor ook nog lesgeven.' Wat zou hij Peter vertellen tijdens een ellenlang spelletje golf?

'Ik zal hem vragen of hij een ochtend komt golfen met de dames. Hij is professor. Dat is toch nauwelijks een baan te noemen,' zei hij, en toen leunde hij naar voren. 'Waarom wil je niet dat ik hem vragen stel? Is daar soms een reden voor?'

Ik haalde mijn schouders op. 'Vraag hem wat je wilt,' zei ik. 'Ik vind het prima!' Ik trok de voordeur open en liep naar buiten, Ripken hobbelde voor me uit.

Ik was behoorlijk in paniek. Eenmaal buiten klapte ik mijn mobiele telefoon open, maar ik wist niet of ik Faith of Helen moest bellen, allebei of geen van beiden. In mijn laatste gesprek met Faith had ze me ervan beschuldigd dat ik Peter op de kast probeerde te jagen, hem jaloers probeerde te maken door ermee in te stemmen Alex' zogenaamde vrouw te worden. En Helen had gezegd dat ik probeerde Jason op te hemelen omdat ik mezelf wilde ophemelen, dat ik mezelf niet goed genoeg vond. Eigenlijk had ik zin in geen van beiden. Maar als ik deze vriendschappen wilde behouden, moest ik leren me over dit soort dingen heen te zetten, en omdat ik geen zussen heb, had ik ze nodig om met beide benen op de grond te blijven staan. Zo gaat dat nu eenmaal. Goede vrienden zeggen wat ze moeten zeggen. Ik had behoefte aan meer eerlijkheid in mijn leven, niet minder.

Ik belde Helen en kreeg haar voicemail. Hoe ze het toch voor elkaar kreeg, was me een raadsel – de stem in haar boodschap was professioneel maar ook sexy. De woorden 'Ik ben er nu even niet' leken een dubbele of zelfs een driedubbele betekenis te hebben vanwege de nuances in haar toon, maar er was niets waarop je haar kon aanspreken. De boodschap zelf was dezelfde als van ieder ander. Niettemin had ik het gevoel dat er met me werd geflirt. Na de pieptoon stelde ik voor om 's avonds samen een dessert te eten bij een ijssalon niet ver van Faiths huis.

Vervolgens belde ik Faith, die meteen opnam. 'Hoe is het gegaan?' fluisterde ze. Ze was duidelijk ergens waar ze eigenlijk niet had moeten opnemen. Ik hield het zo kort mogelijk. 'De situatie vraagt om een troostend ijsje.'

'Is het zo erg?'

'Waar ben je?'

'Ik sta op het punt een toespraak te houden over iets waar

ik niets van weet. Had ik al verteld dat ik mijn weg door het leven veins?'

'Zou ik dat ook moeten proberen?'

'Volgens mij doen we dat allemaal al.'

Die dag op het werk zaten Eila en ik vast in iemands woonkamer. Het paar – een zenuwachtig stel, nouveau riche, waarvan de ene een beugel droeg – had zich geëxcuseerd om de details van Eila's plan voor de restyling door te spreken. Ze hadden zich teruggetrokken in hun keuken vol graniet. Eila zag dat ik afwezig naar de geelbruine berber op de grond staarde.

'Wat is er?'

'O, niets,' zei ik en ik wierp haar een overdreven brede glimlach toe.

'Jawel, vertel.'

'Ik weet het niet,' zei ik. 'Volgens mij probeer ik mijn leven bij elkaar te houden.'

'Juist. Ik vergeet altijd dat je nog zo jong bent, dat heb ik vaak bij mensen.' Ze klopte op mijn knie. 'Luister, als je ouder wordt, zul je tot de ontdekking komen dat je leven überhaupt niet bij elkaar gehouden wordt, dus proberen het bij elkaar te houden kan helemaal niet. Het is een onmogelijkheid.'

De stemmen in de keuken klonken luider, opgewonden. Er werd met iets op het graniet geslagen – een nouvelle cuisine-kookboek? Daarna was het stil.

'Moet je hen daar horen. Zij denken nog steeds dat ze het bij elkaar weten te houden. Ha!' zei ze. 'Het is rampzalig tragisch.'

Ik arriveerde vijftien minuten te laat bij de ijssalon. De cliënten hadden hun ruzie in de keuken voortgezet nadat ze weer tevoorschijn waren gekomen, en elke beslissing die genomen moest worden, was een langzaam, moeilijk proces van ge-grom, kwade blikken, boze gebaren en beschuldigingen waarbij de vrouw regelmatig haar handen in de lucht gooide en zei: 'Mij best!' Faith zat al aan een bakje *frozen yoghurt* aan een tafeltje achter in de zaak. Ze had Edward meegeno-men, die naast haar in zijn autostoeltje lag te slapen. Er stond een rij van tienermeiden met veel make-up op en haar dat met veel gel in paardenstaarten was gebonden. Ze droegen bij elkaar passende dansoutfits, blauwe tricots met lovertjes, maar verder gymschoenen en windjacks.

'Het spijt me,' zei ik. 'Ik dacht dat Helen hier ook zou zijn zodat jullie in elk geval alvast zonder mij konden bijkletsen.'

'Ze belde een minuut geleden. Zei dat ze graag was geko-men, maar dat ze niet kon. Volgens mij is ze weer verliefd, maar durft ze dat niet te zeggen omdat ze al zo snel door de knieën is gegaan nadat ze mannen voor de zoveelste keer had afgezworen.'

'Dit zou een nieuw record zijn.'

'O ja? Ik heb geen idee. Ze vindt het leuk om mannen af te zweren zodat ze zichzelf niet in de verleiding kan brengen. Het is een cyclus.'

Ik haalde mijn schouders op en ging zitten. Ik had geen zin om Helen te analyseren, niet zonder dat ze erbij was. Dat was niet de moeite waard. Bovendien had ik behoefte aan zelfana-lyse – een beetje duidelijkheid. Ik plukte aan een draadje op mijn handtas en staarde vervolgens uit het raam van matglas.

'Nou, bestel iets.'

'Ik krijg geen hap door mijn keel,' zei ik.

'Maar dit was toch een situatie die om een troostend ijsje vroeg?'

'Ik heb de afgelopen drie uur met een kibbelend echtpaar doorgebracht. Ze irriteerden me mateloos. Misschien zo met-een,' zei ik. 'Plus: er staat een rij.'

'Ze waren er ineens,' zei Faith terwijl ze met haar ijshoorn naar de groep meiden wees. 'Ik vind ze maar eng. Dat gaat heel ver terug. Het is een oerangst.' Ze waren luidruchtig en zenuwachtig, stootten elkaar aan, fluisterden en barstten vervolgens in lachen uit. 'Het is net een kudde onvoorspelbare wilde dieren.'

We keken een minuutje naar hen. Het was duidelijk welk meisje de leidster was. Ze had het mooiste haar en was helemaal niet luidruchtig, en iedereen leek om haar heen te zwermen. Twee van de moeders waren bij hen en probeerden zo duidelijk mogelijk bestellingen op te nemen en door te geven aan de vrouw achter de toonbank, die ze vervolgens opschreef.

'Wij zijn ooit ook zo jong geweest,' zei ik.

'Het lijkt onmogelijk.'

'Hoe gaat het met Edward?' vroeg ik. 'Op een dag...'

'Heel goed. Hij is een bikkel. En hij heeft me beloofd nooit een puber te worden. Hij gaat die periode overslaan,' zei ze, waarna ze naar voren leunde op haar ellebogen. Er viel een pauze en ze wist dat ik de boel probeerde te rekken. Ik wist niet waar ik moest beginnen. 'Vertel me wat er aan de hand is,' zei ze.

Ik zuchtte. 'Er is iets gebeurd,' waarmee ik bedoelde dat ik veranderd was, dat iets diep binnen in me een wending had genomen.

'Heb je een affaire met Alex gehad?'

'Nee,' zei ik. 'Nou ja, we hebben gekust. Maar het is erger dan een affaire.'

'O,' zei ze, waarna ze achteroverleunde. Ze wist precies wat dit betekende. 'Het gaat wel over,' zei ze. 'De laatste keer is het ook overgegaan. Dat zal weer gebeuren. Alles komt goed.'

'Op een of andere manier heeft dit tripje me veranderd,' zei ik.

Ze keek me vragend aan.

'Zijn moeder heeft me een foto gegeven van Alex, zijn zusje en haar, waarop ze in de tuin staan die een beetje is afgeschermd door een stuk gordijn. Ik kan het niet uitleggen,' zei ik, 'maar de foto ontroerde me. Het was een fantastisch cadeau. Ik voelde me er beter door, sterker, alsof er voor me werd gezorgd. Het was alsof ik voor het eerst besefte dat er over me gewaakt wordt... Het is alsof ze begreep...'

'Wat begreep?'

Beter kon ik het niet uitleggen. Ik wist niet wat ik nog meer bedoelde. 'Niets. Ik heb de foto verstopt op de bovenste plank van mijn kast.' Ik keek haar aan. 'Maak je geen zorgen. Ik ga mijn leven echt niet overhoopgooien. Ik ga het veinzen, oké? Ik zal mijn leven veinzen, nog beter dan ik tot nu toe heb gedaan. Maar, even tussen jou en mij, ik wil niet dat het overgaat,' zei ik. 'Ik neem geen genoegen met "wel goed".'

Ze knikte. Edward kwam in beweging aan haar voeten. Ze schudde aan het autostoeltje, waarop de baby een zacht geluidje liet horen en weer in slaap viel. 'Het spijt me,' zei ze. 'Ik kan het me niet voorstellen.'

'Het probleem is dat Peter met Alex wil gaan golfen. Hij wil hem aan mensen voorstellen, hem op slinkse wijze binnenleiden in onze vriendschappen.'

'Dat zou een ramp zijn.'

'Ik weet het.'

De meiden zaten of stonden nu in groepjes rond de diverse tafels – de zitplekken waren duidelijk volgens een ritueel bepaald; er zat een hiërarchie in. Ze praatten opgewonden met elkaar, stonden op, verschoven, gingen weer zitten, de combinaties kwamen samen, vielen uiteen en eindigden in andere samenstellingen.

'Je moet de onverbloemde waarheid vertellen,' zei Faith. 'Laat niet alles uiteenvallen.'

'Maar stel dat het leven sowieso niet bij elkaar gehouden wordt, zodat het onmogelijk is om te proberen het bij elkaar te houden?' vroeg ik haar.

Ze lachte. 'Het leven wórdt bij elkaar gehouden,' zei ze. 'Misschien alleen door een verzameling gevlochten kabeltouwen, maar we blijven de knopen controleren om ons ervan te verzekeren dat alles bij elkaar blijft. We moeten wel.'

Nadat ik Alex die ochtend nog had gezegd dat hij me niet mocht bellen, dat hij überhaupt geen contact met me mocht opnemen behalve als zijn moeder was overleden, belde ik hem. Ik was onderweg naar huis van de ijssalon – ik had een bolletje ijs besteld en dat smolt nu in de hoorn. Ik parkeerde in een wijk met vierkante huizen in jarenveertigstijl om het telefoontje te plegen.

'Hallo,' zei Alex. Zijn stem was diep en zacht en hij klonk enigszins uitgeput. Ik dacht aan zijn mond, zijn witte tanden en zijn kaak. Het ging heel snel, zijn hele lichaam verscheen in mijn gedachten.

'Hoi, met mij.'

'Ik dacht dat we strikte instructies hadden...'

'Peter gaat je vragen met hem en een aantal van zijn maten te gaan golfen.'

'Wat attent van hem!' zei Alex, alsof hij zich niet bewust was van de mogelijk ongemakkelijke situatie.

'Ik wil dat je zegt dat je het te druk hebt.'

'Misschien is dat ook wel zo. Om welke datum gaat het?'

'Ik bel je niet als zijn secretaresse.'

'O nee?'

'Nee.' Ik rommelde nerveus met wat papieren, pakte een stapel op en legde ze recht.

'Je wilt dat ik de uitnodiging afsla.'

'Ja,' zei ik stellig. 'Nee!'

'Wat wordt het: ja of nee?'

'Je kunt het niet meteen afslaan, want dat zou verdacht zijn.'

'Meteen afslaan zou verdacht zijn, hoe precies?'

'Hij denkt dat er iets is gebeurd.'

'Er is ook iets gebeurd.'

'Luister nou! Zeg gewoon dat je graag meegaat en meld dan later dat je niet kunt.'

'Dat is wel wat ingewikkeld. Zal ik maar gewoon gaan?'

'Heb je wel ooit gegolft?'

'Op de middelbare school. De ouders van mijn vriend, Barry Mercheson, waren lid van een golfclub en hij was caddie. We reden voornamelijk met de karretjes rond. Dat was voordat ik mijn rijbewijs had, dus…'

'Dit is niet grappig,' zei ik.

'Zal ik maar gewoon gaan?' zei hij. 'Ik ga plezier maken en golfen.'

'Oké,' zei ik. 'Prima, ga maar golfen. Maar doe alsjeblieft niet zo serieus.'

'Ik zal proberen een niet-serieus potje te golfen.'

'Beloof het me!'

'Ik beloof het. Het zal me geheel en al aan ernst ontbreken. En met ernst bedoel ik dan eigenlijk eerlijkheid?'

'Laat beide maar thuis.' Ik pauzeerde even. 'Hoe gaat het met je moeder?'

'Mag ik nu wel serieus zijn?'

'Ja,' zei ik. 'En ook eerlijk.'

'Ze leeft nog, maar ik mis haar nu al.'

VIJFENTWINTIG

*I*k was gespannen, ja, en oplettend, waakzaam. Ik leidde mijn leven en maakte er tegelijkertijd mentale aantekeningen van. 's Ochtends werd ik wakker, opende mijn ogen, keek naar de zon en besefte dan dat ik wakker was, dat ik een vrouw in een bed was, een echtgenote. Dit was mijn voet die de voet van mijn man aanraakte. Ik zou flossen en een echtgenote zien flossen. Ik zou in de keuken goedemorgen tegen Peter zeggen, en hij zou beginnen over volkoren cornflakes versus gesuikerde cornflakes en de obesitasepidemie en glucosestroop en ik zou zien hoe ik reageerde, knikkend, beamend, melk bij de volkoren cornflakes gieten en wensen dat ze in glucosestroop waren gedrenkt. Hij zou iets grappigs zeggen en ik zou iets grappig zeggen. Het was niet hetzelfde als koken met Alex. Dit was alleen maar scherts. We wisselden elkaar af. Was dat het huwelijk? Elkaar afwisselen?

Ik had de foto die Vivian me had gegeven boven in mijn kast gelegd. Ik voelde me er schuldig over dat ik hem verstopte maar ook dat ik hem in mijn bezit had. En toch haalde ik hem zo nu en dan tevoorschijn en keek ernaar en dan dacht ik aan Vivian en mijn eigen moeder en dat mijn moeder over me waakte. Maar wat wilde zij dat ik deed, vroeg ik me af. Wat verwachtte zij van me? Ik wist het niet.

Ik had besloten niet te beginnen over golfen met Alex, in de hoop dat het gewoon iets was wat Peter had gezegd om me op stang te jagen. Maar op een ochtend toen ik me klaarmaakte om naar mijn werk te gaan, was Peter gekleed in zijn korte broek, een poloshirt met kraag en een paar oude golfschoenen met spikes – de oude soort met metalen spikes die zelfs nog luider klonken op de hardhouten vloer.

'Ga je vandaag golfen?' vroeg ik, terwijl ik koffiemelk in mijn koffie schonk.

'Met Hull, zoals ik gezegd had.'

'Ik wist niet dat je dat meende.' Ik was een echtgenote die roerde in haar koffie.

'Waarom zou ik het niet hebben gemeend?' vroeg hij. 'Heb je mijn horloge gezien?' Peter was heel slecht in het zoeken naar dingen. Nu stond hij midden in de woonkamer met zijn handen in zijn zij, in een verslagen houding, en keek om zich heen.

'Probeer het nachtkastje eens.' Ik deed mijn best nonchalant te klinken. Hij slenterde naar de slaapkamer. 'Waar heb je die golfschoenen vandaan? Ze zien er oud uit,' riep ik.

'O, die. Ze zijn van mijn vader. Ik moest ze lenen.' Hij kwam terug, zonder horloge. 'Het lag er niet. Hij zal toch niet verdwenen zijn?'

'Nee,' zei ik. 'Wat is er met je eigen golfschoenen gebeurd?'

'Ik probeerde een slag te maken vanuit de vijver op de zeventiende hole. Ik struikelde een beetje, tot aan mijn enkels. Toen ze weer droog waren, waren ze helemaal misvormd.'

'O.'

'Maar het kwam allemaal goed,' zei hij. 'Ik sloeg en wist nog steeds par te spelen.' Hij had zijn golftas nu over zijn schouder hangen. 'Ik heb het horloge maar opgegeven. Laat me weten als je het vindt,' waarmee hij bedoelde: kun jij het voor me zoeken?

'Veel plezier,' zei ik.

'Dat lukt vast wel,' zei hij terwijl hij me afwezig op mijn wang kuste. Was dit waar het huwelijk op gebaseerd was? Gebaren van liefde? Plichtmatige herhalingen van vriendelijke daden die leegte moeten compenseren doordat ze zo overvloedig en betrouwbaar zijn? Ik hoorde het Alex' moeder nog zeggen: 'Het huwelijk is flauwekul.' Hadden mensen niet jarenlang zij aan zij geleefd, kracht puttend uit deze vriendelijke daden, om zich in deze onvriendelijke wereld staande te kunnen houden? Hielden deze kleine vriendelijke daden – zoals de liefdevolle steken onder water tussen dr. en mevrouw Fogelman – mensen niet in leven? Misschien verlangden mensen tegenwoordig te veel van liefde. Meenden ze recht te hebben op een of ander romantisch beeld ervan. Ik was grootgebracht tijdens de Grote Liefdesdepressie. Ik bedelde niet om een groter deel. Zouden we niet allemaal tevreden moeten zijn? Waarom zo hebzuchtig? Waarom wilde ik bij Alex Hull zijn? Waarom dacht ik voortdurend aan hem? Terwijl ik mijn leven leefde, terwijl ik mezelf observeerde terwijl ik mijn leven leefde, vroeg ik me tegelijkertijd af hoe het zou zijn om bij Alex te horen. Had ik niet genoeg? Had ik niet meer dan iemand kon verlangen? Stel dat ik nu bij Alex was, dacht ik. Dan zou ik er niet zoveel over hoeven nadenken. Ik hoefde geen wetenschapper meer te zijn – het begon al een gewoonte te worden – werkend aan een wetenschappelijk project met mij als studieobject.

Onderweg van mijn werk naar huis dacht ik aan Alex en Peter die in een wit gemotoriseerd karretje over de golfbaan stuiterden, zwaaiend met hun clubs, puttend op de greens. Had Alex sinds de middelbare school echt niet meer gespeeld?

Stond hij zichzelf daar voor schut te zetten? Probeerde Peter indruk te maken? Hij was een uitstekende golfer. Ooit was hij met vijfduizend dollar thuisgekomen die hij had gewonnen tijdens een of ander amateurtoernooi met een studievriend. Ik stelde me zo voor dat ze het voornamelijk zouden hebben over het weekend en dat Peter het gesprek al grappend op mij als Alex' zogenaamde vrouw zou proberen te brengen door te beginnen over huwelijksrechten of zo.

Als Eila gelijk had en het leven helemaal niet door iets bij elkaar werd gehouden, dan zou ik het onderwerp laten rusten. Ik besloot niet te vragen hoe het was gegaan en ik zou Alex er ook niet over bellen. Ik zou het laten rusten.

Maar toen ik thuiskwam van mijn werk, trof ik Alex op de bank aan met een biertje in zijn hand, zijn voet in een emmer met ijs, zijn broekspijp opgerold tot aan zijn knie. Ik was een beetje vroeg vanwege een stommiteit; een stel had besloten hun huis te verkopen en vervolgens te scheiden en beiden dachten dat de ander de restyling wel zou betalen. Ik was verbijsterd. Ik had niet geweten of ik hem ooit nog zou zien, maar daar zat hij, in levenden lijve, met zijn donkere krullende haar, zijn gebogen wenkbrauwen en lieve donkere ogen. Ineens voelde ik me schuldig, alsof ik hem zelf tevoorschijn had getoverd uit een intens verlangen hem weer te zien.

'Wat doe jij hier?' vroeg ik. 'Wat is er gebeurd?'

Toen liep Peter vanuit de keuken de woonkamer binnen met onze plastic automatische ijsklontjesemmer in de hand. 'Een ongelukkige botsing met een sprinklerkop,' zei Peter, waarna hij de rest van het ijs in de emmer gooide. Alex zette zich schrap en greep naar zijn dijbeen. Ripken gedroeg zich als een getrouwe verpleger en lag plichtsgetrouw aan zijn voeten. 'En een slechte timing van een verdwaalde eekhoorn.'

'Ik ben uit het karretje gevlogen,' zei Alex.

'Nou ja, hij heeft niet echt gevlogen,' zei Peter. 'Hij heeft geen vleugels.'

Ik liep naar hem toe en zag een gapende wond op Alex' scheenbeen. Hij tilde zijn been op en liet me zijn gezwollen enkel zien. 'Ik heb die eekhoorn helemaal niet gezien,' zei hij.

'Je keek de andere kant op,' zei Peter. 'Hij was snel. Het was een automatische reactie om uit te wijken.'

'Begin bij het begin,' zei ik.

Alex keek naar Peter en liet hem het woord voeren.

Peter nam een slok bier. 'Nou, we reden een heuvel af, met een behoorlijke gang. Alex en ik praatten wat. En hij keek naar die grote dure huizen. Je bent er nooit geweest, maar er staan daar prachtige oude huizen. Toen sprong er ineens een eekhoorn voor onze kar. Ik zwenkte. Alex had zich niet vastgehouden...'

'Ik had me niet vastgehouden,' zei Alex, alsof hij wilde zeggen: hoe kon ik nou weten dat ik me moest vasthouden?

'En hij vloog uit het wagentje...'

'Ook al heb ik geen vleugels.'

'En hij landde behoorlijk hard en verzwikte zijn enkel,' zei Peter. 'Vervolgens haalde hij zijn been open aan een sprinklerkop. We hadden dit nooit kunnen zien aankomen. Echt niet.'

'Nee,' zei Alex hoofdschuddend. 'Het is een mysterieuze reeks van gebeurtenissen. Ik kan zeggen dat ik de eekhoorn nooit heb gezien.'

'Die eekhoorn was gestoord,' zei Peter. 'Dat hij zomaar voor me sprong. Jim heeft hem wel gezien.'

'O ja?' vroeg Alex.

'Yep.'

'Ik zal waterstofperoxide halen,' zei ik.

'Nee, nee,' zei Alex, die huiverde en zijn voet uit de emmer trok. 'Het gaat wel. Ik doe dat er thuis wel op. Ik moet nu gaan.'

'Doe niet zo belachelijk,' zei ik. 'Met zo'n opgezwollen enkel kun je echt niet rijden.'

'Het is mijn linkervoet,' zei hij terwijl hij zijn broekspijp naar beneden rolde en zijn schoen oppakte, waarin een opgerolde sok zat. Hij keek me niet aan en hield zijn ogen op de grond gericht. Ik had het gevoel dat hij bang was om me aan te kijken. Wat zou er gebeuren als hij dat deed? Was er iets wat hij me wilde vertellen? 'Ik red me wel,' zei hij. 'Ik ben hier ook naartoe gereden.'

'Ik heb erop aangedrongen hem een emmer ijs, een pijnstiller en de zeggenschap over de afstandsbediening te geven,' zei Peter. 'Ik voel me hier heel rot onder, alsof het allemaal mijn schuld is.'

Alex wierp hem een blik toe, alsof hij wilde zeggen: als het niet jouw schuld is, wiens schuld dan wel? Maar daarna zei hij snel: 'Het gaat wel.' Hij pakte zijn sleutels en portefeuille en hinkte naar de deur met zijn schoen in de hand.

'Het gaat helemaal niet,' zei ik. Ik wist niet waarover ze in het golfwagentje hadden gesproken, maar wel dat Alex Peter niets over ons had verteld. Peter was te vrolijk gestemd. 'Ik help je naar de auto,' zei ik terwijl ik zijn schoen vastpakte.

'Sorry dat het zo is afgelopen,' zei Peter. 'Misschien de volgende keer...'

'Ik ben zo terug,' zei ik tegen Peter.

'Wat moet ik nu met al dit overgebleven ijs?' zei hij terwijl hij midden in de woonkamer stond.

Ik sloot de deur en haalde Alex in, die al op de knop van de lift had gedrukt.

'Wauw,' zei hij. 'Dat was klote.'

De deuren van de lift gingen open. We stapten naar binnen.

'Het spijt me echt,' zei ik terwijl ik op de knop naar de lobby drukte. 'Was Peter erg lelijk tegen je?'

'Er was helemaal geen eekhoorn,' zei hij. 'En...' Hij schudde zijn hoofd.

'Wat?'

'Ik weet het niet,' zei hij, terwijl hij zijn ogen sloot en met zijn rug tegen de wand van de lift leunde. 'Ik zou het je moeten vertellen...'

'Wat?'

'Niets,' fluisterde hij.

We liepen door de lobby naar de parkeerplaats aan de achterzijde. De hele wandeling ernaartoe verontschuldigde ik me voor Peter, voor zijn vrienden die zich soms gedroegen als klootzakken, voor het feit dat er geen eekhoorn was geweest. Ik zag Alex' oude brik staan, de wagen die hij van de kennis had gekocht die nu in Californië woonde. Ik maakte het portier voor hem open en legde zijn schoen op de passagiersstoel. Hij nam plaats achter het stuur. 'Gwen,' zei hij.

'Ja?'

'Ik weet niet hoe ik dit moet doen.'

'Wat?'

'Je weer verliezen. Je zou denken dat de oefenronde tijdens onze studietijd een opwarmertje zou zijn geweest, me op een of andere manier zou hebben voorbereid, maar dit keer is het erger. Hoe kan het zoveel erger zijn?'

Ik stond bij het portier van zijn auto. 'Ik wil niet verloren worden,' zei ik. 'Ik heb geen keuze.'

'Die heb je wel.'

'Ik ben een verbintenis aangegaan.'

'Maar geldt dat ook voor hem?'

'Wat?'

'Niets,' zei hij. 'Ik zoek gewoon naar uitwegen.' Hij huiverde alsof er zojuist een pijnscheut door zijn enkel was gegaan en schudde zijn hoofd. 'Ik hou van je. Ik wil dat je dat weet.'

Ik hield ook van hem, maar dat was het verschil tussen

hem en mij; ik wilde niet dat hij dat wist – hoeveel ik voor hem voelde, hoe intens – dat het door hem kwam dat ik me, zelfs op dit moment, zwak en gespannen voelde. 'Ik wil niet verloren worden,' zei ik weer. Dichterbij dan dit kon ik niet komen.

Een paar minuten later was ik weer terug in het appartement. Peter had het ijs weggegooid. Later, toen ik ging douchen, vond ik de berg ijsklontjes samengeklonterd in de afvoer van het bad. Hij was aan de telefoon. 'Ja, ja goed. Begrepen.' Hij praatte in het steno dat je gebruikt voor mensen van het werk. Toen hij ophing zei ik: 'Een verdwaalde eekhoorn?'

Hij haalde zijn schouders op. 'Jim heeft hem ook gezien. Een verdwaalde eekhoorn. Hij mag nog blij zijn dat het geen gans was. Die zitten daar overal en ik heb wel eens gezien dat ze een man aanvielen.'

'Dus Alex heeft geluk gehad?' zei ik. 'Zoveel geluk dat hij uit een golfwagentje is geworpen, zijn been heeft opengehaald aan een sprinklerkop en zijn enkel heeft verstuikt?'

'Hé,' zei Peter. 'Golf is wel een sport, hoor. Dat soort dingen gebeurt nu eenmaal.'

'Het is een bejaardensport.' Ik keek hem verbijsterd aan.

'Er is ontegenzeglijk sprake van lichamelijke conditie. Je zou versteld staan van het aantal golfblessures dat ik zie.'

'Een uit de kom geraakte kunstheup telt niet echt mee!' We dwaalden van het onderwerp af. Peter was bedreven in deze afleidingsmanoeuvres. Maar in dit geval maakte het niet uit. Ik had al besloten me erbij neer te leggen. 'Ik wil het er niet over hebben,' zei ik.

'De man kan absoluut niet golfen. Volgens mij heb ik nog nooit iemand gezien die zo slecht was. Hij zwaait niet, het lijkt wel of hij zichzelf in de grond probeert te schroeven.'

'Ik wil het er niet over hebben.'

Peter ging met een grom op de bank zitten. 'Hij mag al blij zijn als hij ooit goed genoeg wordt om een *snap hook* te ontwíkkelen. Hij sloeg een 114 en miste!' Peter klonk nu bijna opgewekt.

'Ik zei dat ik het er niet over wilde hebben!' riep ik terwijl ik naar de slaapkamer liep.

'Uit het wagentje geworpen worden is een overgangsrite, Gwen,' legde Peter uit, 'en zelfs dat deed hij niet goed.'

Ik bleef halverwege de gang staan, draaide me om en liep terug de woonkamer in. 'Dus je hebt hem moedwillig uit het wagentje gegooid?' zei ik.

'Nee,' zei hij. 'Niet echt. Er was een eekhoorn.'

'Hmm,' zei ik. 'Oké, ik wil het er nooit meer over hebben.'

'Oké,' zei hij. 'Dan ik ook niet.'

'Prima.'

'Prima.'

ZESENTWINTIG

*H*et werd snel herfst. De dagen werden korter en koele lucht begon het appartement binnen te dringen. De ramen klepperden door de wind. Het was een grijs, regenachtig seizoen dat slechts heel af en toe opklaarde door de zon. Mijn moeder is in de herfst gestorven, dus heeft dat jaargetijde altijd een vreemde invloed op me gehad. Met de gure kilte en de bladeren die van de bomen vallen en alles wat zijn gebladerte verliest is het sowieso een seizoen dat door de dood wordt gekweld. Deze herfst voelde ik me niet alleen gekweld door de vage herinnering aan mijn moeder, maar ook door die aan Vivian. Toen ze me verwarde met haar zusje Giselle, had ik haar beloofd dat ik 'hem de waarheid zou zeggen'. Er waren maanden voorbijgegaan en ik leefde nog steeds niet zonder angst. Elke dag had ik het gevoel alsof ik haar vertrouwen beschaamde en het werd steeds moeilijker om Vivians aanmoediging in mijn gedachten te negeren.

Ik wilde Alex bellen en naar zijn moeder vragen. Ik wachtte op nieuws, maar er kwam niets, en ik vroeg me af of ze nog leefde, of dat ze was gestorven en dat Alex niet in staat was geweest me te bellen of dat niet wilde. Ik vroeg me af of alles goed met hem was. Midden in een obsessieve nacht overtuigde ik mezelf ervan dat zijn moeder helemaal niet op sterven had gelegen, dat ze had gedaan alsof, om redenen die mij niet bekend waren. 's Ochtends wist ik dat het waanzin was, maar toch overwoog ik om zijn rooster bij het Hopkins te achterhalen om hem uit de collegezaal te zien lopen. Zo zou ik zijn gezichtsuitdrukking, zijn gang kunnen observeren – eigenlijk gewoon om mezelf ervan te vergewissen dat hij nog leefde. Ik ging zelfs zover dat ik zijn rooster online vond, maar wat een verwoestende klap voor mijn zelfrespect zou zijn gebleken, liet ik na. Ik verzette me tegen de neiging.

Ik dacht elke dag aan Alex, maar ik noemde zijn naam niet. Ik had het niet over hem tegen Peter, en Peter had het niet over hem tegen mij. Ik zorgde ervoor dat Eila geen filosofische vragen meer zou stellen over mijn leven – of het nu bij elkaar werd gehouden of niet. En ik vertelde Helen en Faith ronduit dat ik niet over Alex Hull wilde praten. Hij was 'van tafel'.

'Kunnen we dat doen?' vroeg Helen. 'Kunnen we hele onderwerpen van tafel halen? Hebben we überhaupt een tafel? Is dat gezond?'

Faith haalde haar schouders op. 'Ik vind het prima. Beschouw Hull wat mij betreft van tafel.'

Helen keek naar Faith en daarna weer naar mij. 'Prima,' zei ze. 'Maar op een dag zal ik misschien ook iets van tafel willen hebben. Ik wil dat dit een echt precedent is.'

'Maar we kunnen er geen gewoonte van maken. Het moet zoiets zijn als "verlaat de gevangenis zonder betalen" in het Monopolyspel. Voor eenmalig gebruik,' stelde Faith voor.

'Prima,' zei ik. 'Iedereen krijgt één "van tafel" zonder dat er vragen over worden gesteld. En dit is de mijne.'

Toen, op een dag, reed ik het parkeerterrein van een supermarkt af en zag ik hem een winkelwagentje terugrijden. Het was laat. Hij duwde het wagentje vooruit, ging toen op de stand onder het wagentje staan en gleed zo over de lege plekken via de heuvel naar beneden. Hij had een uitgestreken gezicht, keek bijna ernstig, en gedroeg zich enorm verantwoordelijk. Ik bracht mijn wagentjes nooit terug.

Ik overwoog om naar hem toe te rijden, maar ik had geen idee wat ik tegen hem moest zeggen. Ik had willen weten of hij nog leefde. Hij leefde dus nog. Ik keek naar hem terwijl hij zijn handen in zijn zakken stak en terugliep in de richting vanwaar hij was gekomen. Hij liep niet meer mank, zijn enkel was genezen. Uiteindelijk kwam hij aan bij zijn oude brik. En daar, op de passagiersstoel, zat een vrouw met een knap gezicht en kort bruin haar. Haar mond begon te bewegen zodra hij achter het stuur zat. Was zij iemand met wie hij een gesprek kon voeren dat een leven lang zou duren? Hij knikte, reed de parkeerplaats af en verdween in het verkeer.

En daar zat ik, verbouwereerd. Had hij een relatie – iemand met wie hij een wagentje vol boodschappen kon kopen in plaats van één lullige limoen? Was hij zo snel al over me heen? Ik niet over hem. Ik was nog niets dichter in de buurt van over hem heen zijn dan toen in die roeiboot op het meer. Uiteindelijk rechtte ik mijn rug, schudde mijn hoofd en zei hardop: 'Fijn voor hem.' Maar ik geloofde het zelf niet eens. Ik wilde het nog een keer zeggen, met meer overtuigingskracht, maar mijn keel zat dicht. Ik kon geen woord meer uitbrengen.

Misschien had Alex zijn leven weer opgepakt. Ik kon het niet accepteren, maar deed mijn best. Toch kon ik niet alles uit mijn tijd bij de familie Hull wegstoppen. Ik besloot dat ik de confrontatie met mijn vader moest aangaan. Ik kon geen dag meer voorbij laten gaan.

De eerstvolgende zondag ging ik naar het huis van mijn vader voor de lunch. Het was een paar dagen na zijn verjaardag.

Mijn vader had een hekel aan alles wat maar in de buurt kwam van een viering voor hem. Als ik zijn verjaardag ter sprake bracht in de weken eraan voorafgaand, waarschuwde hij me streng dat hij het niet wilde vieren. Ik werd dus altijd gedwongen de dag in kwestie over te slaan en kon alleen erna iets doen, mits ingetogen. Toen Peter zag dat ik een Duitse chocoladetaart voor hem maakte – mijn vaders lievelingstaart – uit een pak, had hij aangeboden mee te gaan met de toevoeging: 'Hoewel ik weet dat hij meteen gaat roepen dat hij al die moeite niet waard is.' Dat was waar.

'Hij kan een gewone cake speciaal voor hem gebakken al nauwelijks aan,' bracht ik hem in herinnering. Als ik Peter mee zou nemen, zou het bijna op een feestje lijken, en mijn vader zou zich de hele tijd verontschuldigen dat we zoveel moeite hadden gedaan.

Ik nam de Duitse chocoladetaart mee. Mijn vader had zijn specialiteit bereid – gebakken zalmtaartjes van zalm uit blik. Ik was zenuwachtig en had geen trek. Ik keek toe terwijl hij at, en voordat hij een hap van zijn taartje nam, zei ik tegen hem dat hij een wens moest doen. Kaarsen hadden we niet.

'Een wens?' zei hij. 'O, nou, ik wil alleen maar dat jij gelukkig bent.'

'Je hoort iets voor jezelf te wensen,' zei ik. 'Het is jóúw verjaardag.'

Hij wierp me een wetenschappelijke blik toe waarmee hij leek te zeggen: dat ís een wens voor mezelf, lief uilskuikentje. Hij at zijn taartje en drukte de kruimels plat met zijn vork.

'Als je je wens niet gaat gebruiken, doe ik het,' zei ik.

'Ga je gang – je weet dat ik een hekel heb aan verspilling,' zei hij.

'Dan is mijn wens dat je me de waarheid vertelt.' Ik staarde naar zijn bord. Ik kon hem niet aankijken.

'De waarheid? Over wat?'

Ik voelde de tranen achter mijn ogen prikken. 'Mama,' fluisterde ik, terwijl ik worstelde om mijn stem terug te vinden. 'Wat is er echt gebeurd? De waarheid...'

Het was stil in de kamer. De verwarming sloeg aan en begon te zoemen. Mijn vader legde zijn hand op de mijne. 'Ik wil je iets laten zien.'

'Oké.' Ik voelde me een beetje wankel, al was het alleen maar omdat dit zo ongewoon voor hem was. Het was alsof we in een of andere nieuwe fase van onze relatie waren beland, en ik was gedesoriënteerd. Hij was altijd de gids geweest – degene die het voorbeeld gaf, hoe je dingen liet rusten, hoe je ze vermeed.

Ik volgde hem naar boven, naar de overloop, waar hij aan het dunne touw van de vlizotrap naar zolder trok, die zich als spichtige benen vanaf het plafond uitstrekte naar beneden.

'Wat is daar?'

'Kom mee naar boven,' zei hij. Hij klom als eerste de trap op, waarbij de scharnieren zich spanden en de trap begon te kraken. Nadat hij aan het touwtje van het peertje had getrokken, klom ik ook naar boven. De lucht was koel en droog. Het was een reusachtige zolder die over de hele lengte van het huis liep. In de hoek stond de kunstkerstboom; aan de takken bungelde nog wat engelenhaar. De rest van de ruimte was gevuld met dozen, volgestopt van de grond tot het plafond. Ik herkende de doos waarop met zwarte marker GWEN geschreven stond. Daarin zaten mijn jaarboeken, baret en toga, een paar rapporten van de basisschool, die waarschijnlijk door motten waren aangevreten, en een paar trofeeën. Ik had me nooit afgevraagd wat er in de rest van de dozen zat – elk huis had dozen. Ik huiverde en sloeg mijn armen over elkaar.

'Kijk uit,' zei hij. 'Alleen op de balken staan.' De rest van de vloer bestond uit vervaagd isolatiemateriaal.

'Hier heb ik alle breiwerkjes van je moeder opgeslagen. Ik heb ze in dozen gedaan en hier neergezet. Ik wist niet wat ik er anders mee moest doen.'

'Welke dozen?'

'Allemaal.'

Ik was verbijsterd en keek om me heen. Er stonden minstens vijftig dozen, grote dozen die waren dichtgetapet en waar niets op stond. 'Al deze dozen zijn gevuld met breiwerkjes? Allemaal?'

'De punchschaal van mijn moeder zit in die doos en daar zitten een paar oude ingelijste foto's in,' zei hij terwijl hij wees. 'Maar in de rest zit breiwerk,' zei hij. 'Tot aan de rand toe gevuld.'

'Maar, hoe is dat mogelijk? Het is zoveel!' zei ik. 'Had ze daar dan zoveel tijd voor?'

'Ze sliep niet veel,' zei hij.

'Maar dan nog…' Ik liep via een balk naar een stapel dozen en liet mijn vingers over de stoffige bovenkanten glijden.

'Ze breide veel,' zei hij.

'Maar zóveel? Dat is toch gekkenwerk,' zei ik terwijl ik langzaam ronddraaide om het allemaal in me op te nemen.

'Ja,' zei hij snel.

En toen draaide ik me om en keek hem aan. Hij tikte nerveus met zijn vingertoppen tegen elkaar. 'Het is echt gekkenwerk,' zei ik weer, deze keer serieus.

'Klopt,' zei hij.

'Dus wat je eigenlijk wilt zeggen,' zei ik, 'is dat mijn moeder gek was?'

'Ze leed,' zei hij terwijl hij zijn handen in elkaar sloeg en zijn hoofd boog, bijna in een gebedshouding. 'Dat is iets anders.'

Ik dacht aan mijn moeder. Had ze geleden? Ik had het nooit overwogen. Ze was dood. Dat was al genoeg geweest om te verwerken, om me schuldig over te voelen. Maar ze had geleden. 'In welke zin?'

'Nou,' zei hij. Hij was ineens rood aangelopen van woede. '"Gek" klinkt alsof ze iets met opzet heeft gedaan, voor de lol! Uit losbandigheid en gekte!'

'Zo bedoelde ik het niet,' zei ik verontschuldigend.

'Dat weet ik,' zei hij. 'Sorry.'

'Maar er is gewoon zoveel,' zei ik terwijl ik een stap naar voren deed.

'Voorzichtig,' bracht hij me in herinnering. 'Alleen op de balken staan.'

Ik zette mijn voet veilig op een balk. 'Het komt zo triest op me over,' zei ik terwijl ik aan de tape op het deksel van de dichtstbijzijnde doos trok. 'Er is gewoon zoveel... lijden,' zei ik. 'Waarom heb je me dit niet eerder laten zien?'

'Ik wist niet of je het wilde zien, het wilde weten. Ik dacht dat je het misschien eng zou vinden om te horen.'

'Ik had het recht om het te weten!'

Mijn vader keek om zich heen. Hij streek het weinige haar op zijn hoofd naar achteren en zei toen: 'Dat is zo. Ik wilde je alleen niet bang maken.'

Ik wist niet wat hij daarmee precies bedoelde, maar ik had het gevoel dat hij insinueerde dat ik op een of andere manier breekbaar was. 'Dacht je soms dat ik bang zou zijn dat ik ook gek zou worden?'

'Ik weet het niet,' zei hij. 'Toen je nog klein was, maakte ze je soms bang. Dan lag je met je hoofdje in haar schoot en dan neuriede ze je in slaap terwijl ze al die tijd verwoed zat te breien. Je wist dat er iets mis was – zoals kinderen dingen weten zonder het te weten... Ik zag het aan de manier waarop je soms naar haar keek. Ik kan het niet uitleggen.'

Ik had behoefte aan feiten. 'Ze was dwangmatig.'

Hij schudde zijn hoofd. Het was duidelijk dat hij het nog

steeds niet gemakkelijk vond om over haar problemen te praten. 'Ze leed.'

'Was ze depressief?'

'Ja,' zei hij terwijl hij zijn vest dichtknoopte. 'Ze was angstig en depressief, allebei.'

Ik keek weer naar de dozen. Het leek alsof ze van alle kanten druk op me uitoefenden. 'Ik wil ze allemaal openmaken,' zei ik.

'De dozen?'

'Ja.'

'Nee, niet doen,' zei hij met vochtige ogen. 'Het is te veel. Alles is bovendien ingepakt. Laat het zo.'

'Ik wil ze allemaal openmaken,' zei ik weer. 'En dat ga ik doen.' Ik draaide me om en keek hem aan. Daar stond hij, zijn handen in elkaar geslagen in een houding die ik niet herkende. Een smekende? 'Wat had je dan verwacht?'

'Ik weet het niet,' zei hij. 'Ik dacht dat je wilde dat ik je iets over haar vertelde. Dit is wat ik je kon bieden.'

'Ik ga ze allemaal openmaken,' zei ik.

'De dozen zijn zwaar. Ik zal je helpen ze naar beneden te tillen,' zei hij. 'Laat me je helpen.'

Ik begon snel, eigenlijk onbesuisd. Urenlang rommelde ik, pakte ik dingen op, maakte ik stapeltjes van opgevouwen dekens, sweaters, wanten en sokken. Nadat ik een zekere orde had bereikt, spreidde ik een van mijn moeders dekens uit over de vloer. Ik knielde erop, mijn ogen wazig van de tranen. Er zaten kwastjes aan en ik herinnerde me nog vaag hoe wollig die aanvoelden. De hoeveelheid breiwerk – sjaals, kussenhoezen, mutsen, sweaters – vertelde me één verhaal, maar ik besloot één deken in het bijzonder grondig te bestuderen, eentje maar, om te kijken of ik iets over haar te weten kon komen via alleen dat breiwerk. Ik wist heel weinig van breien af. Ik had maar heel kort zelf gebreid, tijdens mijn studie. Het had me in die tijd aan mijn moeder doen denken. Ik had alleen geweten dat ze dingen voor me breidde toen ik klein was. Ik had geen idee dat het een obsessie was geweest. Ik liet mijn vingers over de steken glijden alsof ik braille probeerde te lezen.

Mijn vader bracht me een kop thee en wandelde af en toe binnen om op fluistertoon te vragen of ik nog iets anders wilde.

'Nee, dank je,' zei ik dan.

Dan bleef hij even staan en wachtte tot ik hem zou vertellen wat ik zag, of tenminste waar ik naar zocht, maar ik had op beide fronten niets te melden. Dan zei hij: 'Oké, laat maar weten als je iets nodig hebt', en ging dan weer met zijn aantekeningen aan de eetkamertafel zitten.

Een van de dingen die meteen duidelijk werden, was dat mijn moeder niet dwangmatig was als het aankwam op de perfectie van haar werk; verre van dat. Er waren rijen die strak en golvend waren, te dicht bij elkaar en dicht geknoopt, en vervolgens was er dan weer een tijdje regelmatigheid, maar de kleine knopen kwamen steeds weer terug. En dan waren er losse stukken, alsof die in een periode van afleiding waren gemaakt. Ik nam aan dat ik die afleiding was. Onder in een van de dozen lagen grote boeken over breien. De bladzijden hadden ezelsoren. Ze had bepaalde patronen en lessen met een blauwe pen omcirkeld en vanaf een bepaalde plek met een paars potlood – omdat dat toevallig voorhanden was? Maar de andere steken – kantsteek, kabelsteek, ribbelsteek – ontbraken. Ze leek zich tot de basis te beperken.

Ik knielde neer op de deken die uitgespreid op de grond lag. Ik zag het patroon van een paar dagen – de ingewikkelde stroom van emoties, een beladen vertwijfeling die overging in een kronkelende wanhoop, de zangerigheid van angst en depressie. Ik riep mijn vader de kamer in. Hij was er direct, alsof hij aan de andere kant van de deur had staan wachten. Zijn wangen waren gekleurd, zijn ogen verwachtingsvol.

'Ik heb een vraag,' zei ik, en ik stond zo snel op dat het me begon te duizelen. Ik hield met een hand de deken vast en kneep in een wollige kwast.

'Ja?' Dat was mijn vader, staand in de deuropening, met naar buiten gedraaide voeten, zijn vest dichtgeknoopt, zijn wangen zacht en roze, zijn snel bewegende ogen.

Ik wilde dat ik de vraag op een of andere manier kon verzachten, het gemakkelijker voor hem kon maken, maar ik wist niet hoe ik het anders moest brengen, en hoe graag ik hem ook wilde beschermen, ik had genoeg van bescherming – zijn bescherming van mij en mijn bescherming van hem. Ik was het zat om dingen te verbergen. 'Was ze suïcidaal?' vroeg ik.

Hij verstijfde even en knikte toen. Het werd stil in de kamer. In de verte hoorde ik een bladblazer. Zijn ogen werden vochtig en toen schudde hij weer zijn hoofd. 'Ze zou nooit hebben geprobeerd zelfmoord te plegen met jou bij haar in de auto. Dat zou ze nooit gedaan hebben.'

'Waar reed ze die avond met mij in de auto naartoe?'

Hij ging in een fauteuil zitten en wreef over zijn kin alsof hij het trillen probeerde te stoppen. Hij leek klein en breekbaar. 'Ze ging bij me weg,' zei hij in een snelle uitademing van lucht.

'Bij je weg?' Ik ging op de bank zitten en staarde naar alle stapels breiwerk, de stapels boeken, de leeggehaalde dozen. 'Waarom heb je me dat niet verteld?'

'Ze zou zijn teruggekomen,' zei hij, hoewel er twijfel doorklonk in zijn stem. 'Dat weet ik zeker.'

'Hadden jullie ruzie gehad?' Ik kon me niet herinneren dat mijn ouders hun stemmen verhieven naar elkaar, geen kibbelpartijtjes, geen geschreeuw. Toen ik jonger was, had ik gewenst dat hun relatie minder stabiel was geweest zodat ik herinneringen had kunnen hebben – zelfs slechte waren beter dan een aantal vage nostalgische beelden waaraan ik me niet kon vasthouden.

'Nee,' zei hij. 'Daar was ze te breekbaar voor. Ze had helemaal geen vechtlust in zich. Zo was ze niet. Het was afslijting, zei ze tegen mij. Ze voelde zich afgesleten en wilde bij me weg om te kijken wat dat gevoel betekende.'

'Waar reed ze naartoe?'

'Naar een vriendin, iemand die ze nog kende uit haar Mount Holyoke-periode.'

'Hoe is het ongeluk gebeurd?' vroeg ik.

'Dat weet ik niet precies,' zei hij. 'De wegen waren nat. Er waren wegwerkzaamheden. Ze was uitgeput en had dagenlang niet geslapen.' Ik stelde me haar voor, rukkend aan het stuur in een verwarde slapeloze toestand, de vochtige lucht, de knipperlichten – misschien waren ze eerder desoriënterend geweest dan verhelderend. Misschien was ze toen al weggedommeld.

'Maar iemand heeft mij gered.'

'Ja,' zei hij. 'Martin Mendez heette hij. Een vreemde. Ik heb nog een keer koffie met hem gedronken.'

'Heb je koffie met hem gedronken?' Ik was verbijsterd. Martin Mendez en mijn vader – twee mannen in een restaurant, pratend over... wat precies? Had hij de plaats van het ongeluk beschreven, de slippende auto, hoe mijn moeder dood was gegaan?

'Ik vond dat ik zoveel mogelijk te weten moest komen,' zei mijn vader rustig. 'Het was een goede vent. Hij is een paar jaar geleden overleden.'

'Wat zei hij?'

'Hij zei dat hij het ongeluk had gezien. Hij zag haar auto

243

het water in denderen. De auto liep meteen vol.' Mijn vader stopte even. 'Hij zei dat het water koud was. Maar toen hij erin dook, zag hij jou met armen en benen slaan en haar niet. En dus heeft hij jou eerst gered. Tegen de tijd dat hij uit het water kwam, stond er nog iemand aan de kant. Hij dook opnieuw het water in en trok je moeder eruit, maar ze was al overleden. Waarschijnlijk was ze op slag dood.'

Ik draaide me om en keek uit het erkerraam naar de voortuin vol onkruid, het afbrokkelende voetpad, de roestige brievenbus, een jongen die met een terriër door de lege straat liep. 'Als je me dit eerder had verteld, had ik Mendez die vragen zelf kunnen stellen.' Martin Mendez was dood. Ik zou zijn versie van het verhaal nooit zelf horen en kunnen gebruiken om mijn herinnering weer op te bouwen.

'Het spijt me,' zei mijn vader, maar ik weerde zijn verontschuldigingen af.

Ineens sprong ik woedend op. 'Ik wil die brug zien. Wat voor auto was het? Ik wil met het ambulancepersoneel praten. Die zijn toch zeker gekomen? Ik wil met ze praten!'

Mijn vader stond op. 'Nee, nee,' zei hij. 'Het is geweest. Het is geschiedenis.'

'Ik wil met het ambulancepersoneel praten!' schreeuwde ik.

Mijn vader liep naar me toe en raakte mijn schouder aan. Ik schudde hem af en hij liet zijn hand langs zijn zij hangen. 'Lieverd,' zei hij. 'Gwen.'

'Moet je dit nu allemaal zien,' zei ik terwijl ik naar de doorzochte dozen, de stapels truien, mutsen en wanten, de stapels breiboeken, de deken op de grond wees. Dit geheim dat mijn vader al die jaren had bewaard, dozen vol geheimen, en nu uitgepakt, bevrijd. Ik vroeg me af waarom hij het nodig had gevonden om zo stevig aan het geheim vast te houden. 'Als je het me eerder had verteld,' zei ik. 'Als je dat had gedaan... had ik zelf conclusies kunnen trekken. Al deze dozen, het is allemaal zo ongezond, zo akelig, dat ze daarboven jarenlang opgestapeld hebben gestaan. Hoe heb je zo kunnen leven? Hoe heb je kunnen leven en ademen met al die zware dozen op zolder die verstoften, vlak boven je hoofd?'

'Het is geweest,' zei hij weer.

'Waarom heb je me niet gewoon gezegd dat ze bij je weggaging? Al die jaren heb ik mezelf op zoveel domme manieren de schuld gegeven... Waarom heb je de waarheid niet verteld?'

Hij staarde naar zijn handen. 'Ik dacht dat ik alle schuld op me had genomen,' zei hij. 'Ik dacht dat ik je spaarde.'

'Nee,' zei ik. 'Dat had je verkeerd.' Ik pakte mijn tas en liep naar de deur. 'Dat had je helemaal verkeerd.'

ZEVENENTWINTIG

*V*an de rit naar huis kan ik me niets meer herinneren, alleen nog dat toen ik het appartement in kwam, Peter een stoofschotel aan het maken was – een van zijn moeders recepten. Ik realiseerde me dat ik een aantal afspraken was vergeten, waaronder het etentje waarvoor we onze eigen gerechten zouden meebrengen. Voor dergelijke gelegenheden maakte Peter steevast deze stoofschotel. Hij droeg zijn dikke witte kokschort, dat hij altijd droeg wanneer hij dit gerecht bereidde.

Er had zich in mijn hoofd een nog niet helemaal voltooide theorie gevormd over de rol van geheimen in ons privéleven. Ik had niet kunnen verwoorden hoe vaak die onnodig gevaarlijk konden zijn. Mijn vader had me mijn moeders breiwerk laten zien. Hij had uiteindelijk zijn geheimen prijsgegeven. Daardoor was alles veranderd. Mijn moeders breiwerk, de zolder die zo zwaarbeladen was met al haar treurige en krampachtige breisels – het was te veel. Ik had besloten niet langer te leven met geheimen.

Ik legde mijn sleutels en mijn tas op de eettafel. Ik liep naar de keuken. Peter was bezig het gerecht te bedekken met broodkruim en keek op. Ik staarde hem een poosje aan. Ik wist dat ik op het punt stond alles te veranderen, en ik wilde een laatste blik, een laatste glimp opvangen van deze man. Ik hield van Peter zoals hij hier stond in zijn schort, met zijn snelle handen en brede schouders. Ik vond het heerlijk zoals hij naar me keek en glimlachte, als een jongetje dat trots is op zichzelf omdat hij zo volwassen is. Ik had medelijden met hem omdat ik wist wat komen ging. Ik wilde hem sparen. Ik zou het gedaan hebben als ik kon. Ik zou hem naar een toekomst hebben getransporteerd waarin wij tweeën misschien vrienden konden zijn – zoals kameraden die zij aan zij soldaat waren geweest in deze fraaie loopgraven die we voor onszelf hadden gegraven. Ik zou dit leven missen, dit appartement, deze dampige keuken, deze man. Maar hij zou nooit genoeg voor me zijn. Ik kende de waarheid, en het werd tijd dat ik die uitsprak.

'Ik ben verliefd op Alex Hull.'

Hij pauzeerde even en zette het blik met broodkruim op het aanrecht. Hij keek me niet aan. 'Wat?'

'Ik ben verliefd op Alex Hull.'

'Ben je met hem naar bed geweest? Heb je een affaire?'

Deze reactie maakte me razend en kwam me roekeloos bezitterig en vernederend voor, en toch was het voor hem zo vanzelfsprekend. 'Nee,' zei ik. 'Het is nog erger.'

'Nee,' zei hij. 'Seks met hem hebben zou het ergste zijn, geloof mij maar.'

Ik antwoordde niet. En ik verroerde me niet. Ik stond daar maar.

'Verlaat je me voor Alex?' vroeg hij, en toen lachte hij, alsof dat absurd was. Volgens mij moet het allemaal absurd zijn overgekomen.

'Nee,' zei ik. 'Volgens mij heeft hij iemand anders.'

'Dus je bent verliefd op iemand die al iemand anders heeft,' zei hij, alsof hij dit probeerde af te doen als een kwestie van dwaasheid in plaats van verraad.

'Ik verlaat je niet voor Alex.' Ik was nog niet zover gekomen in mijn denken, maar een vreemd gevoel van kalmte overviel me. Ik zei, behoorlijk logisch: 'Maar ik denk niet dat ik getrouwd met jou kan blijven terwijl ik verliefd ben op een ander.'

'Alsjeblieft,' zei Peter. 'Er zijn zoveel mensen die dat doen.' Hij pakte de stoofschotel, duwde hem met een woeste por in de oven en zette de timer.

'O ja?' vroeg ik. Was dit zijn definitie van het huwelijk? Hoe hadden we zo lang kunnen samenleven terwijl ik niet wist dat hij er zulke ideeën op nahield? En hij had het gezegd met zo'n stellige overtuiging dat het me schokte.

'Zeker weten. Natuurlijk. Doe niet zo naïef. Je komt wel weer over Alex heen. En dat was het dan.' Zijn toon was nu nonchalant. Waarom deed hij zo neerbuigend? Ik zou wel over Alex heen komen en dat zou dan dat zijn? Ik was razend, maar tegelijkertijd wist ik dat ik hem niet onder druk moest zetten. Hij reageerde op zijn manier. Maar toch was ik verward door wat hij zei. Want wat zei hij nu precies? Bedoelde hij dat mensen het voortdurend doen – getrouwd blijven terwijl ze verliefd zijn op iemand anders?

'Is het jou ook overkomen?' vroeg ik.

'Wat?' Hij pakte een biertje uit de koelkast en trok het open.

'Ben jij verliefd geweest op iemand anders terwijl je met mij getrouwd was?'

'Nee,' zei hij, terwijl hij zijn hoofd schudde en waarschuwend een vinger naar me uitstak. 'Absoluut niet. Draai de rollen nu niet om.' Hij trok zijn schort ruw over zijn hoofd en stak hem door het handvat van de koelkast. 'Doe er iets aan,' zei hij. 'Dat is wat ik hierop te zeggen heb. Doe er gewoon iets aan.' Hij liep naar de woonkamer.

Ik bleef even staan en toen zei ik: 'Peter, ik weet niet hoe ik er iets aan moet doen.' Ik liep terug naar de eettafel en pakte mijn tas en sleutels.

'Ga je weg?' Hij toonde eindelijk iets van echte woede. 'Je kunt tijdens een ruzie niet weglopen.'

'Hebben we ruzie dan?' vroeg ik.

'Nee,' zei hij hoofdschuddend. 'Natuurlijk niet. Je vertelt me dat je verliefd bent op iemand anders en we hebben geen ruzie! Dat hebben we dus niet!'

'Ik ga een poosje weg.' Mijn maag keerde zich om. 'Ik wil alleen zijn.'

'We hebben vanavond een etentje,' zei hij. 'Bij Faith. Ben je dat vergeten?'

'Ik moet gaan,' zei ik, en ik vertrok.

Ik reed een uur of wat rond, dacht na over onze ruzie en zag in gedachten mijn moeders strakke en later lossere steken voor me. Ik stelde me voor dat ze aan het rijden was, zoals ik nu, terwijl het duister inviel en daarna de avond. Ik was weggelopen van zowel mijn vader als mijn man. Ik voelde me buiten mezelf, geïsoleerd, onzichtbaar. Niemand wist waar ik was, wat ik deed of wat ik zou gaan doen. Ik wist het zelf ook niet.

Uiteindelijk vroeg ik me af waar ik naartoe kon gaan. Ik moest met iemand praten. Ik kon toch niet eeuwig blijven ronddwalen? Faith zou mijn eerste keuze zijn geweest, maar zij verwachtte gasten. Dan bleef Helen over, die mannen en relaties en liefde begreep vanuit haar eigen bijzondere inzicht. Ze zou waarschijnlijk niet naar Faiths etentje gaan, ze zou zeggen dat het een grote getrouwde kliek was, nog net niet te banaal om te kunnen verdragen. Het was een zondagavond. Ik hoopte dat ze thuis was.

Ik klopte aan de deur van haar appartement. Ik hoorde haar binnen jachtig in de weer zijn. Helens lichaam leek zijn eigen entourage van rusteloze gebaren te hebben die haar overal volgde.

'Wie is daar?' riep ze.

'Ik ben het,' zei ik. 'Gwen.'

Het jachtige gedoe stopte even en toen zwaaide de deur open. Ze keek me aan en ik vroeg me af hoe ik eruit moest hebben gezien – verwilderd, verward, bleek? 'Gwen?' zei ze. 'Wat is er?'

Ze trok me naar binnen en dirigeerde me naar de lange witte bank. Ik zei niets. Ik wist niet waar ik moest beginnen.

'Oké,' zei ze. 'Wacht even.' Ze pakte een fles wijn en twee glazen. Ze schonk een glas vol en gaf het aan mij. 'Au Bon Climat, 2005. Pinot noir. Probeer maar.'

Ik nam een slok, sloot mijn ogen en liet de wijn rondgaan in mijn mond. Hij was zacht en goed. Toen ik mijn ogen weer opendeed, knikte ik. 'Heel lekker.'

'Nou, vertel,' zei ze.

En dat deed ik. Ik praatte en praatte en praatte. Ze onderbrak me niet. Ze leunde achterover. Ze knikte. Ze nipte aan haar wijn. Ik huilde niet. Ik voelde zelfs geen tranen opkomen. Ik deed gewoon verslag van de laatste paar maanden van mijn leven: Alex Hull, zijn moeder, zijn zusje, Bibi en de nestelende adelaars, het golfuitje, Alex op het parkeerterrein van de supermarkt, de vrouw in zijn auto, mijn vaders bekentenis, mijn moeders breiwerk, haar ongeluk, mijn ruzie met Peter, alles. Ik praatte heel snel, maar ook met een zekere kalmte. Ik vertelde door tot aan dit moment, op haar bank, met de wijn. En ik keek naar haar. 'Daarom ben ik hier,' zei ik.

Ik keek Helen aan en besefte dat ik dit verhaal had verteld terwijl ik in het niets staarde, om me heen keek in het appartement, zonder oogcontact te maken. Het verraste me nu dat haar gezicht rood was, de bleke huid van haar hals vlekkerig.

Haar natte ogen keken rond in de kamer. 'Ik weet niet wat ik tegen je moet zeggen,' zei ze.

'Je hebt altijd iets te zeggen, tegen iedereen.'

'Dit keer niet,' zei ze. 'Je moet Peter bellen. Je moet met hem praten.'

'En dat was het?' Ik leunde achterover en staarde haar aan.

'Bel hem,' zei ze. 'Hij zal zich zorgen maken over waar je bent. Hij houdt van je.' Ze stond op en zei: 'Excuseer me even. Ik moet naar het toilet.'

Ik bleef een tijdje zitten. Ik vroeg me af of dit de reden was dat Helen nooit was getrouwd, dat het haar ontbrak aan inzicht als het eropaan kwam, of dat ze dichtklapte, zoals nu, op cruciale momenten.

Maar ik besloot ook dat ze gelijk had. Simpel gezegd had ze me gezegd wat ik moest doen. Peter zou zich zorgen maken. Hij hield inderdaad van me. Ik graaide in mijn tas naar mijn mobieltje en besefte toen dat ik hem in mijn auto had laten liggen. Helens mobieltje lag op de salontafel. Ik pakte het op en toetste Peters mobiele nummer in.

Hij ging over, maar slechts een keer, en toen was daar Peters stem. Ik hoorde meteen dat hij gedronken had. Ik zei niets. 'Hé,' begon hij, 'waarom heb je niet gebeld? Ik zat op je telefoontje te wachten. Heb je mijn sms'jes ontvangen?'

Even was ik opgelucht dat hij was gaan drinken omdat ik weg was gegaan en dat hij wanhopig op mijn telefoontje had zitten wachten, maar het moment ging snel voorbij. Ik antwoordde niet – want dit was Helens telefoon, niet die van mij. Peter dacht dat Helen hem belde, niet ik. *Hé, waarom heb je niet gebeld? Ik zat op je telefoontje te wachten. Heb je mijn sms'jes ontvangen?* Zijn stem klonk heel intiem, vertrouwelijk en dringend. Mijn hart begon zo hard te kloppen dat ik het in mijn oren hoorde. Mijn maag voelde licht, alsof hij gevuld was met lucht. Ik klapte de telefoon dicht.

Helen liep de kamer weer in. Ze zag er nu zo ordinair uit. Helen. Ze was een verraadster. Al haar doorzichtige jurken, haar gefladder en gedraai, haar wilde gebaren, het was allemaal een dekmantel. Waarvoor? Deze ordinaire vrouw met ordinaire behoeften. Ze was een onmens, een dievegge. Ik stelde me ons allemaal ineens als beesten voor. Dat is alles wat we zijn. Beesten. 'Heb je hem gebeld?' vroeg ze.

Ik knikte, maar het was niet meer dan een licht schokken van mijn hoofd. Ik legde haar mobieltje terug op de salontafel.

Ze keek naar de telefoon en toen naar mij. 'Heb je…' Ze deed een stap in de richting van de telefoon en bleef toen staan. Ze pakte haar ene hand met de andere vast, alsof ze wilde voorkomen dat de ene de verkeerde beweging zou maken. 'Je hebt mijn telefoon gebruikt,' zei ze.

Ik sloeg het hengsel van mijn tas over mijn schouder en stond op.

'Wacht,' zei Helen. 'Wat zei hij?'

Ik liep naar de deur.

'Gwen,' zei ze, en toen nam ze haar toevlucht tot de gebruikelijke zenuwachtige gebaren, die allemaal niets betekenden. Ze zei: 'Het was niet gepland.'

En dit was de bevestiging. Zij en Peter hadden een affaire. Ze zuchtte en wilde haar hand op mijn arm leggen. Ik maakte een afwerend gebaar. Ik trok de deur open en stormde door de gang, het tapijt met motief bewoog snel onder mijn voeten, de gele muren gleden voorbij.

'Gwen!' schreeuwde Helen. 'Gwen!'

Toen ik weer buiten stond, lag er sneeuw. Het was nog maar begin november, dus ik was enigszins gedesoriënteerd. Ik kon me ineens gemakkelijk voorstellen dat ik me in een andere wereld bevond. De sneeuw had de grond en mijn kleine Honda bestoven en kwam nog steeds naar beneden gedwarreld. De hele wereld was bedekt met een tapijt van sneeuw.

Ik stapte in mijn auto, startte de motor en zette de ruitenwissers aan. De sneeuw was licht en droog. Ik zette de auto in de eerste versnelling en reed langzaam door de straten. Peter en Helen hadden een affaire – dat stond als een huis in deze andere wereld. *Hé, waarom heb je niet gebeld? Ik zat op je telefoontje te wachten. Heb je mijn sms'jes ontvangen?* Wanneer was het begonnen, vroeg ik me af. Al voordat ik Alex' zogenaamde vrouw was geworden? Erna? Had Peter dit gedaan om me terug te pakken? Ik herinnerde me die keer dat hij over Helens schoot heen boog en in haar corsage beet. Waren ze toen al samen? Had hij niet een hekel aan Helen? Hij had gezegd dat ze lachte als zo'n wiebelend speelgoedje dat omvalt als je de onderkant indrukt. Hadden ze al een affaire toen we aan het lunchen waren en ze vertelde dat ze relaties had opgegeven en zichzelf alleen nog maar romances toestond? Ze had ons tijdens die lunch gedwongen dankbaar te zijn voor wat we hadden. Had ze me gestraft omdat ik niet dankbaar genoeg was geweest?

Ik reed verder de stad in. Aan weerszijden verrezen de flatgebouwen. En toen ging mijn mobiele telefoon, die nog precies lag waar ik hem had achtergelaten, op de passagiersstoel. Ik pakte hem op en keek naar het schermpje.

Het was Alex Hull.

Wat kon hij in vredesnaam willen? Wist hij het? Had hij gevoeld dat er iets mis was? Ik was nu zover dat ik alles geloofde. In deze andere wereld heersten andere regels.

Maar ik was opgelucht dat hij belde, dankbaar. Ik wilde zijn stem horen om die van Peter uit te kunnen wissen. *Hé, waarom heb je niet gebeld? Ik zat op je telefoontje te wachten. Heb je mijn sms'jes ontvangen?*

'Hallo,' zei ik terwijl ik op een lege parkeerplaats ging staan.

'Ik weet dat ik niet hoor te bellen, maar Peter slaat golfballen tegen mijn huis.' Ik hoorde hem rommelen. Ik hoorde
een gedempt: 'Allemachtig!' En toen kwam zijn stem weer
helder door. 'En hij heeft een behoorlijk goede swing!'

'Golfballen? Tegen jouw huis?'

'Shit!' riep Alex te midden van nog meer gestommel. 'Ja,
golfballen! Hij is helemaal doorgedraaid. Wat ís dit?'

'Het spijt me,' zei ik. Ik had Peter al vaak dronken gezien
en zo af en toe kon hij sarcastisch zijn en overgaan tot ver-
bale vijandigheid. Hoewel ik hem er nooit naar had zien han-
delen, was ik niet verbaasd dat hij over de rooie was gegaan.
Maar golfballen? Golfballen tegen Alex' huis slaan? Dit was
mijn schuld. Alex zou er niet bij betrokken hoeven raken. Ik
vroeg me af of die vrouw bij hem was, of hij een gezellig
avondje met haar alleen had gepland en nu deze krankzin-
nigheid uit had moeten leggen. 'Ik kom hem halen.'

'Heb je enig idee waarom hij al mijn ramen wil ingooien?'
vroeg Alex. 'Twee, tot dusver, trouwens, hij heeft er twee
compleet aan diggelen gegooid.'

Ik haalde diep adem en sprak zo snel mogelijk. 'Luister, ik
weet dat je momenteel een vriendin hebt en dat je verder bent
gegaan met je leven, net zoals de vorige keer, met Ellen Maddox, of achteruitgegaan, in dat geval.'

Hij begon meteen te zeggen: 'Wacht, wacht. Doe even rustig.' Maar ik ging door, praatte door zijn protesten heen.

'Weet je, eigenlijk ben je gewoon teruggegaan naar Ellen
Maddox. Maar wat ik wilde zeggen is dat ik hem verteld heb
dat ik verliefd op jou ben, maar niet omdat ik bij je wil zijn.
Nee. Nee. Dat is niet wat ik bedoelde. Ik heb het alleen maar
verteld omdat ik geen geheimen wil. Er zijn te veel geheimen
in de wereld. Mensen bewaren ze overal. En ik moest het
hem vertellen. Meer niet. Dit gaat over hem en mij. Niet over
jou. Het spijt me. Ik hang nu op. Ik geef je geen kans om iets

te zeggen. Ik hang nu op omdat dit mijn probleem met Peter is, niet het jouwe, en omdat dit niet over jou en mij gaat. Dus ik hang op. Ik kom eraan om Peter te halen, meer niet. Ik zal je niet lastigvallen. Ik hang nu op.'

Hij protesteerde nu luider. 'Wacht, wacht. Niet ophangen!' Maar ik deed het toch. Ik moest wel.

Later, veel later, zou ik een ruwe versie te horen krijgen van wat er in de tijd tussen Alex' telefoontje en mijn aankomst bij zijn huis was gebeurd. Peter begon banaliteiten te schreeuwen. Hij sloeg een bal tegen de luiken van een van de buren. De buurman belde Alex en waarschuwde hem dat hij de politie zou bellen als hij die gek niet wist te kalmeren.

Alex ging naar buiten om met Peter te praten. Toen hij naar de club in Peters hand reikte, gaf Peter hem een vuistslag, en even later lagen ze in de sneeuw te worstelen.

Zo trof ik ze aan.

Het was een hevig gevecht. Peter was dronken, maar atletischer dan Alex, maar Alex maakte gebruik van Peters benevelde toestand. Beiden deelden een paar snelle vuistslagen uit. Hun lichamen rolden en gingen op en neer in een waas van beweging, de damp van hun ademhaling steeg uit hun mond omhoog in de koude avondlucht. Peters golftas was omgevallen. De golfclubs lagen verspreid over het witte gazon. Een doos met ballen was ook omgevallen en de ballen waren naar het trottoir gerold, waar ze als verdwaalde eieren lagen. De boze buurman stond nu op zijn stoepje en keek kwaad toe, gekleed in een joggingpak met de touwtjes van zijn capuchon strak rond zijn bolle gezicht getrokken. Een paar andere buren keken toe van achter hun verlichte ramen. Het was intussen harder gaan sneeuwen, de vlokken waren groter en natter.

Ik stapte uit de auto en stond als aan de grond genageld.

Wilde ik Alex zijn gang laten gaan en Peter tot moes laten slaan? Ik dacht van wel, omdat hij vreemdging met Helen. Maar ik vond het ook niet erg dat Peter een paar klappen uitdeelde aan Alex, die al zo snel weer een ander had gehad. Was dat de reden dat ik daar verstijfd stond? Mogelijk, maar ik had vandaag ook wel erg veel meegemaakt. Ik bevond me niet meer in de wereld waarin ik die ochtend was ontwaakt. Ik wist niet wat hier van me verwacht werd, hoe ik moest optreden, wat ik moest zeggen.

Alex trok uiteindelijk Peters overhemd omhoog en over zijn hoofd, zodat zijn armen vastzaten en zijn borst ontbloot was. Zijn huid was bleek, maar zat onder de rode vlekken die eruitzagen alsof het blauwe plekken zouden worden. Alex trok Peter vervolgens dicht tegen zich aan, zijn schoenen gleden in de sneeuw, en nam hem in een hoofdgreep.

'Je moet naar huis!' riep Alex buiten adem. 'Hou op en ga naar huis.'

'Geen overgave!' Peter schreeuwde en verviel in het taalgebruik van een zesjarige. 'Geen overgave! Ik geef niet op!'

'De buren gaan de politie bellen!' zei Alex en hij keek de straat in, alsof hij zich afvroeg of iemand dat al had gedaan, en toen zag hij mij. Alex verslapte zijn greep en Peter trok zich los en stond op. Hij trok ruw zijn overhemd naar beneden, alsof hij nu tegen zichzelf vocht. Beiden keken naar mij. Alex had een opgezwollen oog dat dicht zou gaan zitten, uit Peters neus stroomde een straaltje bloed.

'Gwen,' zei Alex.

'Zeg hem dat je van me houdt!' schreeuwde Peter.

'Gwen,' zei Alex terwijl hij naar me toe liep. 'Ik heb geen ander. Ik heb geen idee waar je het aan de telefoon over had.' Ik wist niet of ik hem of wie dan ook kon vertrouwen. Niets was steekhoudend meer.

Peter haalde hem in voordat hij dichterbij kon komen en

duwde hem weg. 'Zoek je eigen vrouw!' zei hij. 'Mislukte klootzak.'

'Hé,' zei Alex die met zijn vinger naar Peter wees. 'Begin nou niet weer.'

'Je bent met Helen naar bed geweest,' zei ik tegen Peter. Het was een eenvoudige zin, alles wat ik eruit kon krijgen. Hij stond zo'n drie meter van me af en ik sprak zachtjes.

'Wat?' zei hij. 'Helen?'

'Je bent met haar naar bed geweest.'

'Zei ze dat?' Hij lachte en draaide zich om.

'Het is waar,' zei ik. 'Geef het maar toe.'

'Dat geef ik niet toe!' zei hij. 'Dat is bullshit.' Hij begon zijn golfclubs op te pakken, maar hij verloor zijn evenwicht en viel op een knie. Snel strompelde hij weer overeind.

'Vertel haar gewoon de waarheid,' zei Alex, die naar de grond keek met zijn armen over elkaar geslagen.

Ik keek Alex scherp aan. 'Waarom klink jij niet verbaasd?' vroeg ik.

Hij keek op en vervolgens tuurde hij weer naar de grond. 'Omdat hij het me heeft verteld.'

'Je wist het? Hoelang al?'

'Hij weet helemaal niets!' zei Peter, die een club bij zijn voet hield en met zijn handgreep naar Alex wees. 'Je weet helemaal niets, of wel?'

'Hij heeft het me die dag in het golfwagentje verteld,' zei Alex.

'Waarom heb je niets gezegd?'

'Hoe kon ik?' zei hij. 'Ik zou gewoon het ex-vriendje zijn geweest dat jullie twee uit elkaar probeerde te drijven. Hij zou het ontkend hebben. Het zou zijn woord tegen het mijne zijn geweest. Het was een val. Plus…' zei hij, 'het was niet aan mij om het te vertellen.'

'Je had het me moeten vertellen,' zei ik, terwijl ik woest de natte sneeuw van mijn gezicht veegde. 'Ik voel me een idioot.'

'Het is toch niet waar,' zei Peter, die op me af liep met zijn golftas over de schouder. Ik zag dat hij de spikes van zijn vader weer aanhad. Had hij ze voor deze gelegenheid aangetrokken? 'Ik ben niet met Helen naar bed geweest. Ik mag Helen niet eens. Ik hou van jou.' Hij liep naar me toe. 'Zeg tegen Alex dat je van me houdt,' zei hij in een brabbelend gefluister. 'Kom op, lieverd. Vertel het hem nu, dan kunnen we naar huis.'

Ik keek hen een voor een aan.

'Gwen,' zei Alex. 'Ik wilde het je vertellen, maar ik kon het niet.'

'Je had jezelf in de val moeten werpen!' schreeuwde ik. 'Je had het me moeten vertellen! Wat is er mis met een beetje eerlijkheid?'

Ik jogde naar mijn auto en stapte in. Mijn handen trilden terwijl ik de sleutel in het contact stak. Uiteindelijk slaagde ik erin de auto in de versnelling te zetten en weg te rijden, terwijl ik hen daar liet staan. In mijn achteruitkijkspiegel zag ik Peter, die naar een kant leunde onder het gewicht van zijn golftas en Alex, die zich had omgedraaid en hem nog een laatste keer in zijn maag stompte. Peter kromp ineen. Alex stak zijn handen in zijn zakken en liep door de sneeuw naar zijn voordeur.

Achtentwintig

*I*k reed naar het huis van mijn vader. Het was laat. Het huis was donker. Ik had geen sleutel en moest dus aan de voordeur kloppen, als een vreemde, en misschien was dat ook wel passend. Ineens had ik het gevoel dat ik omringd was door vreemden en dat ik een vreemde was voor mezelf. Ik zag dat het licht in mijn vaders slaapkamer aanging en vervolgens de lamp op de veranda. Hij deed de deur open en het viel me op dat de ouderwetse ketting er nog steeds op zat. Toen hij zag dat ik het was, sloot hij snel de deur om de ketting los te maken, waarna hij de deur wijd openzwaaide.

'Kom binnen, kom binnen!' zei hij terwijl hij even snel naar de besneeuwde tuin achter me keek. Hij droeg een oude blauwe flanellen ochtendjas. Het ding kwam op me over als een typische ochtendjas voor weduwnaars. Was een ochtendjas niet iets wat vrouwen voor hun man kochten als de oude versleten was? Niemand had mijn vader ooit verteld dat het echt tijd was om deze aan de wilgen te hangen. Het was vreemd hem zo kwetsbaar te zien – zijn magere benen en blote voeten die onder de ochtendjas uitstaken. Ik wilde zeggen dat ik hem niet had moeten storen, mezelf excuseren en weggaan.

Maar waar had ik heen gekund? Ik kon nergens anders naartoe.

Ik liep de woonkamer in. Er was niets veranderd sinds ik was weggelopen – de opengemaakte dozen, de stapel breiboeken, de deken op de grond. Ik vertelde hem niet waarom ik was gekomen en mijn vader vroeg er niet naar. In plaats daarvan zei hij: 'Blijf je slapen?'

Ik knikte.

'Heb je zin in iets warms? Ik kan warme chocolademelk maken. Ik heb nog van die zakjes liggen. Wil je iets eten?'

'Nee,' zei ik. 'Ik wil alleen maar liggen. Ik slaap wel op de bank.'

'Waarom niet in je oude kamer?' vroeg hij. 'Ik zal het bed afhalen en verschonen.'

'Nee,' zei ik terwijl ik op de bank ging zitten. 'Dit is prima. Meer kan ik nu niet aan.' Ik ging liggen en trok mijn benen op.

Maar vader stond daar maar en wist niet goed wat hij moest doen. Uiteindelijk bukte hij, pakte mijn moeders deken van de vloer en legde die over me heen.

'Heb je het zo warm genoeg? Ik zal de kachel wat hoger zetten.'

'Het is prima zo,' zei ik terwijl ik de deken tot aan mijn kin trok. 'Ik red me wel.'

's Ochtends belde ik Eila. 'Het spijt me heel erg dat ik je in de steek laat, maar ik ben ziek,' zei ik.

'Neem me niet in de zeik,' zei Eila. Ze was dus alleen. Dit was haar Sheila-stem. Het was te vroeg in de ochtend om Eila te zijn. En ik was opgelucht. Ik wilde een echte persoon spreken. Ik was doodmoe van al die neppers.

'Het spijt me,' zei ik. 'Mijn hele wereld is ingestort. Ik ben bij mijn man weggegaan en kwam er toen achter dat hij een affaire heeft met mijn beste vriendin.' Ik huilde niet en verbaasde me erover dat ik het zo koel kon vertellen. Maar ik voelde dat ik op een gegeven moment toch zou gaan huilen en ik wist dat ik dan niet meer zou kunnen stoppen.

'Ah, klote,' zei ze. 'Rot voor je.'

'Jij zei dat levens niet uit elkaar vallen, maar ik moet zeggen dat dit toch echt voelt alsof dingen uit elkaar zijn gevallen.'

'O, maar je moet ook helemaal niet naar mij luisteren wanneer ik weer eens een poging waag om filosofisch te zijn. Ik heb geen idee hoe de wereld in elkaar steekt. Ik leef samen met een pekinees. Meer kan ik niet opbrengen.' Ze zuchtte. 'Kan ik iets voor je doen?'

Ik zuchtte. 'Ja,' zei ik. 'Ik zou graag iets over je willen weten. Iets wat waar is. Geen Eila-dingen. Iets over jou.'

'Iets waars. Over mij.' Ze dacht er even over na. 'Mijn vader was een hufter. Mijn moeder werkte als secretaresse bij een tandarts. Ik was een lelijk kind en mensen dachten vaak dat ik een jongen was. Dat zijn drie dingen. Helpt dat?'

'Vreemd genoeg wel,' zei ik, en dat was ook echt zo.

'Hoeveel tijd heb je nodig?'

'Ik heb niet zoveel uren meer.'

'Neem een week vrij,' zei ze. 'Goed?'

'Ja, bedankt.'

Nadat ik had opgehangen, belde ik Faith op haar werk. Ik had hulp nodig. Ik vroeg haar om een paar van mijn spullen uit het appartement te halen.

'Wil je erover praten?' vroeg ze met gedempte stem.

'Nee.'

Ik weigerde met mensen te praten. Ik trok een van mijn vaders T-shirts en een joggingbroek van hem aan. Peter sprak berichten in. Hij had aangenomen dat ik bij mijn vader was en belde ook naar de huistelefoon, maar ik had mijn vader al gezegd dat ik niemand wilde spreken. Ik hoorde hem dat aan de telefoon in de keuken tegen Peter zeggen: 'Ze belt jou wel,' zei hij, 'als ze er klaar voor is.' Ik vroeg me af wanneer dat zou zijn. Ik had het gevoel dat het jaren later pas zou zijn. Ik had hem niets te zeggen. Ik dacht veel na over onze relatie, maar die was gehuld in twijfel en achterdocht. Ik vroeg me af of Helen zijn enige minnares was geweest, of hij ooit had verwacht volledig toegewijd aan mij te zijn, zelfs toen we onze geloften aflegden, of hij ooit echt van me had gehouden. Ik was niets dichter bij mijn definitie van het huwelijk gekomen, en mijn missie als wetenschapper, dat kleine experiment, leek te zijn mislukt. Er was me niets duidelijker geworden.

De voicemail van mijn mobiele telefoon was vol. Er waren meerdere berichten van Peter, Helen en Faith. Ik verwijderde hun berichten zodra ik hun stem hoorde. Het was een reflex. Nee, zei ik hardop tegen niemand in het bijzonder. Praat niet tegen me. Probeer het niet uit te leggen.

Er was maar één bericht waarnaar ik luisterde.

Dat van Alex.

Hij zei: 'Ik ga je niet bestoken met telefoontjes zoals ik de vorige keer heb gedaan. Ik bel alleen deze ene keer. Voor mij is er niets veranderd. Ik ben verliefd op je. Dan ben ik al heel lang. Het is het soort liefde dat niet stopt, hoewel ik het heb geprobeerd.' Hij zuchtte. 'Ik weet niet waarom je denkt dat ik een ander heb. Het is niet waar. Maar je had gelijk: ik had mezelf in die val moeten werpen. Ik had het je moeten vertellen, ook al was ik bang dat het elke kans die we gehad zouden kunnen hebben, zou verprutsen. Ik had voor de waarheid moeten kiezen. Maar ik was te bang om je te verliezen.' Hij pauzeerde weer. 'Er is meer. Ik heb je nog een heel leven meer te zeggen. Maar dit was het voor nu. Ik zal je niet meer lastigvallen.'

En toen hing hij op.

Dat was het moment waarop ik begon te huilen. Het was alsof er iets in me uit elkaar getrokken was, wat ik niet kon sluiten. Ik dacht niet aan Alex of Peter of Helen of wie dan ook in het bijzonder. Ik huilde gewoon, haperend, zonder einde in zicht. Zelfs toen ik weer op adem kwam, bleven de tranen komen.

Mijn vader meldde zich af voor zijn colleges van die dag zodat hij inkopen kon doen en een oogje in het zeil kon houden. Terwijl hij in de supermarkt was, pakte ik twee van mijn moeders breinaalden op. Ik opende de doos die vol zat met garen. Ik had een of twee keer tijdens een zomerkamp gehaakt en had tijdens mijn studietijd één deken gebreid. Ik wist niet of ik nog wist hoe het moest, maar mijn handen wel. De tranen bleven over mijn wangen stromen, drupten op het garen en de joggingbroek.

Mijn vader kwam thuis en zag me breien terwijl hij de zakken met boodschappen naar binnen droeg. Hij bleef even staan, alsof hij iets wilde zeggen – en wat stelt dat voor? Joeg dit beeld hem angst aan? Wilde hij me waarschuwen? Ik keek niet op en hij liep door.

Ik rouwde, maar waar ik precies om rouwde was me niet duidelijk. In eerste instantie hoefde het ook niet duidelijk te zijn. Rouwen voelde rusteloos en het breien verlichtte die rusteloosheid enigszins. Ik dacht dat ik om mijn huwelijk rouwde, en dat was in zekere zin ook zo, maar was het wel aan mij om daarom te rouwen? Was het ooit een huwelijk geweest waarin ik compleet mezelf was geweest? Ik wist dat het pijnlijke antwoord op die vraag nee was. Maar het huwelijk was me gaan vormen, en hoewel ik me nooit helemaal op mijn gemak had gevoeld als echtgenote, wandelde ik door het leven als een bekende eenheid. Ik had een veilige status. Ik was een echtgenote. Dat moest ik nu loslaten.

En als ik dat losliet, moest ik ook Peter loslaten. Dat had ik op vele manieren geoefend, wist ik. Mijn besluit om de zogenaamde vrouw van Alex Hull te worden, de kus in de roeiboot, en daarna, bij terugkomst in mijn eigen wereld, mijn besluit om mijn huwelijk als een wetenschapper te bestuderen, het was een besluit om te ontkoppelen, om eruit te stappen. Had ik niet in de gaten gehad dat ik Vivians wijze lessen zelfs toen uitstelde? Dat ik mijn leven gewoonweg niet leefde met moed en eerlijkheid? Hoewel dat de eerste keer was dat ik het zo moedwillig had gedaan, begon ik te begrijpen dat ik al enige tijd afstand was gaan nemen, een klein beetje maar. Ik had het zelfs gedaan in de ijssalon, toen ik Alex was tegengekomen. Ik wist heel goed dat Peters affaire niet alleen zijn schuld was. Ik zeg niet dat ik harder had moeten werken om hem geïnteresseerd te houden. Absoluut niet! Het is niet de taak van de ene persoon in een huwelijk om de aandacht van de ander vast te houden om te voorkomen dat hij gaat rondzwerven. Ik heb nooit in dat cliché geloofd. Maar in bredere zin was zijn affaire voortgekomen uit een huwelijk dat ik had gekozen, dat ik had helpen creëren, een huwelijk dat ik behaaglijk vond in plaats van plezierig, een huwelijk waar ik nooit met al mijn kwetsbaarheid in was gesprongen, een huwelijk waaruit ik op kleine, bijna onzichtbare manieren was gaan verdwijnen.

Op alle intellectuele niveaus wist ik dat mijn huwelijk over was, dat ik nooit meer naar Peter terug kon gaan, dat ik deze rol zou moeten opgeven die ik was gaan gebruiken als een vrije doorgang door de wereld.

En ik had Alex niet als excuus.

Dit was mijn eigen schuld en ondergang.

Dit zou op zichzelf emotioneel moeten zijn geweest, maar dat was niet zo. Elke keer dat ik aan Peter dacht, voelde ik een verlies dat veel dieper in mijn leven geworteld was. Elke keer dat ik aan Peter dacht, dacht ik aan mijn moeder, haar dood, mijn eenzame kindertijd, dat verlies. Ik begreep niet waarom, behalve dat je niet zelf kunt kiezen wanneer het rouwen je overvalt. Sommige mensen rouwen vóór een verlies – wetende dat het eraan komt. Anderen rouwen plotseling, in het openbaar, alsof hun verlies alleen in scherpe focus wordt gebracht wanneer ze geconfronteerd worden met een groep. Weer anderen rouwen jaren, tientallen jaren lang – het verlies blijft komen, als een lekkende kraan die een roestplek in de badkuip veroorzaakt. Ik rouwde om mijn huwelijk, Peter, al die jaren van mijn leven, maar die haalden het verleden op. Ik rouwde om iets waarom ik als vijfjarig meisje niet had kunnen rouwen, iets wat ik niet had kunnen begrijpen, ik had er destijds de woorden niet voor om me erbij neer te kunnen leggen.

Hoe rouw je om iets wat je gehad had kúnnen hebben?

En dat bracht me bij Alex, altijd Alex. Ik nam het hem kwalijk dat hij me niet had verteld dat Peter me bedroog. Het was niet aan hem, nee. Maar toch had hij het me moeten vertellen. Kon ik hem nog vertrouwen? Had hij echt geen ander? Wie was die knappe dame bij hem in de auto geweest?

Was het überhaupt mogelijk om mijn weg terug naar hem te vinden? Konden we opnieuw beginnen – aan het begin of in het midden? Was alles te wazig? Ik was verliefd op hem. Dat was alles wat ik wist. Ik was verliefd op hem en moest tegelijkertijd rouwen om het mogelijke einde daarvan.

Hoe rouwen voelt? Stel je voor dat je vliegt, het landschap onder je dat steeds verandert – van woestijnen en ruige bergen en ravijnen tot lange, kronkelige waterwegen. Ik was niet voorbereid op dit soort rouwen, hoe snel het overging in woede, daarna in liefde en vervolgens in versterkte trots. Ik voelde me dwaas, gekrenkt en vervolgens ondraaglijk taai.

En daarna, zonder enige waarschuwing, voelde ik me leeg, maar al snel begon het weer helemaal van voren af aan.

Die avond klopte Faith aan. Ik keek naar haar door het raam. Ze had een trommel met zelfgemaakte koekjes bij zich en naast haar stond mijn koffer op wieltjes. Iets aan haar stoïcijnse houding maakte dat ik me onwrikbaar en star voelde, en ik wist dat het niet eerlijk was. Ze was gekomen om te helpen. Ze gedroeg zich als een goede vriendin.

Mijn vader liep de woonkamer in. 'Moet ik opendoen?' vroeg hij.

'Laat haar maar binnen,' zei ik.

Hij keek ongelooflijk opgelucht, en ik besefte dat hij een hekel had aan zijn rol als poortwachter. Hij had een hekel aan conflicten en het feit dat hij mensen moest teleurstellen.

Ik breide nog steeds, al had ik geen idee wat precies. Een sjaal? Een omslagdoek? Een deken? Ik oefende alleen maar, kleine steken, grote steken, rijen maken. Ik was sneller geworden – insteken, omslaan, doorhalen, af laten glijden – en de naalden maakten prettige klikgeluiden, als klauwen.

Ik luisterde naar Faith en mijn vader die beleefdheden uitwisselden, gevolgd door gefluister – ze praatten ongetwijfeld over mij en mijn mogelijke mentale toestand – en toen liep ze naar binnen en zette de koffer ergens neer. Ik keek haar niet aan. Ik wierp haar even een blik toe en zag dat ze naar de kamer keek, die nog steeds volgestampt stond met mijn moeders breiwerk en de lege dozen. Ik kon mezelf er niet toe brengen die weer in te pakken en ik realiseerde me dat dit misschien nog een teken van mijn instabiliteit was. Zag ik eruit als een gestoorde zoals ik zat te breien tussen al dat breiwerk?

Ze opende de trommel met koekjes en zette die op de salontafel voor me.

'Nee, dank je,' zei ik.

'O, Gwen,' zei ze. 'Ik vind het zo rot voor je.'

Ik begon nog sneller te breien. 'Zeg dat alsjeblieft niet. Ik zit niet op medelijden te wachten. Mijn man heeft me bedrogen met een van mijn beste vriendinnen. Er is niemand dood, dus laten we nu niet melodramatisch gaan doen.'

Ze ging vertwijfeld zitten. Ze was gekomen om haar sympathie te betuigen, maar die had ik geweigerd en nu was het alleen nog maar een ongeopende doos die tussen ons in stond. 'Wat ga je doen?' vroeg ze.

'Dat weet ik niet.'

'Ga je met hem praten? Ik weet dat hij graag met jou wil praten.' Ik nam aan dat dit onderdeel van haar missie was. Had ze lang met Peter gesproken? Probeerde hij dit hele gebeuren terug te draaien?

'Ik zit midden in een gesprek dat abrupt is geëindigd,' zei ik.

Ze staarde me aan, onzeker over wat dit precies betekende. 'Helen wil ook graag met je praten,' zei ze, maar hier was ze iets schaapachtiger over. Ik nam aan dat Helen haar had laten beloven dat ze me deze boodschap zou overbrengen, maar dat ze er niet zo zeker van was dat Helen het verdiende.

'Zeg tegen Helen dat Peter zijn horloge bij haar heeft laten liggen. Hij kan het in ons huis niet vinden en ik heb ook gezocht. En voor zijn verjaardag stel ik voor dat ze een paar suède golfschoenen voor hem koopt. Die heeft hij nodig.'

'Ik denk niet dat ze verjaardagscadeaus gaan uitwisselen.'

'Waarom niet?' Ik kon niet zeggen of ik net zo sarcastisch was als ik klonk. 'Ze zouden ervoor moeten gaan. Ze passen perfect bij elkaar.'

Ze leunde achterover tegen de kussens en zuchtte. 'Ik kan het gewoon niet geloven,' zei ze. 'Het is zo afschuwelijk. Het is zo akelig en onnodig. Wat dachten ze verdorie wel niet?

Waarom zijn het zulke egoïstische idioten? Ik ben gewoon zo kwaad.' Ze sloeg met haar vuist in het kussen van de bank. Dit trok mijn aandacht. Ik keek haar voor de eerste keer echt aan. Ze zag er niet uit. Haar ogen waren rood omrand, alsof ze had gehuild. Al haar make-up was weggeveegd op twee zachte grijze vegen rond haar ogen na. Ik had medelijden met haar, zoals ze daar in haar jas zat, haar te grote tas op de grond tussen haar laarzen. 'Ik verdien het niet om kwaad te zijn, niet zoals jij het verdient. En ik probeer echt niet om ook maar een grammetje van die woede bij jou weg te halen,' zei ze. 'Maar ik ben zo kwaad – op allebei.'

Ik besefte dat het echt moeilijk voor haar moest zijn. Kennelijk had ik een aantal dingen waarin ze geloofde betreffende het huwelijk onderuitgehaald of er in elk geval voor gezorgd dat alles in een wankel evenwicht kwam te staan. Ik bevond me in de vreemde positie dat ik háár moest troosten. 'Het komt wel goed. Maak je geen zorgen. Zo'n goede relatie hadden we nou ook weer niet.'

'O nee?' zei ze. 'Dan heb je me echt voor de gek weten te houden. Ik dacht dat jullie twee zo hecht waren, zo'n vereende kracht. Ik heb er altijd bewondering voor gehad dat het je zo gemakkelijk afging. Niet zoals mijn huwelijk. Wij zijn altijd boos op elkaar en aan het kibbelen...'

'We hadden niet genoeg om boos over te zijn of om over te kibbelen. Misschien was dat het probleem.' Ik dacht aan Alex' moeder, die had gezegd dat het huwelijk flauwekul is, maar liefde niet. Ik herhaalde wat zij me had verteld: 'Ik was een beschadigd meisje. Ik nam een beschadigde beslissing.'

Faith leunde naar voren. 'Wat bedoel je?'

'Ik had überhaupt niet met hem moeten trouwen.'

'Geloof je dat echt?' vroeg ze.

Ik knikte.

'Jullie waren gelukkig. Jullie waren beste maatjes.'

'We waren maatjes, maar geen vertrouwelingen van elkaar.'

Ze nam dit in zich op en worstelde misschien met de vraag of zij en Jason nu maatjes of vertrouwelingen waren. Hoe zat het met hen? Liepen ze gevaar? Ze stond op en liep tussen de stapels kleren en dekens door. Ze reikte naar beneden en pakte een stapel sweaters op, liet haar handen over de onregelmatige steken glijden. Ze legde de stapel in een van de lege dozen en pakte toen een paar wanten op en deed die ook in de doos. Dit irriteerde me. Maar ik wilde niet tegen haar zeggen dat ze moest stoppen. Ze was nerveus. Ze probeerde te helpen.

'Delen van het leven van Peter en mij waren van elkaar gescheiden. We hielden elkaar op afstand. We deelden niet wat we dachten. We namen dagelijks kleine beslissingen om delen van onszelf apart te houden. We zetten een gebied af, en daarna nog een en nog een, totdat we alleen nog maar gezellige plagerijtjes overhadden. Plagerijen die eeuwig konden doorgaan.'

'Jullie waren zo grappig samen,' zei ze. 'Ik genoot van jullie gezellige plagerijtjes.'

'Maar het eindigde ermee dat we afzonderlijke levens leidden. Dat bood hem de gelegenheid om een affaire te hebben.'

Ze stopte een paar mutsen met kwastjes in de doos. Ik wist dat ik alles weer uit de doos zou halen zodra ze weg was, maar ik liet haar zich met dit kleine gebaar nuttig voelen. 'Ik wist het alleen niet. Ik denk dat niemand echt weet hoe de relatie van andere stellen in elkaar zit.'

'Ik denk dat Peter en ik dat ook niet wisten, mocht dat enige troost bieden.'

Ze had de doos helemaal volgepakt en liep toen naar haar tas. Ze haalde een ingelijste foto tevoorschijn en gaf die aan mij. 'Alsjeblieft,' zei ze.

Ik liet het breiwerk in mijn schoot vallen en keek naar de

foto. Het was, natuurlijk, de foto die Vivian me als cadeau had gegeven – Alex, Jennifer en Vivian in de tuin, het doorzichtige gordijn. Ik was vergeten dat ik haar erover had verteld, maar dat had ik inderdaad gedaan, in de ijssalon, toen ik had geprobeerd echt uit te leggen wat er was gebeurd, wat niet was gelukt.

'Je zei dat je je er beter door voelde, dat het je sterker maakte. Dat het je het gevoel gaf dat er over je gewaakt werd. Ik dacht dat je dat op dit moment wel kon gebruiken.'

Ik zweeg en keek naar haar op. 'Ongelooflijk dat je je dat nog herinnert. Dank je.'

'Ik hoop dat het helpt.' Ze pakte haar tas en maakte aanstalten om te vertrekken. 'Ben je verliefd op Alex?' vroeg ze, en toen stak ze haar hand op. 'Geef maar geen antwoord. Je hoeft niet te antwoorden. Peter vroeg me het te vragen, maar daarvoor ben ik niet gekomen.'

Ik antwoordde niet. 'Ben je om een andere reden gekomen dan het brengen van mijn spullen?' vroeg ik.

'Ik wilde weten of het goed met je ging.'

'Gaat het goed met me?' vroeg ik.

Ze klopte op het deksel van de doos. 'Ik weet het niet.'

'Ik ook niet.'

Negenentwintig

De sneeuw kwam en ging weer en liet modderig bevroren ijs achter op schaduwachtige plekken in de voortuin. Ik zat in het flikkerende licht van de televisie, maar keek niet. Ik breide, en terwijl ik breide, werd het garen soms wazig en dan rolde er een traan van mijn neus op mijn bezige handen en huilde ik een poosje terwijl ik doorwerkte.

Waarom ik bleef breien? Ik voelde me vreemd genoeg nuttig, als een kleine machine, en hoewel het voelde alsof mijn hart dood was, waren mijn handen dat niet. Ze bleven maken, creëren. De strengen garen kregen steek voor steek vorm.

En de foto stond in zijn lijst op het bijzettafeltje. Soms wierp ik er stiekem een blik op. Soms pakte ik hem op en nam de details weer in me op – het rimpelende wateroppervlak, Jennifers bolle babygezichtje, Vivians lange, elegante benen, Alex' gebogen knieën en zwembroek, de modderige vishengels. Maar meestal was ik me gewoon bewust van het feit dat hij daar stond en over me waakte. De foto was nu van mij. Hij had me niet alleen gevonden dankzij Vivians vrijgevigheid en Faiths attentheid – liefde en vriendschap – hij leek ook te zijn thuisgekomen.

Mijn vader bereidde mijn maaltijden – zijn gebruikelijke onsmakelijke gerechten. Hij keek televisie en zat naast me op de bank. Op een gegeven moment merkte hij op dat ik er koortsig uitzag. 'Zal ik je temperatuur meten?'

Ik schudde mijn hoofd.

Soms wees hij naar de televisie en maakte een opmerking zoals: 'Moet je dat nou zien!'

Dan keek ik op en staarde en knikte, maar nam het niet echt in me op. Ik was voornamelijk moe, uitgeput, alsof ik jaren niet had geslapen.

Op een middag was ik in slaap gevallen en werd gewekt doordat er op de voordeur werd geklopt. Ik riep mijn vader, maar hij antwoordde niet. Ik keek uit het raam in de erker. Zijn auto was weg. In plaats daarvan stond er een blauwe pick-up langs het trottoir geparkeerd en op de stoep stond een man die ik nog nooit eerder had gezien. Ik keek weer naar de pick-up. Op de passagiersstoel zag ik een kleine figuur bewegen, maar ik kon niet zien wie het was. Achter in de pick-up lag iets wat leek op een cello in een zwarte koffer.

Hij klopte nog een keer aan, deed een stap naar achteren en keek met de handen in zijn zakken naar de ramen boven. Hij liep weer terug naar de pick-up, maar toen verstijfde de passagier en draaide het raam naar beneden.

Het was Bibi.

Haar knokige gestalte en haar magere gezichtje verschenen. Ze hing uit het open raam en zwaaide naar me. Ze had me daar zien kijken. Mijn hart zwol. Bibi! Ik was zo blij om haar te zien dat ik haar naam wilde schreeuwen en meteen de tuin in rennen.

De man draaide zich om en ik nam aan dat dit Sonny moest zijn, Jennifers man, drummer. Waarom sleepte hij een cello met zich mee? Ik wist het niet. Maar Bibi zien benam me de adem. Bibi was hier en duwde nu het portier open en rende met open armen in de richting van het huis, als een van die nestelende adelaars waar ze zo bang voor was. Misschien zou ze me van de grond tillen, niet als een schaap van tien kilo om op te eten, maar om me te redden – zomaar!

Ik rende naar de deur, trok hem wijd open en stapte met mijn blote voeten op de koude stoep. De zon verblindde me. Bibi stormde op me af. Ze sloeg haar armen zo stevig om mijn middel dat ik de gietijzeren reling vast moest pakken.

Na een moment zei ze: 'We hebben een uitnodiging voor je. Je moet komen! Het is allemaal gaan slapen!'

'Wat is gaan slapen? Waar heb je het over, Bibi?'

'Het is allemaal gaan slapen. De slechte dingen zijn gaan slapen!' zei ze.

'Ze probeert je te vertellen dat Vivian herstellende is,' zei de man.

'Dat is fantastisch nieuws!' riep ik uit, en ik dacht aan Vivian, weer tot leven gewekt, rechtop in haar bed, haar wangen roze. At ze weer? Las ze nu weer zelf in de boeken die ze zo mooi vond? Ik voelde meer dan een golf van opluchting. Ik werd erdoor overspoeld. 'Hoe gaat het met haar? Hoe ziet ze eruit? Is ze nog steeds zwak?'

'Ze krijgt geleidelijk aan haar krachten terug. Ze heeft alle artsen versteld doen staan.'

Ik schudde mijn hoofd. Ik was sprakeloos. Ze had gezegd dat ze in wonderen geloofde, maar alleen omdat ze geen keuze had. Ik stelde me haar voor in een veld met een reusachtige hark van zichzelf, haar eigen soort van dapperheid.

'De artsen schamen zich dood omdat ze het bij het verkeerde eind hadden!' zei Bibi.

Sonny kwam met uitgestrekte hand op me af en stelde zich voor. Hij had de gestalte van een kleerkast en was groter dan ik had verwacht, maar hij was knap en vriendelijk.

We schudden elkaar de hand. 'Ik dacht al dat jij het was,' zei ik. 'Ik ben Gwen.'

'Dat weet ik,' zei hij. 'Ik ben op een missie gestuurd om je te zoeken.'

'En we hebben je gevonden!' riep Bibi.

'Eigenlijk heeft Bíbi je gevonden,' zei Sonny. 'Alex dacht dat je misschien naar het huis van je vader was gegaan, maar hij wist alleen dat die in de stad woonde en hij staat niet in het telefoonboek.' Hij keek naar de heggen in de voortuin, alsof hij wist dat hij te dicht bij een onderwerp kwam waarvan hij eigenlijk niet zoveel zou moeten weten als hij liet doorschemeren – dat ik mijn man had verlaten en me had teruggetrokken. Ik was verrast om Alex' naam te horen, hoewel ik dat niet zou moeten zijn, maar een deel van me hield vast aan zijn naam – ik vond het heerlijk om hem over de lippen van iemand anders te horen rollen. 'Bibi herinnerde zich alles wat je haar over je jeugd had verteld – de naam van de straat waarin je was opgegroeid, de kleur van het huis, de naam van de buren, die op hun brievenbus staat – en dat hielp. De familie Fogelman.'

'Wauw, heb ik je dat allemaal verteld?' vroeg ik Bibi.

'Als ik moest huilen,' zei Bibi. 'Zodat ik even aan iets anders zou denken.'

'Mooi huis,' zei Sonny.

'Komen jullie even binnen?' vroeg ik terwijl ik van het ene been op het andere hupte om de stekende kou in mijn voeten te verlichten.

'Nee, nee, dank je,' zei Sonny. 'We willen niet storen…'

Bibi onderbrak hem. 'We hebben een uitnodiging voor je!' zei Bibi. 'Voor het huis aan het meer! We houden een on-begrafenis.'

'Een on-begrafenis?'

'Een idee van Vivian,' zei Sonny. Hij haalde een witte kaart uit zijn jaszak. 'Ze wilde dat ik je deze zou geven.'

'Dus je bent op een missie voor Vivian?' vroeg ik. Ik had aangenomen dat Alex hen had gestuurd.

'Ja,' antwoordde Sonny en hij hoorde de teleurstelling in mijn stem. 'Maar Alex zou het geweldig vinden om je daar te zien.'

'Kom! Je moet komen! We hebben on-lelies en on-cake en on-grafredes! Het wordt on-droevig!'

Ik keek naar de uitnodiging en draaide hem om in mijn handen. Alex. Alex. 'Dank je,' zei ik. 'Ik zal erover nadenken. Ik zal mijn best doen.'

Mijn vader kwam thuis met een stapel papieren onder de ene arm en zijn oude leren aktetas – nog zo'n weduwnaarsitem, zoals zijn ochtendjas, iets wat een echtgenote tien jaar geleden al zou hebben vervangen. Hij trof me zittend op de bank aan met de uitnodiging en witte envelop in de hand.

Ik wist dat ik niet naar de on-begrafenis kon gaan. Nog niet. Ik was nog steeds bezig met de verwerking van mijn verlies. Dat zou nog lang duren. Maar op dit moment deed ik opnieuw een stap voorwaarts in mijn leven. Ik moest de confrontatie aangaan met het diepste verlies, dat opgraven, tegen het licht houden, in de openlucht, om te zien wat ik daar kon vinden.

'Ik wil dat je me naar die brug brengt,' zei ik.

Hij voelde dat het menens was. 'Nu?' vroeg hij.

'Ja, nu.'

We reden ongeveer vijftien minuten buiten de stad en kronkelden over achterafweggetjes. We waren stil in de auto. Mijn vader was altijd eerbiedig geweest tegenover verdriet, op zijn eigen manier.

Uiteindelijk zag ik een stenen brug voor ons en de rivier die eronderdoor stroomde. Mijn vader parkeerde de auto zo diep in de berm dat mijn kant van de auto geblokkeerd werd door bosjes. Het was onmogelijk om het portier te openen. Hij liet het zijne openstaan en ik schoof over de stoel en stapte aan die kant uit.

Het was bitter koud. Een wind stak op van de rivier, die woest stroomde in de verlichting van de brug. Ik wachtte tot een gevoel me zou overvallen – tot een of andere herinnering aan die avond pijnlijk tastbaar zou worden. Ik wachtte op het gevoel dichter bij mijn moeder te zijn, dat ik haar begreep, dat ik ineens wist hoe het zat.

Maar er kwam niets.

Ik keek naar de stevige pijlers van de brug en het water eronder. 'Hoe heeft het kunnen gebeuren?' vroeg ik. 'Alles is nu zo dicht. Niemand zou hier het water in kunnen rijden.'

'Ze hebben hem behoorlijk veilig gemaakt, hè?'

Ik stond daar en staarde in het water en vervolgens omhoog naar de lucht. Mijn wangen waren verstijfd van de kou. 'Jouw theorieën over de liefde draaien allemaal om veiligheid,' zei ik.

'Mijn theorieën over de liefde? Ik heb helemaal geen theorieën over de liefde,' zei hij bescheiden.

'Zeker wel,' zei ik. 'Je hield van haar en je verloor haar, en vanaf dat moment besloot je om voorzichtig te zijn met de liefde. Je kon het nooit meer onbekommerd geven, zelfs niet aan mij. Je had je hart afgesloten,' zei ik.

Hij keek uit over de rivier, zijn ogen glinsterden van de tranen. 'Ik zou willen dat ik het beter had gedaan met jou,' zei hij. 'Je deed me alleen zo ontzettend aan haar denken...'

Ik besefte hoe moeilijk het voor hem moest zijn geweest, dat deed ik als kind al, en daarom had ik hem nooit eerder gedwongen om erover te praten. Totdat ik Alex ontmoette. Ik realiseerde me hoezeer Alex me had veranderd, hoe hij iets binnen in me had geopend, en nu had ik behoefte aan antwoorden. 'Je leerde me om alleen op die manier liefde te accepteren, in porties. Je leerde me om bang te zijn voor overweldigende liefde – de soort die je kapot kan maken als je haar verliest.'

Hij schudde boos zijn hoofd. Het was de eerste keer dat ik mijn vader echt kwaad had gezien zolang ik me kon herinneren. Hij greep mijn arm beet. 'Nee, Gwen,' zei hij. 'Ik geloof niet in dat soort liefde. Ik zou het allemaal overdoen. Ik zou telkens weer verliefd worden op je moeder. Zoals ik van haar hield, dat was de manier om lief te hebben.' Hij keek weg en liet zijn hand van mijn arm glijden.

'Maar het heeft je kapotgemaakt,' zei ik. 'Ja toch? Kijk naar je leven!'

Ineens was zijn woede verdwenen. Hij glimlachte zwak en schudde zijn hoofd. Wist hij hoe buitenstaanders tegen zijn leven aankeken? 'Ik hou nog steeds van haar,' zei hij. 'Ik ben bang dat als ik daarmee stop, ik haar zal vergeten. En dat kan ik niet laten gebeuren. Maar ik geloof niet in, hoe zei je het ook alweer, liefde in kleine porties? Ik geloof niet in veilig liefhebben.'

In de verte klonk een claxon. We keken allebei op. De wind blies mijn haar omhoog. Ik veegde het uit mijn gezicht en hield het vast met mijn hand. 'In wat voor soort liefde geloof jij?' vroeg ik bijna fluisterend.

'De overweldigende soort.' Hij liet even een stilte vallen en zei toen: 'Je hebt gelijk. Ik heb wel degelijk theorieën over de liefde, ik heb je ze alleen nooit verteld.'

'Ik had ze verondersteld, maar ik had het verkeerd.' We werden korte tijd verlicht door de koplampen van een naderende auto. Hij reed voorbij. 'Ik had het helemaal verkeerd.'

'Daar lijkt het op,' zei hij, terwijl hij met een van zijn schoenen over het grind in de berm schoof. 'Ben je echt verliefd op Peter?'

Ik schudde mijn hoofd. 'Nee,' zei ik. 'Hij heeft me bedrogen en daar haat ik hem om, maar het was met hem altijd liefde in kleine porties. Vanaf het begin.'

'Ben je verliefd op iemand anders?' Ik wist dat dit een bijna onmogelijke vraag voor hem was om te stellen. Onder normale omstandigheden zou hij dit als te bemoeizuchtig hebben beschouwd. Het zou op hem overkomen als zich ongevraagd in iets mengen, de deuren wijd opengooien en een schijnwerper op iemands privéleven richten. Maar hij wist dat dingen nu anders waren tussen ons twee en dat we moeilijke vragen moesten stellen. Ik besefte niet hoe wanhopig graag ik had gewild dat hij me zo'n vraag zou stellen, persoonlijk en direct, tot dit moment.

'Ik ben verliefd op Alex Hull,' zei ik.

'De filosofieprofessor? De denker?' Hij glimlachte.

Ik knikte.

'Nou,' zei hij. 'Het leven is een wirwar.'

'Daar lijkt het op.'

'Mijn voorstel is om niet op veilig te spelen,' zei hij.

DERTIG

*E*r stond een kledingvoorschrift op de uitnodiging voor de on-begrafenis: *vrijetijdskleding, on-zwart.* Die zaterdag werd ik al vroeg wakker en trok een lichtblauwe jurk aan. Mijn vader zat te werken aan de eettafel.

'Zijn de naaldvissen een beetje spraakzaam vanochtend?' vroeg ik.

'Je bent aangekleed. Ga je uit?'

'Ja,' zei ik.

'Je ziet er mooi uit,' zei hij.

'Dank je.'

'Ga je met je denker praten?'

'Ik ga het proberen.'

Toen stond hij op en omhelsde me, zo stevig dat hij me bijna van de grond tilde. Het voelde alsof ik van lucht was gemaakt, alsof ik een klein meisje was. Het was geen knuffel van iemand die liefde uitdeelde in kleine porties, maar van iemand die had besloten niet meer op die manier te leven. Ik had iets teruggekregen, iets wat ik zo lang geleden was kwijtgeraakt dat ik niet eens meer wist dat het ooit had bestaan, maar het voelde juist en goed en van mij.

De on-begrafenis zou een gelegenheid met catering worden bij het huis aan het meer en 's middags beginnen. Ik reed in oostelijke richting, en een paar uur later bevond ik me op dezelfde onverharde wegen waarover ik samen met Alex in de cabriolet had gereden. Ik had geen idee wat ik kon verwachten van een on-begrafenis, van Alex, van mezelf. Zou ik eenmaal aangekomen überhaupt wel in staat zijn om uit de auto te stappen en naar de deur te lopen? Hoe zou ik kunnen beginnen met hem iets te vertellen als ik nog niet eens precies wist wat dat was? Was ik klaar voor Alex Hull? Was ik er klaar voor om van hem te houden en voortaan de zijne te zijn?

Ik minderde vaart toen ik hun lange oprijlaan naderde, waarlangs al heel veel auto's geparkeerd stonden. Ik stond versteld van de hoeveelheid auto's, maar het was tenslotte feest. Wat had ik dan verwacht? Een rustig moment alleen met Alex in de roeiboot? Ik kwam onvoorbereid. Ik had geen symbolische hark om vast te houden in een veld, en ik wilde wanhopig graag geloven dat Vivian gezond was, sterker werd, maar ik kon het me niet voorstellen.

Ik ging de oprijlaan voorbij en reed door totdat ik bij een benzinestation kwam. Ik zette de auto aan de kant, en terwijl mijn handen op het stuur rustten, haalde ik een paar keer diep adem. Ik zag mensen komen en gaan – drie kinderen op crossfietsen, een overspannen moeder met een baby die aan haar haar trok, een paar bouwvakkers. En al die tijd keek de man achter de kassa naar de televisie aan het plafond, die was afgestemd op Court TV.

Ik besefte dat ik nog wat dingen moest afhandelen. Ik kon Alex niet onder ogen komen voordat ik met Peter had gepraat. Ik had geen toestemming nodig om Alex te zien – toestemming was niet langer onderdeel van ons huwelijk. En ik had geen bevrijding van het huwelijk zelf nodig – dat zou tijd kosten, toch? Emotioneel zou het jaren kosten. Wat had ik

wel nodig? Misschien wilde ik alleen maar Peters stem horen
– een bekentenis gedaan in nuchtere toestand?

Ik klapte mijn mobiele telefoon open en toetste het nummer in. De telefoon ging een keer over en toen nam hij op.
'Hallo?'

'Hoi.'

'Gwen,' zei hij. 'Praten we weer met elkaar?' Hij klonk berouwvol.

'Ik kon een tijdje niet luisteren. Je had van alles kunnen zeggen, maar dan had ik er niets van gehoord.'

'En nu?' vroeg hij.

'Probeer het eens.'

Er viel een pauze. 'Het spijt me.'

'Mij ook,' zei ik.

'Zeg dat nu niet op zo'n toon.'

Ik had niet beseft dat ik op een bepaalde toon had gesproken. 'Hoe bedoel je?'

'Je zegt het alsof je spijt hebt van de hele relatie.'

'En waar heb jij dan spijt van?' vroeg ik, terwijl ik staarde naar de shop, naar de rijen rekken met felgekleurde troep.

'Van dat gedoe met Helen. Het was dom. Het was idioot. Het betekende niets. Ik stelde me enorm aan.'

'Betekent dat niet gewoon dat je het wilde?' Ik had het gevoel dat hij mij de schuld toeschoof.

'Dat bedoelde ik niet. Het was idioot en stom. Dat bedoelde ik.'

'En met "dat gedoe met Helen" bedoel je dat je de koffer in bent gedoken met mijn beste vriendin?'

'Ja,' zei hij langzaam. 'Ja.'

'Ik heb geen spijt van de hele relatie,' zei ik.

'Fijn,' zei hij met een zucht. 'Je hebt geen idee hoe fijn het is om je dat te horen...'

Ik onderbrak hem meteen. 'Maar ik kom niet terug.'

Dat had hij niet verwacht. Hij begon te bazelen. 'Laten we gaan lunchen. Laten we dit uitpraten. We kunnen in therapie gaan. Faith zegt dat therapie wonderen kan doen, of alleen lunchen, als je dat prettiger vindt.'

'Nee,' zei ik, terwijl ik dacht: ik ben een vrouw in een veld met een grote hark, en ik ben er klaar mee. Het is over. Voorbij.

'We kunnen dit te boven komen. We kunnen terug naar het beste van wat we samen waren.'

Als ik een beschadigd meisje was geweest dat een beschadigde fout had gemaakt, wilde ik dezelfde fout niet nog een keer maken, niet nu ik me net sterker begon te voelen. 'Ik wil meer dan het beste van wat we samen waren.'

'Wat?' zei hij. 'We hadden iets geweldigs. Waarom wil je meer dan dat? We waren perfect samen.'

'Een bepaalde versie van mij was perfect met jou, maar het is niet de versie van mezelf die ik wil zijn.' De man achter de kassa keek me nu aan. Misschien had hij me al die tijd in de gaten gehouden, zich afgevraagd of ik kwam of ging, of de tent alleen maar verkende. 'Ik moet nu ophangen.'

'Nee,' zei Peter.

'Het spijt me,' zei ik.

'Ik weiger dit te accepteren,' zei hij. 'Ik weiger het pertinent.'

En toen hing ik op.

Tegen de tijd dat ik de oprijlaan opreed, stonden er al veel minder auto's. Er stonden votiefkaarsen in zakken langs het pad naar de voordeur. Een paar kinderen in dikke jassen renden in de tuin. Ik vond een plekje om te parkeren.

Terwijl ik naar de voordeur liep, zag ik Bibi met een skimuts op en laarzen aan. De sierstrookjes aan haar jurk dansten rond haar benen. Haar wangen waren vuurrood van al het geren. Ik wilde haar niet storen.

Ik klopte aan en hoorde binnen stemmen en gelach. Toen er niemand opendeed, liet ik mezelf binnen.

Het ziekenhuisbed was verdwenen. Op de plek waar het gestaan had, stonden een paar mensen met een glas in de hand waar ogenschijnlijk appelcider in zat. Sonny stond er ook tussen, evenals de vrouw die ik in Alex' auto had gezien. Ik schrok toen ik haar zag en deed een stap naar achteren. Ging hij nog steeds met die vrouw? Had hij tegen me gelogen? Ik voelde dat ik rood werd en ik had mijn hand al op de deurknop om weg te gaan. Het was nog niet te laat. Niemand had me gezien, zelfs Bibi niet in de tuin.

Maar toen hoorde ik mijn naam.

Ik keek op en zag Sonny op me aflopen. 'Ik wist niet zeker of je zou komen.'

'Ik ook niet.'

'Miranda,' riep hij naar de vrouw. Ze keek op. Ze was elegant en hield met een glimlach een glas appelcider in de hand. 'Kom eens hier. Ik wil je graag voorstellen aan Gwen.'

'O!' zei ze.

'Nee, nee,' fluisterde ik tegen Sonny. 'Het is oké.' Ik probeerde om hem heen te schuiven.

Hij keek me even verward aan, maar stelde ons vervolgens aan elkaar voor. 'Gwen, dit is mijn zusje Miranda. Ze logeert hier een tijdje. Ze is verpleegster en heeft momenteel geen werk, dus helpt ze Vivian een beetje.'

'O,' zei ik. 'Hoi. Ik ben Gwen.'

'Dat weet ik,' zei ze terwijl ze me de hand schudde. 'Ik heb al zoveel over je gehoord.'

'Alleen maar goede dingen, mag ik hopen?' zei ik lachend zoals mensen nu eenmaal doen. Ik was zo zenuwachtig dat ik verviel in clichés.

'Engelachtig goed,' zei ze.

'Ik breng je naar Vivian,' zei Sonny, en hij gaf me een arm en leidde me naar de keuken.

Vivian zat op de bank, de bank die ik zo misplaatst had gevonden in de keuken. Met hulp van een vrouw van ongeveer haar leeftijd, hield ze William vast – die enorm was gegroeid. Ze maakten opmerkingen over zijn molligheid. 'Moet je die kinnen zien! Die dijen! En die enorme taille!'

'Moet je zien wie ik heb gevonden,' zei Sonny.

Vivian keek op, ving mijn blik en glimlachte breed. Ze liet me de baby zien. 'Is hij niet reusachtig? Zo gezond! Kom hier en feliciteer me met het feit dat ik nog leef!'

De vrouw naast haar nam de baby op schoot en stond toen op om hem aan de anderen te laten zien. Ik liep naar Vivian toe, ging naast haar zitten en gaf haar een dikke knuffel. Toen ik dacht dat ze me los zou laten, gebeurde dat niet. Ze bleef me vasthouden.

'Een wonder,' zei ze. 'Zie je wel? Als je geen keuze hebt, moet je er wel in geloven.'

Ze hield me nu bij de schouders vast en keek me in de ogen. Ik begon te huilen. Momenten van rouw, wist ik nu, konden op elk moment toeslaan, maar dit was meer dan rouwen. Dit was overgoten met vreugde. Ik had nog nooit zo sterk het gevoel gehad dat ik een moeder in mijn leven had. Ik had verwacht dat mijn moeder zou verschijnen bij de brug bij de rivier, maar nee. Het was alsof ze hier was, in Vivian, in dit moment tijdens een on-begrafenis op een bank in een keuken.

Jennifer verscheen in de deuropening. 'Gwen!' riep ze. 'Je bent gekomen!' Ze keek om zich heen in de kamer, ongetwijfeld op zoek naar Alex.

Vivian glimlachte en knikte toen naar de openslaande deuren naar de achtertuin. 'Hij is een luchtje scheppen. Een mens kan ook maar een beperkte hoeveelheid on-begrafenis aan. Ga maar,' zei ze.

Ik keek naar Jennifer. 'Ga dan!' zei ze.

Ik liep door de openslaande deuren, over de veranda, en zag hem staan, uitkijkend over de steiger, de twee roeiboten, het meer. Ik kon bijna niet geloven dat hij echt in deze wereld bestond. Alex Hull – daar stond hij, recht voor me. Een man die uitkeek over een meer. Hij was de persoon van wie ik hield en dat had ik gedaan vanaf de eerste keer dat ik hem had ontmoet op die introductieavond voor eerstejaars, toen we nog twee kinderen waren die elkaar moesten complimenteren met hun schoenen.

Ik liep de treden van de veranda af en stapte op het gras. Hij draaide zich om en verwachtte waarschijnlijk niemand te zien, maar daar was ik.

Hij glimlachte.

Ik stond stil, niet goed wetend wat te doen, maar ineens was ik niet meer bezorgd over wat ik moest zeggen. Ik dacht helemaal niet aan woorden.

Hij liep op me af. Hij versnelde zijn pas en ik wist wat hij van plan was. Dit keer zou hij het juiste meisje optillen. Hij zou míj optillen en mij in de rondte draaien. Tegen de tijd dat hij bijna bij me was, rende hij. Hij sloeg zijn handen om mijn middel, tilde me van de grond, en daarna in de rondte, in de rondte, in de rondte.

Dankwoord

Graag wil ik Frank Giampietro bedanken – *poet extraordinaire*, een man met een enorm inzicht, mijn geheime wapen. Dank ook aan mijn literair agent, Nat Sobel, die me neemt zoals ik ben, met al mijn grilligheden, en mijn redacteur, Caitlin Alexander, die ronduit geweldig en met hart en ziel redigeert. Bedankt, Justin, voor onze gesprekken en wandelingen. Verder bedank ik mijn ouders, die me op zo'n manier hebben grootgebracht dat ik alle mensen kan zijn die ik ben. En als vanouds gaat mijn dank uit naar mijn dromerige dreamteam: Dave, Phoebe, Finneas, Theo en Otis. En, zoals gewoonlijk: *Go, Noles! Go, Sox!*